ハヤカワepi文庫
〈epi 116〉

# あたらしい名前

ノヴァイオレット・ブラワヨ
谷崎由依訳

*epi*



早川書房

*9161*

WE NEED NEW NAMES

by

NoViolet Bulawayo



Translated by
Yui Tanizaki
Published 2025 in Japan by
HAYAKAWA PUBLISHING, INC.
This book is published in Japan by
direct arrangement with
THE WYLIE AGENCY (UK) LTD.

サのために

目次

# あたらしい名前

# ブダペスト襲撃

あたしたちはブダペストへ行くとこだ。バスタードとチポとゴッドノウズとシボとスティーナとあたし。ムズィリカズィ通りの向こうへは行っちゃいけないことになってたし、バスタードは妹フラクションの子守りをしなきゃいけなかったし、あたしだって母さんに知れたら殺されるとこなんだけど、でもブダペストへ行くとこなんだ。ブダペストにはグァバがなってて盗めるし、あたしはいますごくグァバが欲しい。朝から何も食べてなくて、胃袋は誰かにシャベルでもってすっかり掘り起こされたみたいな感じだ。

母さんたちは髪のこととかお喋りとかに夢中で、まあいつもそういうことしかしないんだけど、だからパラダイス地区をこっそり抜け出すのは難しいことじゃなかった。小屋の前を通るあたしたちを、母さんたちはちょっと見ただけ。ジャカランダの木の下にいる男たちのことも気にしなくてよかった。チェッカーゲームの盤から顔をあげることとなんてないんだから。ちいさい子どもたちだけは気づいて一緒に来たがったけど、先頭にいた素っ裸の子のでかい頭をバスタードが一発叩いたら、みんな逃げていっちゃった。茂みにぶつかるころには、あたしたちは歌い叫んでる。声に車輪がついていて、速度をあげてくれるみたい。音頭を取るのはシボ――**インド航路を発見したのは誰？** それでみんなで答える――**バスコ・ダ・ガマ！ バスコ・ダ・ガマ！ バスコ・ダ・ガマ！** 先頭はバスタードで、というのも国盗りゲームで勝ったから、みんなの大統領になれると思ってる。続いて、あたし、ゴッドノウズ、スティーナ、シボ、そして最後にチポ。チポはパラダイスの誰より足が速かったけど、いまはもうそうじゃない。誰かに妊娠させられたから。

ムズィリカズィ通りを渡ると、さらにべつの茂みを通り抜け、ホープ通りを駆け抜ける。それからでっかい競技場の前を行進してく。ぴかぴかのベンチがならんでるけど、あたしたちは座ったことがない。それから、やっとブダペストを襲撃。でもチポのお腹のために、途中で休まなきゃいけない。チポのお腹はときどき痛んで、座って休まないと駄目なんだ。だけどよお、チポはいつ赤ん坊を産むんだ？ とバスタードが言う。バスタードはチポのお腹のせいで、やってることを中断されるのが嫌みたい。チポ抜きで遊ぼうとさえする。

そのうちね、とあたしは、チポのかわりに言ってやる。というのもチポはもう喋らないから。最初っから喋れないってわけじゃない。お腹が目立って膨らんできたころから喋るのをやめちゃった。それでもみんなと一緒に遊んだりするし、何かをほんとに、ほんとに伝える必要があるときは手を使う。

そのうちって？　木曜？　明日？　来週？

チポのお腹、まだちいさいでしょ？　赤ちゃんがもっと育たないと。

赤ん坊ってやつは腹の外で育つんだよ。なかじゃねえ。そのために生まれてくるんだろ。育って大人になるためにさあ。

でもまだ時期じゃないの。だからお腹にいるの。

男か？　女か？

男の子でしょ。最初の子は男の子になるはずって言うし。

でもお前、女だろ、馬鹿。でもってお前、最初の子じゃん。はず、って言わなかった？

お前はもう黙っとけ。自分の腹のことでもねえくせに。

あたしは女だと思う。いつもチポのお腹に手を当ててるけど、蹴られたことないもん、一回も。

そうだよ。男は蹴って殴って頭突きするもんだよ。男はそれしかできないんだから。

チポは男の子を欲しがってるの？

ううん。いや、そう。たぶん。わかんない。

赤ん坊ってどこから出てくるんだ？

入ったのとおなじとこから出るんだよ。

で、どっから腹に入ったの？

最初はキリストのお母さんがお腹に入れるんだよ。

違うよ。キリストのお母さんじゃないよ。男がそこに入れるんだ。うちの従姉のムーサが言ってた。えっと、ほんとはエニアに教えてたんだけど、あたしもそこにいて聞いちゃった。

じゃあ、誰がチポのなかに入れたの？

チポが話さないからわかんないよ。

誰が入れたんだよ、チポ。教えてくれよ。誰にも言わないからさあ。

チポは空を見てる。片目に涙が溜まってるけど、とてもちいさな涙だ。

なあ、男がそれを入れるんなら、なんでそいつが赤ん坊を引っ張り出さないんだ？

赤ちゃんを産むのは女だからだよ、この馬鹿。赤ちゃんを育てるために、おっぱいとかそういうのがあるんだから。

でもチポの胸はちっさいぜ。小石みたいだぜ。

いいんだよ。赤ちゃんが生まれたらおっきくなるんだから。さあ、行こう。ね、チポ。

あたしは言う。チポは答えない。チポはただ歩き出す。あたしたちは追いかける。ブダペストのまんまんなかまで来ると、あたしたちは止まる。ここはパラダイスとは違う。ぜんぜん違う国みたい。あたしたちとはぜんぜん違うひとたちの住む素敵な国。でもここにはほんとのひとが住んでる気配ってものがない。空気さえもがからっぽだ。おいしい料理の気配もない。匂いもないし音もない。ただからっぽだ。


ブダペスト地区っていうのは、どでかいお屋敷のあつまりだ。屋根の上にはパラボラアンテナ、きっちり敷き詰めた玉砂利か刈り込まれた芝生の庭、高いフェンスにデュラウォールに花壇。そして果物をたわわに実らせたまま、このへんのひとがどうしたらいいのかわからないみたいに放っておかれてる高い木々が、あたしたちを待っている。果物は勇気をくれる。さもなければとてもこんなとこに来ようなんて思わない。こぎれいな通りは、帰れと罵り、唾を吐いてくる気がする。

あたしたちは最初、いまはイギリスに住んでるスティーナの叔父さんの家から盗んでいた。でもそれはほんとの盗みじゃなかった。だってスティーナの叔父さんの木で、知らないひとの木ってわけじゃなかったから。それとこれとは別物だ。だけどその木になってたグァバをぜんぶ取り尽くしたから、ほかの家に移っていった。数えられないくらいの家から盗んだ。ひとつの通りの家々から取り尽くすまで次の通りには移らないと、そう決めたのはバスタードだった。あたしたちはそうやって通りを移っていった。そうすればどこにいてどこへ行こうとしてるか、混乱することもないだろうから。それは秩序というもので、バスタードが言うには、そうしていけばより立派な泥棒になれるらしい。

今日はあたらしい通りに手をつけるから、念入りに偵察する。たぶん二、三週間前に、ひとつ残らずグァバを取り尽くしたチムレンガ通りを渡ると、白いカーテンがひらいて顔が覗く。それはクリーム色をした家で、大理石でできた小便小僧は裸で羽がはえている。あたしたちは突っ立って見てる。その顔がこれからどうするか。すると窓があいて、へんてこなちいさな声があたしたちに止まるように言う。あたしたちは突っ立ったままだけど、それは声に止まれと言われたからじゃなく、あたしたちの誰も逃げようとしないからだ。それに声は危険そうには聞こえない。窓からは音楽が、道へと流れ出している。それはクワイトでもなければダンスホールでもハウスでもなくて、あたしたちの知らない音楽だ。

背が高くて痩せた女のひとが、扉をあけて家から出てくる。最初に気づくのは、そのひとが何か食べてるってことだ。女のひとはこっちへ歩きながら手を振る。こんなに痩せた相手からは逃げる必要すらないと思う。女のひとがなんで笑ってるか、何に笑ってるか知りたくて、あたしたちは待つ。そのひとは門のところで止まる。門には鍵がかかってて、鍵は持ってこなかったみたい。

まったくもう、暑くてやってらんないわね、この土地ときたら。あなたたち、よく平気ねえ？　女のひとは、危険じゃなさそうな声で言う。それから笑って、手に持ってる何かをひとくち齧《かじ》る。首にはピンクのカメラがぶら下がってる。ロングスカートの裾から覗く足を、あたしたちはみんなして見る。まるで赤ちゃんの足みたいにきれいでかわいい足だ。紫のペディキュアをしたつま先を小刻みに揺らしている。あたしの足があんなだったときはあるのかな。生まれた瞬間には、そうだったのかも。

それから何かもぐもぐやってる、赤い口。首の横に浮きでる筋ばった線と、唇がぴしゃぴしゃぶつかる音から、なんだか知らないけどすごくおいしいものを食べてるに違いないと思う。あたしは長い手を、そして食べてるモノをじっと見る。平たくて、外側は硬い生地。てっぺんにはクリームが盛られ、ふわふわしてて柔らかくて、硬貨みたいなかたちのものが載ってて、その色は濃いピンク色——火傷のあとみたいな色。それから赤や緑や黄色もちりばめられていて、あと茶色いニキビみたいなでっぱりもある。チポがそれを指さして、**あれは何？**って訊くみたいに、宙を突き刺すように何度も動かす。チポのもう一方の手はお腹をさすっている。妊娠して以来、チポはいつもお腹をいじってる。まるでおもちゃか何かみたいに。お腹はサッカーボールくらいで、まだそんなにおおきくない。あたしたちは女のひとの口もとを見てる。何か言うのを待っている。

ああ、これ？　カメラよ。と女のひとは言う。そんなのみんな知ってることだ。道ばたの小石でさえ、カメラはカメラだって知ってる。彼女はスカートで手のひらを拭ってカメラを軽く叩くと、玄関扉のわきのゴミ箱を狙って残りのモノを放り投げる。狙いは外れ、彼女はひとりで笑う。頭がおかしいみたいに見える。女のひとはあたしたちを見る。一緒に笑って欲しいのかもしれないけど、あたしたちはみんなそのモノに、宙を飛んで地面にぶつかり、死んだ小鳥みたいになったそれに釘づけだ。あたしたちの誰ひとり、これまで食べものを捨てるひとなんか見たことがない。たとえそれがよくわからない何かでも。チポはそのあとを追いかけていって、拾いたがってるみたい。女のひとは唇をゆがめて口に残ってたものを嚙み、吞み込む。あたしも一緒に、唾を吞む。喉がひくりとする。

あなたたち、歳はいくつなの？　女のひとは、チポのお腹をまじまじと見ながら言う。まるではじめて妊婦を目にしたみたいな口ぶり。

その子は十一歳だよ。ゴッドノウズがかわりに答える。おれとこの子は十歳で、双子みたいにおないどし。と言ったのはあたしとゴッドノウズのことだ。バスタードは十一でシボは九歳で、スティーナの年齢は誰も知らない。出生証明書を持ってないからだ。

ワォ、と女のひとは言う。ワォ、とあたしも繰り返す。ワォ、ワォ、ワォと、ただし頭のなかで。はじめて聞く言葉。ワォってどういう意味なんだろうと考えようとしたけれど、なんだか頭が疲れてきたから諦める。

で、あんたはいくつなんだ？　ゴッドノウズが女のひとに訊く。それにどこから来たんだ？　ゴッドノウズはなんてずうずうしいんだろう、いつかひどい目に遭うに違いないとあたしは思う。

わたし？　わたしは三十三歳、ロンドンから来たわ。父の生まれ故郷を訪ねるのは今回がはじめてなの。女のひとはそう言って、首にかけたネックレスをいじる。その先端には金でできたアフリカ大陸がぶら下がっている。

ロンドンならおれも知ってるぜ。ロンドンの菓子も食べたことがある。最初は甘いんだけど、だんだん口のなかで酸っぱくなるんだ。ヴーサ叔父さんがロンドンに着いたころ送ってくれた。でももうだいぶ前のことだなあ。いまじゃ叔父さん、何にも送っちゃくれねえや。そう言ってゴッドノウズは空を見あげる。叔父さんからのお菓子を積んだ飛行機が、そこにあらわれないかと思ってるみたい。

だけどあんた、十五歳くらいにしか見えないね。子どもみたいだ。とゴッドノウズが女のひとに言う。今度こそは手を伸ばして口を引っぱたくかと思ったのに、女のひとは侮辱なんてされなかったみたいに、にこにこ笑ってる。

ありがとう。ちょうどジーザス・ダイエットを終えたところなのよ、わたし。とっても嬉しそうに、そんなことを言う。あたしは訊きたかった。**いったい何がありがとうなの？　それとジーザス・ダイエットって何？　ジーザスってほんとのジーザス？　神の子のこと言ってんの？**

みんなの顔と沈黙から、このひとはおかしいって全員が思ってるのがわかる。彼女は髪を手で梳く。その髪はぼさぼさにもつれている。あたしなら、もしブダペストに住んでたら、身体じゅうを毎日洗って髪にもきれいに櫛《くし》を通して、ホンモノの場所に住んでるホンモノの人物だって見せつけてやるのになあと思う。女のひとはもじゃもじゃの髪で、鍵のかかった鉄格子の門の向こうにいるもんだから、檻のなかの動物みたいだ。門を跳び越えて追いかけてきたらどうしようって、あたしは想像しはじめる。

ねえ、ちょっと写真撮らせてくれない？　と女のひとが言う。あたしたちは答えない。大人に命令じゃなくて訊かれるのに慣れてないから。あたしたちはただ彼女を見てる。こんがらかった髪の毛、歩くたび地面を擦るスカート、そこから覗くきれいな足、金でできたアフリカ、おおきな両目、生きてる人間の証拠だって示す傷がひとつもない、すべすべの肌、そして〝ダルフールに愛の手を〟とプリントされたTシャツ（ダルフールはスーダン西部の紛争地帯）。よかった！　じゃあ、もうちょっとくっつきあって立ってくれるかな。と女のひとは言う。

そこのきみ、その背の高い子、後ろに下がって。それとあなた、うん、あなたとそっちのあなたも、こっちのほうを向いてくれない？　ううん、きみじゃないの。歯の欠けてる子よ。わたしのほうを見て。ええ、そうよ。女のひとは鉄格子の隙間から手を伸ばしながら言う。ほとんどあたしたちに触れんばかりだ。

うんうん、いい感じ。じゃあ、**チーズ**、って言って。はい、**チーズ**、**チーズ**、**チーーーーズ**。女のひとは熱心で、みんなが**チーズ**と言う。でもあたしは言わない。**チーズ**ってどういう意味だっけ、と思い出そうとするのに忙しいから。でも思い出せない。昨日マザー・オブ・ボーンズが、鳥のドゥドゥの話をしてくれた。その鳥はあたらしい歌を覚えて歌ってたんだけど、歌の意味を知らなかった。鳥はやがて捕まって、殺されて晩ご飯にされてしまう。というのもその歌がじつは、わたしを殺して料理してください、って内容だったからなんだ。

女のひとがあたしを指さして、頷き、チーズと言いなさいと言う。あたしはチーズと言う。だって女のひとの微笑みといったら、まるであたしをようく知ってるみたい、まるであたしの母さんのことまでようく知ってるみたいな笑みなんだもん。最初はゆっくり言って、それからチーズ、チーズと言って、それからあたしはチーズ、チィィィーズ、みんなも一緒にチーズ、チーズ、チーズってあたしたちみんな歌うみたいに言って、カメラがパシャッ、パシャッ、パシャッて鳴る。それからスティーナが、彼はもともと無口なんだけど、何も言わずに歩き出す。女のひとは写真を撮るのをやめて、ちょっとどこ行くのよって言ったけど、スティーナは止まらないし振り返りもしない。チポがスティーナを追って歩き出す。あたしたちみんなが歩き出す。

女のひとはそこに残されたまま、去っていくあたしたちを撮っている。ヴィクトリア通りの角まで来るとバスタードが立ち止まり、大声で彼女を罵りはじめる。あたしはモノのことを思い出している。あたしたちに欲しいかどうかも訊かず、ゴミ箱に放り投げたあのモノを。あたしも一緒に罵る。あたしたちみんなが罵る。あたしたちは叫んで叫んで叫ぶ。あたしたちあれを食べたかった、彼女が食べてたモノを。あたしたちの声が高くのぼっていって、空腹が消えてくれればいいのに。女のひとはまるで人間の叫びをはじめて聞いたみたいに困惑してる。それから慌てて家に入っていくけど、あたしたちはその後ろからさらに叫ぶ。喉がちくちくして血の味がするまであたしたちは叫んでる。

バスタードは、もっとおおきくなったらグァバなんて盗むのはやめて、連中の家のなかのもっとデカいものに手をつけるべきだって言う。でもあたしには関係ない。だってそのころにはもうあたしはここからいなくなってるはずだから。そのころにはあたしは、アメリカのフォスタリナ叔母さんのとこに住むんだ。ホンモノの食事をして、盗みなんかよりマシなことをするんだ。でもいまはまだグァバを盗むしかない。あたしたちはロバート通りを襲撃することに決める。小山のようにぼんやりそびえる白く巨大なお屋敷だ。おおきな窓がきらきらとあたりの景色を映している。正面には赤いスイミング・プールがあって、まわりには椅子が置かれている。何もかもがとても素敵だけど、それは眺めてため息をつき、あら素敵ねえ、と言うためだけの素敵さだってあたしは思う。住むための素敵さじゃない。

ありがたいことに、家そのものは庭の奥に引っ込んで建てられている。そしてグァバの木は道のすぐそばへ迫り出している。まるであたしたちが来るのを聞きつけて、走って迎えに来てくれたみたい。あたしたちはあっという間にデュラウォールを乗り越え、木に登り、ビニール袋をいっぱいにする。今日の獲物はブル・グァバだ。怒れる男の拳みたいにデカく、熟してもふつうのグァバみたいには黄色くならない。外側はずっと緑だけど、なかはピンクでふわふわで、言いあらわせないようなおいしさなんだ。

パラダイスへ戻るときにはもう走らない。まるでブダペストが自分たちの縄張りみたいに堂々と歩く。まるであたしたちがブダペストを作りあげたみたいに。道々グァバを齧りながら、皮を吐き出してはその場を汚す。アフリカ連合通りの角で、チポが吐きたがったから止まる。チポは食べるとたいてい吐く。今日出てきたのは、おしっこよりもちょっと濃いだけの液だ。土もかけずにほったらかしておく。

いつかあたしはここに住む、まさにこういう家に住む。とシボが言って、まるまるとしたグァバに齧りつく。シボが指さしてるのは青いお屋敷だ。長い階段があって花壇に囲まれてる。とっても素敵な家だったけど、あたしたちがグァバを盗んできたお屋敷ほどではない。シボの口調はふざけてるんじゃなくて、自分が何を言ってるのかわかってるみたいな感じだ。あたしは彼女が頬を膨らませて食べるのを見てる。口のなかのものを嚙み下すと、犬歯を使って残りのグァバを剝く。

でもどうやって？　とあたしは訊く。グァバの皮を吐き出すと、シボはおおきな目を見ひらいて、あたしにはわかってるの、と言う。

きっと夢のなかで住むんだろうさ。太陽に向かってそう言いながら、バスタードがシボの家のデュラウォールにグァバを投げつける。グァバは破裂し、壁に染みをつける。あたしは甘いグァバに嚙みつく。ブル・グァバの種を嚙み砕くのは嫌い。だって硬くて時間がかかるから。だからちょっと嚙んだだけで丸吞みにしてしまう。あとでうんこするときどうなるか、知らないわけじゃないんだけど。

なんでそんなことするの？　シボは汚れたデュラウォールを、次にバスタードを凝視する。シボの顔は怒りにゆがみ、ホンモノの女みたいだ。

なんでそんなことするのって、訊いてんのよ。燃える石炭を含んだみたいな声でシボが言う。バスタードに殴りかかりそうな勢いだ。でもしないだろう。バスタードはシボよりおおきくて強くておまけに男だから。シボを殴ったことがあるし、あたしのこともチポのこともゴッドノウズのことも殴った。スティーナ以外の全員を殴ったことがある。

なんでってそこに壁があるからさ。それに、やって悪いわけがあるか？　とバスタード。

いまあたしが、この家が好きだって言ったの聞いてたでしょ。だからこの家には何もしちゃ駄目なの。なんでほかの、あたしにとってどうでもいい家を狙わないの？　ここには家がゴマンとあるのに！　とシボ。

ふん。好きだったらお前のもんになるのかよ？　ならねえだろ。バスタードは黒いジャージのパンツを穿いて、コーネル大学の色褪せたオレンジのTシャツを着ている。そのシャツを脱いで頭に結ぶ。それで荒っぽく見えるようになったか、かわいく見えるようになったか知らない。つまり男っぽくなったか女っぽくなったか。ともかくバスタードは身体の向きを変えると後ろ向きで歩きはじめる。シボと向き合えるように、だ。誰と喧嘩していても、相手が自分を正面から見るようにしたいんだ。

ブダペストはパラダイスたぁ違う。誰でも入ってクソできるような便所みたいなとこじゃねえんだ。お前なんかにゃ住めねえよ。と言う。

あたしはブダペストの男と結婚するの。そのひとがパラダイスから連れ出してくれる。掘っ立て小屋とかヘヴンウェイ墓場とかファンベキ山とかから連れ出してくれるの。とシボは言う。

ははっ。お前、前歯の欠けた分際で男と結婚できると思ってんのか？ おれだったらご免だぜ。ゴッドノウズが痩せた肩越しに叫ぶ。彼とチポとスティーナは、少し前のほうを歩いてる。あたしはゴッドノウズの半ズボンを、その破けたお尻のとこを見る。汚れた白い布地から覗く尻は、変な目みたいだ。

あんたに言ってんじゃないよ、この汚れたケツ野郎！ シボがゴッドノウズへ叫んだ。それにあたしの歯はまた生えてくる。いまよりもっと美人になるって、母さんが言ってたもん！

ゴッドノウズは片手をあげて、なんだかわからない身振りをする。それもそのはず、言い返すことなんてないんだから。道ばたの小石ですら、シボが美人なのを知ってる。あたしたちのなかの誰よりも、パラダイスの子の誰よりも美人なことを知っている。みんな知ってることなのに、シボがわざわざ言おうとするから、もうシボとは遊ばないってときどきなるくらい。

ふん。おれには関係ねえな。こんなクソみたいな国、さっさと出てってやるんだから。そんで金持ちになって戻ってきて、このブダペストに家を買う。何軒も買ってやる。ブダペストに一軒、ロサンゼルスに一軒、それからパリにも。どこでも好きなところに買う。とバスタードが言う。

金持ちになるには教育が必要だって、まだ学校に通ってたとき、ゴノ先生が言った。と、スティーナが言い、足を止めてバスタードに向かい合う。もう学校に行けないのに、どうやって教育を受けるのさ？　スティーナはあまり喋らない。口をひらくときには、何か大事なことを言うんだってわかる。

おれが金持ちになるのに、学校なんざ要らねえんだよ。けっ、ヤギみたいな顔しやがって。とバスタード。

バスタードはスティーナに、鼻を噛みちぎらんばかりに顔を近づける。スティーナは、やろうと思えばバスタードと戦える。でもつまらなそうに見ただけで、グァバの残りを食べる。それからどんどん歩きはじめて、あたしたちから遠ざかる。

あたしはアメリカのフォスタリナ叔母さんのとこで暮らすんだ。それももうすぐなんだから。見てな。みんなに聞こえるように、声を張りあげてあたしは言う。それから、まあたらしいグァバにかぶりつく。それはとても甘いから、三口で食べ終えてしまう。種も嚙まずに呑み込む。

アメリカってすげえ遠いんだぞ、このチビ。とバスタード。飛行機使わなきゃならないとこには、おれは行かないね。だって行った先がクソみたいな場所だったら、そこでどうにもならなくなったら、どうやって帰るんだ？　おれはヨハネスブルグへ行くね。あそこなら、いろいろ駄目になっても、自分で道沿いに帰ってこられる。行った先から自力で帰れるようじゃなきゃ駄目なんだ。

あたしはバスタードを見ながら、なんて言い返そうか考える。グァバの種が、歯茎といちばん奥の歯のあいだに挟まっている。舌先で取ろうとしたけど無理で、指を使ってやっと取れる。耳垢みたいな味がする。

そうさ、アメリカは遠すぎる。乗ってる飛行機に何かあったらどうするんだ？　テロリストだって怖いぞ。と、ゴッドノウズがバスタードに加勢する。

のっぺり顔のケツの見えてるゴッドノウズのやつめ、ゆがんだ顔のバスタードへ調子をあわせるために言ってるんだなってわかる。あたしは次のグァバに嚙みつきながらゴッドノウズを睨みつける。

関係ないよ。あたしは行くもん。とあたしは言って、チポやスティーナに追いつこうと足を速める。ゴッドノウズとバスタードがよってたかって言いがかりをつけてくるときには、だいたいどうなるかわかってる。

ふん、行け、行け、行っちまえ。そんでアメリカの療養ホームで働きゃいいさ。それがフォスタリナ叔母さんの、いまこの瞬間やってることだろ？　叔母さん、いまごろ自分じゃ何にもできない皺くちゃジジイのクソの世話をしてるんだ。お前、おれたちが知らないと思ってんのか？　とバスタードが、あたしの背中に叫びかけてくる。だけど無視して歩き続ける。

もしあたしにまともな腕力があったら、振り返ってバスタードを叩きのめしてやるのに。フォスタリナ叔母さんとあたしのアメリカにあんなことを言うなんて。頰っぺた引っぱたいて、おでこをぶん殴り、口んなかに拳を突っ込んでやる。折れた歯を吐き出させてやる。今日食べたグァバをぜんぶ吐くくらい腹を殴りまくってやる。それから地面に押さえつけて、背骨に膝蹴りを入れる。両腕を後ろで摑んで、頭をぎぎっと引っぱって、命ばかりはお助けを、って言うまで許さないんだ。だけどあたしは腕力がないから、ただ黙って歩いてた。あいつがあんなことを言うのは、羨ましいからなんだって知ってる。あいつはアメリカに伝手《つて》がないから。フォスタリナ叔母さんがあいつの叔母さんじゃないから。あいつはバスタードであって、あたしはダーリンだから。

パラダイスに戻るころにはグァバは食べ尽くしている。あたしたちはお腹がいっぱいで、ほとんど這って歩いてる。休んで排便することにする。あんまり食べすぎてたし、暗くなる前にそうしとくのがよかったから。じゃないと、夜に出そうとしても誰もついてきてくれない。茂みに行くにはヘヴンウェイを通らなきゃいけないんだけど、それは墓地で、ひとりじゃ怖いし幽霊に遭うかもしれない。噂によると、先月死んだモーゼのお父さんが、黄色いＦＣバルセロナのジャージ姿でパラダイス地区を夜な夜な歩きまわってるらしい。

全員が位置に着く。あたしは岩の後ろにしゃがみ込む。グァバの実の、これがいちばん困るところ。種のせいで便秘になるんだ。誰もそのことに触れないけど、みんな便秘気味なのがわかる。全員がだ。誰も口を利かないし、立ちあがって動く子もいないから。あたしたちはたくさんグァバを食べる。飢えを紛らすにはそれしかない。そしてうんこを出す段になると、ほんとに痛くて難儀する。国をまるまる産むみたいな偉業に取り組んでる感じがする。

みんな思い思いの場所で、それぞれにしゃがみ込んでいる。あたしは引き攣《つ》りが収まるように、太ももをげんこつで叩く。そのとき悲鳴が聞こえる。息みすぎてグァバの種で肛門が切れるときの悲鳴じゃない。こっちへ来て、と言ってる。あたしは息むのをやめてパンツを穿き、岩のトイレを後にする。と、しゃがみ込んだまま悲鳴をあげているのはチポだ。彼女は茂みの前方を指さしてる。あたしたちは見る。細長い何かが、奇妙な果物みたいに木からぶら下がっている。果物じゃなくて人間だ。それもただの人間じゃなくて、女のひとだってわかる。

なんだあれ？　と誰かが言う。誰も何も答えない。だってそれがなんなのか、もうみんなわかってるから。痩せた女のひとが、高い枝に結んだ緑の縄にぶら下がっている。太陽の赤いひかりが緑の葉っぱを通り抜け、あたりを不思議な色に染めている。ほとんど美しいくらい。薄い色の肌が輝いている。それでもやっぱりとても怖くて、あたしは走って逃げたいけれど、ひとりにはなりたくない。

女のひとの痩せた腕は、両側にくたりと垂れ下がり、手と足の先は地面を向いている。何もかもがまっすぐで、誰かが彼女をここに、空中に垂れた直線として描いたかのよう。いちばんぞっとするのは目で、あまりにも白く、ほとんど飛び出さんばかりだ。口はおおきくオーの字にひらかれ、何かを言いかけて遮られたままになっているみたい。黄色いワンピースを着てる。赤い靴の先を草が撫でている。あたしたちは立ち尽くし、眺めている。

逃げよう。とスティーナが言う。あたしも逃げる気満々だ。

でもこの女、自分で首をくくったんだし、もう死んでるぜ？　とバスタードが小石を拾って投げる。それは女のひとの太ももに当たる。何か起きるに違いないと思うけれど、何も起きない。女のひとは動かなくて、ワンピースだけが揺れる。赤ちゃんの姿の天使が戯れてるみたいに、いとも軽やかにそよ風に揺れる。

ほら、死んでるって言っただろ。バスタードが、誰がボスだか思い出させようとするときの口調で言う。

そんなことしたら、罰が当たるよ。とゴッドノウズが言う。バスタードがまた石を投げる。今度はすねにぶつかる。女のひとはやはり動かない。彼女はただぶら下がっている。ぼろぼろになった人形のように。あたしは、ものすごく怖くなる。白くて飛び出したその目の端から、彼女があたしを見てる気がする。あたしを見て、何かしてくれるのを待ってる。でも、何をして欲しいんだろう。

罰を当てる神さまなんざ、この国にはいねえよ。バスタードが言う。また石を投げる。それは黄色いワンピースをかすめただけで、女のひとには当たらない。あたしはほっとする。

帰って母さんに言う。とシボ。いまにも泣きそうな声をしてる。スティーナが歩き出す。チポとシボとゴッドノウズとあたしも彼について歩き出す。バスタードはしばらく居残ってるけど、肩越しに振り返って見ると、すぐ後ろをついてきている。怖くないふりをして見せてるけど、茂みに死んだ女のひとと二人きり、いつまでも居られるわけがない。あたしたちは歩く。するとバスタードが先頭に躍り出て、みんなを止める。

待てよ、お前ら、ホンモノのパンを食いたくないか？　と彼は言って、鉢巻きにしてるコーネル大学のTシャツを縛り直して笑う。あたしはバスタードの胸の傷を見る。それは左胸のすぐ下にあって、グァバの実の内側みたいなピンク色だ。

パンなんてどこにあるの？　とあたしが訊く。

ほら、あの死体の履いてた靴が新品なのを見なかったのか？　あれを盗ってきて売ったら、パンが一斤は買えるぜ。一斤半だって買えるかもしれない。

あたしたちは全員方向転換する。バスタードについて茂みへ戻る。ローベルズのパンの、くらくらするような香りがいまやあたしたちを満たしている。あたしたちは突撃する。あたしたちは走っていく。あたしたちは走って笑って、笑って笑って笑ってる。

# 山上のダーリン

今日はキリストの死んだ日。だからあたしは外に出て、つめたい水で身体を洗う。つめたい水は嫌いだし、身体を洗うのも嫌いだけど、とくべつ出かける用事があるときは洗わなきゃならない。洗い終わって服を着たら、うちのお祖母ちゃんのマザー・オブ・ボーンズと一緒に教会に行くんだ。お祖母ちゃんが言うには、あたしたちはみんな汚れた罪びとで、キリストがそのために命を捨ててくださったんだから、教会へ行くくらいはしなくちゃならないらしい。だけどキリストが死んだとき、あたしはその場にいなかった。なのにどうして罪びとだってことになるのかな？

教会に行くのは嫌いだ。山の上のきつい陽射しのなかに座り、退屈な歌や意味のない祈り、変てこな詩篇なんかを聞かされたって仕方ない。そのあいだに友達ともっと有意義なことができるのに。それに前回行ったときには、あのキチガイの黙示の預言者ビッチントン・ムボロに肩をがくんがくん揺すぶられて、あたしはピンクのゲロを吐いた。あのときはほんとに死ぬかと思った。黙示の預言者ビッチントン・ムボロは、あたしの内部から霊を追い出そうとしたらしい。あたしの身体はとり憑かれてる、お祖父ちゃんが埋葬されてないからだって言うんだ。あたしのお祖父ちゃんは戦争中、テロリストを匿い、保護した罪で白人に殺された。そのテロリストは白人が盗んでいったこの国を、あたしたちに返してくれようとしていた。

何かを盗もうと思うなら、ちいさくてすぐ隠せるものか、さっと食べてしまえるものがいい。そう、グァバみたいに。そうすれば盗品を持っているところを他人に見られなくてすむし、恥知らずの泥棒だって思われなくてすむ。だから不思議でたまらない。何かちっぽけなものじゃなくて、国まるまるひとつなんて盗んで、白人たちはどうするつもりだったか。そんなでっかいもの盗まれて、忘れられるわけないよね？　お祖父ちゃんの遺体がどこにあるか、誰も知らない。だから教会の連中は、お祖父ちゃんの霊があたしのなかにいて、遺体が埋葬されるまで出ていかないと言い張ってる。あたし自身はそんな霊なんて、見たことも感じたこともない。それがほんとうだか嘘だか知らないけど、ともかく大人は大人って理由だけでときどきそういうことをやるんだ。

おい、そこのキャベツ耳。なんで水浴びなんかしてるんだ？　誰かがそう呼ぶのが聞こえる。

だれー？　とあたしは呼び返す。キャベツ耳と呼ばれるのは嫌いだ。顔じゅう泡だらけで、目をあけることができない。

おれたちアンディ・オーバーをやるとこなんだ。お前なんで水浴びしてんの？

マザー・オブ・ボーンズと教会に行くの。とあたしは答える。口のなかに泡が入り、サンライト石鹸の味がする。あたしは顔の泡を水で流す。

一緒に遊ばないの？　とべつの声が言う。たぶんシボだ。

教会に行かなくちゃ。今日はキリストの死んだ日なんだよ。とあたしは言う。

うちの父ちゃんが、お前んとこの教会はインチキだって言ってたぞ。黙示の預言者ビッチントン・ムボロは、とんだ間抜けで……。とバスタードがはじめるのが聞こえてくる。

あんたたちこのフットセカニこのろくでなしのムゴドイども失せなボ・サタン、ビ・ロ
ーマ！　マザー・オブ・ボーンズは小屋のなかから唾を吐く。けらけら笑う声、ぱたぱたと逃げていく足音が聞こえる。顔を洗い終えて目をあけると、みんないなくなっている。

デュマネおばさんの小屋の裏手に寝そべる茶色い犬と、アルビノの赤ちゃんホワイトボーイをボウルのなかで水浴びさせてるアンナマリアしか残ってない。赤ちゃんに手を振ると、その子は泣く。アンナマリアは咎めるようにあたしを見て、うちの子にかまうんじゃないよ、この不細工、この子が怖がってるのがわかんないの？　と言う。

小屋のなかではマザー・オブ・ボーンズが、あたしの上等の黄色いワンピースを広げている。母さんがいたらとてもこんなもの着れない。母さんは国境まで物売りに出かけてて、帰ってくるまであたしはマザー・オブ・ボーンズといなくちゃならない。母さんは数日で帰ってくることもあるし、一週間で帰ることもあるし、いつ帰ってくるかぜんぜんわからないときに帰ってくることもある。いまマザー・オブ・ボーンズはお金を数えるのに忙しい。お祖母ちゃんの朝の日課なんだ。だからあたしはそっと自分のやるべきことをやる。そうするように言われてること。ベッドの下からワセリンを取る。

そうだよワセリンには気をつけるんだ飲んじまっちゃあいけないからねコナそれと前も言ったけどあのガキどもとは遊んじゃダメだよ馬鹿がうつるから。とマザー・オブ・ボーンズは言うけど、あたしは聞いていないふりをする。ワセリンを塗ったあと、ワンピースを着てベッドの端に腰かけて待つ。マザー・オブ・ボーンズはなんで毎朝お金を数えるんだろう。夜のあいだにお金が卵を産んで増えるとでも聞いてきたのかな。あたしは暇潰しのために、ベッドカバーに描かれた色褪せた太陽を数える。それはちょうど十二個ある。使徒の数とおなじだ。シモン、ペテロ、アンデレ、そのほかは忘れちゃった。もっと面白い名前だったら憶えてられるのに。

太陽を数えてしまうと、反対側の壁に貼られた父さんを眺める。父さんは女のひとみたいな長い黒い服を着て、四角い変てこな帽子をかぶってる。首には紐やなんかが結ばれていて、服と一緒に垂れ下がっている。片手には紙切れを持ち、もう片手でスーツ姿の太った男と握手している。マザー・オブ・ボーンズが言うには、これは父さんが大学を卒業したときの写真らしい。あたしが生まれるちょっと前のことだ。マザー・オブ・ボーンズもいるらしいんだけど、この太った男に隠れてしまってる。男はシャッターを切る瞬間に、まるで自分の息子の卒業式みたいに割って入ってきたんだって。父さんはいま、南アフリカにいる。出稼ぎに行ったんだけど、手紙もこないし、お金もこない。何もない。父さんのことを考えると腹が立ってくる。だからいないと思うことにしてる。そのほうがマシ。ほかに時間を潰せるものは、丈の長い黄色いカーテン。光線みたいに羽を広げた、立派な美しい孔雀の絵がプリントされている。それはブリキでできた壁の片方をすっかり覆ってる。小屋にはそもそもガラス窓がないのに、マザー・オブ・ボーンズがなんでカーテンなんか持っているのか謎だ。カーテンの次はカレンダー。何年も前のやつだけど、イエス・キリストが描かれてるからお祖母ちゃんはずっと飾ってる。このキリストは女みたいな髪型で、はにかむように微笑みながら、首をちょっぴりかしげてる。キリストはこの絵のなかで、よっぽど素敵に見られたいんだろう。その目は以前は青かったけど、あたしが茶色に塗った。あたしたちやみんなとおなじ色に、ふつうに見せようと思って。そしたらマザー・オブ・ボーンズにめちゃくちゃお尻を叩かれた。あたしは丸二日というもの、尻をつけて座れなかった。

イエス・キリストの隣には、従兄のマコシがまだちいさいあたしを抱っこしている写真がある。マコシは二年前、ダイヤモンドを掘りにマダンテ採掘場へ行った。はじめてダイヤが見つかったころで、みんなして押しかけていったんだ。マコシが帰ってきたとき、その腕は腐った丸太みたいになってた。マコシは激しく咳き込みながら、マダンテのことを語った。採掘場にもぐってるときには、すべてを忘れていたと言った。ハンマーのぞっとするような打撃音がいたるところで聞こえていた。ときには自分の内側でも聞こえた。まるでハンマーを呑み込んだみたいに。それからしばらくしてマコシも、うちの父さんみたいに南アフリカへ行った。

それからベッドの下の、マザー・オブ・ボーンズが教会に持っていかないぼろぼろの聖書のなかには、お祖父ちゃんの写真が隠してある。お祖父ちゃんはあたしが生まれる前に死んだ。でもあたしは、はじめて見た瞬間に、それが誰だかわかった。まるであたしとマコシと父さんと、そしてムジ叔父さんとほかの親戚ぜんぶをいっぺんに見てるみたいな感じだった。あたしたちの顔ひとつひとつがコインで、そのぜんぶをぎゅっと握った拳みたいな、お祖父ちゃんはそんな顔をしていた。

隠されたその写真のなかで、お祖父ちゃんは何か喋ってる。唇がすぼめられている。おでこには皺が寄っていて、赤い目はまるでカメラを食べたがってるみたいにじっとこっちへ向けられている。鼻には骨の飾りが通してあって、耳飾りもつけている。背後には腰までの高さのトウモロコシ畑が、どこまでもどこまでも緑色に続く。お祖父ちゃんのことは、誰も語りたがらない。なかったことみたいに扱われてる。だけどときどき、マザー・オブ・ボーンズは声に出さずに呟いている。あたしは、それはお祖父ちゃんに呟いてるんだって気がする。お祖母ちゃんはあたしがお祖父ちゃんの写真を見ていることを知らない。

なんだってみんなあたしにこのトランクいっぱいの金を捨てろと言うんだろうねこりゃ煉瓦のかたまりじゃない金なんだ。とマザー・オブ・ボーンズが言う。カマキリみたいに床にへばりついて、足もとにトランクを広げてる。真鍮でできた腕輪が、札束に手を伸ばすたびにちゃりん、ちゃりん、と音をたてる。

あたしの言ってることわかるかい？ とマザー・オブ・ボーンズが訊く。首をもたげてあたしを見る。だけどあたしは答えない。だってほんとはあたしに話しかけてすらいないんだって知ってるから。

納得いかないのはねこのトランクいっぱいある金で塩のひとつぶすら買えないってことだねえどうにも納得いかないよ。そう言う声には怒りがくすぶってる。

金は金だよ何が起ころうとこれは金なんだ。マザー・オブ・ボーンズは言いながら、お金を赤ちゃんにするみたいに優しく叩く。赤ちゃんを寝かしつけるみたいに。

そのお金はもう古いんだよ、お祖母ちゃん、もう使えないんだってわかんないの？　捨てるか燃やして焚火にするしかない。みんなそうしてる。これからは、アメリカのお金を使わなきゃいけないんだよ。とあたしは、マザー・オブ・ボーンズには聞こえないようにひとりごとを言う。

そのアメリカの金ってやつそれをどっから手に入れたらいいんだそのへん掘ったら出てくるのかいそれとも尻からひり出せるとでも連中は思ってるのかね。マザー・オブ・ボーンズが喋るときはいつも、言葉はいっぺんに転がり出てくる。息継ぎをしたら何かに言葉を払いのけられでもするみたいに。小声で言ったのに聞こえてたんだと思って、あたしは跳びあがりそうになる。でもお祖母ちゃんはこっちを見てなくて、あたしはじっとしてる。お祖母ちゃんの顔には苦痛が見て取れる。内側で何かが破け、血を流してるかのような。

マザー・オブ・ボーンズの顔色は、小屋とおなじで濁った茶色だ。まるでお揃いにしてるみたい。顔には深い皺が刻まれている。誰かが割れた鏡を拾ってきて、その破片で彫って彫って彫ったんだと、ちいさいときは思ってた。頭には白いスカーフを巻いてて、首には色鮮やかなビーズ飾りが蛇みたいに巻かれている。紫のビーズ、オレンジのビーズ、ピンクのビーズ、青いビーズ。茶色く地味な肌の上で、ビーズの色は叫んでるみたい。前を歩くマザー・オブ・ボーンズと教会に行くときは、その後ろを歩くようにしてる。マザー・オブ・ボーンズに、淑女らしく歩きなさいって言われるから。あたしは淑女なんかじゃない。マザー・オブ・ボーンズはそのちいさな足に左右でちぐはぐな靴を履いている。緑の平靴と、白い紐のついた赤いテニスシューズ。でもだからって、キチガイじゃない。

ちっぽけな小屋が焼きたての食パンみたいにぎゅうぎゅうに集まっているとこを、あたしたちは次々通りすぎる。あたしは靴を履いてない。もうちいさくなってるし、母さんが国境で買ってきた中国製のやつはばらばらに壊れてしまった。だからあたしは裸足で、赤く埃っぽい道に落ちてるものを踏まないように気をつけて歩く。あっちには割れた瓶、そっちにはクズの山、こっちには茶色い何かの水溜りができてるし、中身をくりぬかれた西瓜も落ちてる。午前の早い時間だけど、太陽はもう居ならぶ小屋をちりちりに焼いている。あたしも身体のあちこちが炙り焼きにされるみたいに感じる。

マザー・オブ・ボーンズが道々出会うひとに挨拶をわめきたてるあいだ、あたしは口を噤《つぐ》んでいる。そうするように言われてるから。ボーンフリーのお母さん、デューベおばさんは、小屋の屋根に石でもって釘を打ちつけてるところだ。ナ・ベティーナは孫のノーモアプロブレムをしゃがませ、うんちさせている。マイ・トンデは椅子に座って、泣き叫ぶ自分の赤ん坊の耳のなかを覗き込んでいる。ナ・ムコバはあたしの見たことのない、背の高い青年に手紙を口述筆記させてる。

盲いた目ですべてを眺めてるズゼ爺さんの前を通りすぎ、小屋のわきで噂話をしたり互いの髪をいじったりしてる女たちの前を通りすぎる。そこからほど遠くないところでは、男たちがジャカランダの木の下に羊みたいに群れをなして、チェッカーゲームをやっている。ジャカランダの青紫の花の下で、上半身裸の男たちはほとんど美しく見える。虎みたいに身を前に屈めて、太陽が背中を鞭打っても、小鳥が裸の肩に糞を落としてべしゃりと肌に広がっても、気にしてないみたい。マザー・オブ・ボーンズは男たちにも挨拶をわめきたてるけど、彼らは色褪せたチェッカー盤と裏になったり表になったりしてる瓶の蓋からほとんど顔をあげない。

ヴォドローザの小屋に列をなしてるひとたちの横を通るとき、マザー・オブ・ボーンズは手を振るだけだ。ここは療法士《ヒーラー》の家だから、わめきたてるわけにはいかない。何人かは手を振り返すけど、頼りなく、しぶしぶといった仕草。病気や厄介ごとで疲れ果てているのだ。このひとたちはヴォドローザに先祖を聖別してもらうのを待っている。それがヴォドローザの商売なんだ。白いおおきな看板には、太字の赤いアルファベットでこんなふうに書かれている。パラダイス地区に**ならぶもののなき**療法士ヴォドローザは、あなたの人生のお悩みをズバッと解決いたします。憑きもの、呪い、悪運、旦那または嫁の浮気、不妊、貧乏、エイズ、乱心、短小、癲癇、悪夢、結婚の失敗、婚活の失敗、業績の伸び悩み、死んだ人間に脅される、渡航ビザが取れない（とくにアメリカ、イギリス方面）、身のまわりのろくでもない人間、家のなかで物がなくなる、などなど、などなど、などなど。お支払いは**外貨のみ**にて承ります。

遊び場を通り抜けるときには、まわりが見えるようにゆっくり歩く。みんなはアンディ・オーバーをやっていて、バスタードが縄の下でせっせと飛び跳ね、ほかの子たちはせっせと囃したてている——お鍋に乗ってアメリカに行った、とかなんとか。あたしたちを見ると遊びをやめて、あたしたちが通りすぎるとき、ゴッドノウズが大声で、ダーリン！サムがお前を引っぱたいてやるって言ってたぞ。戻ったら彼女と闘うかい？　とか、来週NGOが来るんだってよ！　とか、ブダペスト行くか？　とか叫んでくる。マザー・オブ・ボーンズと一緒にいるときには、あたしに話しかけちゃいけないことになってるのを忘れてるみたいに。あたしは唇に手を当てて、静かにって伝えようとする。マザー・オブ・ボーンズは振り返らずに、そんな野蛮なガキどもほっときな、と言う。

遊び場からしばらく行くと、ボーンフリーとメッセンジャーがポスターの束を抱えて歩いてるのに出会う。二人はお揃いのTシャツを着て、双子に見せようとでもしてるみたい。そのTシャツにはたくさんの白くちいさなハートと、その下に赤い文字で**変化**をと書かれている。二人は道の端に寄ってあたしたちを通らせてくれる。

おはようございます、マザー・オブ・ボーンズ。二人は練習してきたみたいに、声をあわせて言う。

骨《ボーンズ》を集めに行くんですか、マザー・オブ・ボーンズ？ とメッセンジャーが言って、マザー・オブ・ボーンズに微笑む。前歯の一本が黒くなければ、それは素敵な微笑みだったに違いない。二人はあたしには何も言わないので、あたしは自分の足を見てる。足は赤い土埃にまみれてる。ワセリンを塗って靴を履かずにいると、こういうことになる。

いいえ息子よ今日は神の家へ行くの今日が何の日か知らないの？ マザー・オブ・ボーンズが歩みを止めずに言う。誰彼かまわず息子とか娘とか呼ぶ。名前を覚えられないからだろう。

ふむ、あなたの神は聞く耳をお持ちですよ。なぜならみんなの求めていた変化がついに訪れるからです。とメッセンジャーが言って、また微笑む。人生が素敵すぎて微笑まずにはいられないみたいに。何もかも素晴らしすぎるみたいに。

ええ、そうです、ご覧のとおり。とボーンフリーが言い添えて、ポスターの束を振って見せる。**変化を、本当の変化を**と手前に書いてあるのが目に入る。その声は太く明るく、赤いインクの文字みたいだ。

明日、目抜き通りでデモをやるんです。変化のため、一緒に歩きましょう！ そして未来のために！ メッセンジャーがあたしたちの後ろから叫ぶ。二人が変化のために口笛を吹いたり歌ったりするのが聞こえる。そして間もなく子どもたちの歌い声も聞こえてくる。振り返って見ると、みんなはもうアンディ・オーバーをやめていて、ボーンフリーとメッセンジャーのあとを追いかけて走っていく。頭の上に拳をあげて。走って跳んで歌ってる。**変化を**って言葉が空中に、まるで摑んだり口に入れたり嚙みしめたりできる何かみたいに、浮かんでいる。

そうさロトの妻はいまのお前みたいに振り返って塩の柱になった。マザー・オブ・ボーンズが言う。それでただちに向き直る。このあたしダーリンは、塩の柱にならないし、またなることもできないってわかってはいるけど。

馬鹿どもめ。とマザー・オブ・ボーンズ。そして足を速めるので、急いで追いつかなきゃならない。連中はライオンの尻尾を引っぱっておいてあとには骨しか残らないってわからないのかね？ とマザー・オブ・ボーンズは続ける。そして今度はあたしとほんとうに話してるみたいに振り返って言う。

明日お前は訊くだろういまあたしが言ったことの意味を明日みんなが本物の骨になっちまったら訊くだろうさ。と言う。あたしはただ空を見あげる。

あたしたちはどんどん歩いていく。太陽はあたしたちを、せっせとアイロンがけする。汗が顔を伝ってくると、そのまま落ちるままにして、舌を伸ばして受けとめる。ぴりっとしょっぱい味がする。モパネの木の下であたしたちは休む。少し前まではここで教会をしていた。あたしはマザー・オブ・ボーンズの靴の片っぽの紐を結び直す。ファンベキ教会までの山道を登る前にいつもすることだ。モパネの木にはおおきな看板が出ていて、矢印は上方を、教会を指している。矢印の下にはこう書かれている。聖チャリオット教会――引き返すのではない、道を逸れるのでもない、進むのでもない。天国への道は、昇るのだ！　アーメン！　きっと聖書からの引用なんだろうけど、あたしはもとの詩篇を思い出せない。

マザー・オブ・ボーンズはすでにお気に入りの聖歌を口ずさんでいる。この道を登るときいつも歌う歌だ。彼女の歌詞は間違っている。というのも英単語をよく知らないからで、英語をちゃんと喋れないのは学校に行かなかったからだ。でもあたしは訂正しない。大人に教えたり命じたりしてはいけないからだ。神がわたしを聖《サンクテファイ》別されたとき、わたしの罪は山よりも高かった、っていうのがほんとの歌詞だけど、マザー・オブ・ボーンズは、神がわたしを犠牲《サクリファイス》にしたとき、って歌ってる。あたしはもう学校には行っていない。先生たちがみんな、南アフリカとかボツワナとかナミビアとか、もっと稼ぎのいい国へ去ってしまったから。でも教わったことは忘れてない。

ようやくファンベキ山の上に着くころには、太ももは鉛みたいになってるし、陽射しのせいで気分が悪くてひたすら座りたくなってる。だけどマザー・オブ・ボーンズは山なんて登らなかったみたいに歌い歩いてる。立派なキリスト教徒だとみんなに思わせたくて、さらに声を張りあげている。まだ大人はほかに三人しかいない。ホーヴェさんとその美人の奥さんのマイ・シンギ。もうひとりは緑のシャツを着てはじめて見るひとだけど、ホーヴェさんの親戚だと思う。二人はおなじようにズプコのバスそっくりのおおきな頭をしてるから。

あたしはホーヴェさんの子どもたちと一緒に岩に座る。それがやるべきことだから。だけどちっちゃな男の子が笑顔でおもちゃの兵隊を差し出してくると、それは無視する。あたしと遊ぶにはまだ早いってことをわからせるためだ。鼻のでっかいお姉ちゃんのほうにもしかめっ面をしてやる。あなたもお呼びじゃない、ってわからせるため。

あらもう着いてらしたんですか今日は先を越されましたねえ。とマザー・オブ・ボーンズは大人たちに言う。茶化すみたいな笑いごとみたいな口調だけど、マザー・オブ・ボーンズをよく知ってるひとなら、たとえばあたしみたいによく知ってるなら、彼女が内心怒り狂ってることがわかる。マザー・オブ・ボーンズは何においてもいちばんじゃなきゃ気がすまないんだ。

間もなくほかの大人たちが到着しはじめる。狩りから戻った猟犬みたいに息を切らしている。教会に早く着くことのいいとこは、太った大人たちが山道をせっせと登りながら、もう白くはないローブをひらめかせて天使みたいに振る舞おうとするのを見ることができること。大人たちは手を叩き、互いに神とかなんとかの名のもとに挨拶する。女たちはントサロを広げて片方の側へ座り、反対側に男たちが座る。交わることのない二本の川みたいに。チポはお祖父ちゃんとお祖母ちゃんと来ている。あたしはホーヴェさんの子どもをひとり肘鉄で追い出し、隣にチポを腰かけさせる。するとモヨおばさんがやってきて、こっちの意向を訊きもせずに、あたしの腕に自分の赤ちゃんを押しつける。

あたしは赤ん坊が嫌いだ。モヨおばさんの赤ちゃんがウシガエルみたいな目で見つめてきても、あたしは微笑まない。悪いことに、醜い赤ちゃんだ。蛇のお尻を見て震えあがってるみたいな顔。その毛のない頭のタムシの跡と、鼻に詰まった鼻水を眺めて、あたしはこんな赤ん坊とは一切関わらないと決める。この子を抱かないかとチポに小声で訊く。でもチポはこっちを見もしない。

あたしは赤ちゃんを怖がらせることにする。誰も見てないのを確かめると、ただちに怖い顔を作る。赤ちゃんが泣かないので、腕をつねる。まるまるした顔はきゅっと縮みあがるけど、仕方なくそうしたという感じ。泣くべきかどうか決めかねてるみたいな。あんまり時間がかかるもんだから、あたしはさらに強くつねる。今度ばかりは赤ちゃんも火がついたように泣き出す。それでいいんだ。あたしとチポは顔を見あわせて微笑む。モヨおばさんが飛んできて、赤ちゃんを取りあげる。誰だって信徒全員の前でお叱りを受けたくはない。

伝道者たちと黙示の預言者ビッチントン・ムボロは、全員が揃ったあとでやってくる。ボス猿みたい。さまざまな色の十字架で飾った法衣、鉤爪のついた長い杖、日光に輝く禿げ頭、長い髭――聖書のひとたちの格好を真似してるんだとわかる。

黙示の預言者ビッチントン・ムボロは、今日はまあたらしい法衣を着ている。ミルクみたいな白色で、緑と赤の縦縞が両脇にあしらわれてる。杖も新品で、伝道者たちの杖とは違っている。長くて太く、ひとを傷つけたりとかひどいことをほんとにしそうな杖だ。先端には円に囲まれた十字架がついている。伝道者たちと黙示の預言者ビッチントン・ムボロが到着すると、いよいよはじまるんだってわかる。背の高い痩せた女が立ちあがり、『ミコロ』を歌いはじめる。死にたくなるくらい退屈な歌。

いまや全員が立ちあがっている。歌って足を動かし揺れる。歌って足を動かし揺れる。まるで霊の訪れを受けたかのように。でもそうなんだとしたら、あたしの番は飛ばされたんだろう。霊はいつもあたしを飛ばす。チポもまた揺れている。その手はお腹をさすってるけど、歌ってはいない。マザー・オブ・ボーンズに見られるといけないから、あたしも歌ってるふりをする。だけど唇を動かしてるだけで、というのも『ミコロ』の歌はちっとも響いてこないから。さっきの女のひとが主旋律を歌うあいだ、ミコロ、ミコロって繰り返してるだけなんだもん。おまけにその女性はぜんぜん声がよくない。あたしの声のほうがマシ、猫だってもっとうまく歌える。モヨおばさんのほうを見ると、歌は醜い赤ちゃんを眠らせてしまっていて、それも頷けることだ。

あたしは暇を潰すためにパラダイス地区へ目をやる。こうしてファンベキ山の上にいると、なんでも見える神さまになったみたいな気持ちがする。パラダイス地区はブリキででてきてて、太陽のもとに広がっている。まるで地面に打ちつけられて、乾燥させられてる羊の皮みたい。小屋のならびは、雨のあとで、濁った水溜りと泥の色だ。小屋のひとつひとつはひどいものだけど、ここからだとそう悪くない気もする。まるで絵画を見てるみたいに、美しいとさえ思える。

次に空を見あげる。はるか彼方、雲のあいだに飛行機を見つける。最初は鳥だと思ったけど、やっぱり違う、飛行機だ。フォスタリナ叔母さんがアメリカへ渡るのに乗った、ブリティッシュ・エアウェイズの機体かもしれない。

フォスタリナ叔母さんを追ってアメリカに行くとき、あたしもあれに乗るの。チポの耳にあたしはそう囁く。何の話かわかるように、目をあげて空を示す。その視線の先をチポも見る。

でもアメリカに行くのに、どうしてブリティッシュ・エアウェイズに乗るんだろう？　なぜアメリカン・エアウェイズじゃないのかな？　あたしは言うけど、もうチポに向かってじゃない。あたしはひとりで自問している。チポにはわからないと思うから。ここからだと空はひどく近い。聖なる誰かが手を伸ばして、黙示の預言者ビッチントン・ムボロや伝道者たちの額に滴る汗を拭うこともできそうだ。黙示の預言者ビッチントン・ムボロの夢に神さまがあらわれて、教会をここへ移すように言ったらしい。きっと神さまはあたしたちに、そばに来て欲しかったんだ。詩篇のなかの、山上のシモンのように。

黙示の預言者ビッチントン・ムボロの喚き声で我に返る。気づくと歌はもう終わっている。黙示の預言者ビッチントン・ムボロの声が動物だったとしたら、おおきくて獰猛で、いろんなものを倒せるやつだろう。以前、まだモパネの木の下で教会をやってたとき、ムボロは昔自分の声がちいさかったこと、おとなしく臆病な人間で、ほとんど声を出さなかったことを話した。それがある晩、天使がやってきて、彼に、語れ、と言った。口をひらくと雷のような轟音が鳴り響いた。

いま黙示の預言者ビッチントン・ムボロは、雷を鳴らすのに忙しい。ユダとゴルゴタの丘と十字架と、キリストの隣の二人の盗人、それらをまるで見てきたかのように語っている。黙示の預言者ビッチントン・ムボロは、調子がいいとき、ひとところにじっとしていない。焼けた石炭の上を歩くみたいに、あっちへこっちへ移動する。腕を振りまわし、杖を空のほうへ振り、見えないどこかが痒いみたいにそこらじゅうを飛び跳ねる。ひとりの女性がことあるごとに、イエスさまあああ、とか、フーーーンフーーーンフーーーンとか、栄えあれ、栄えあれとか叫んでいる。霊が彼女に触れている証拠だ。

黙示の預言者ビッチントン・ムボロはすっかり汗だくになっていて、法衣は胸もとに張りついている。胸や乳首のかたちがはっきり見える。隣を窺うと、マザー・オブ・ボーンズが全力で耳を傾けている。まぶたは半分閉じて、首をかしげて、腕はお腹を摑んでいる。まるでお腹が痛いみたいだ。あたりの大人たちはみんな、説教に同意を示すためにせっせと頷いている。あるいは黙示の預言者ビッチントン・ムボロの話が恐ろしいことを示すため、せっせと首を振っている。あるいは喉から絞り出すような嘆きの声をあげている。チポを見ると、なかば目を閉じて、うつらうつらとしている。あたしはお尻がひどく痛くて、石でできているみたい。

黙示の預言者ビッチントン・ムボロは、今度は英語の聖書を朗読しはじめる。まるで一年生みたいな発音だ。あんな読みかた、学校に行っていたとしたら成績は悪かったにちがいない。ゴッドノウズですらもっと上手に読める。黙示の預言者ビッチントン・ムボロは、朗読にはあまり時間を割かない。発音できない難しい英単語に出くわすのが怖いんだろう。さっさと説教に移ってしまう。説教はとても得意なのだ。誰もわからないような奇妙な言語で話しはじめる。ひとびとは嘆き、手を叩き、そして唸る。

ミコロを歌った女性がべつの歌で割って入っても、黙示の預言者ビッチントン・ムボロは、歌が耳に入らないみたいに、雷の説教を続ける。ムボロの声と女性の声は、しばらくのあいだ狂った雄鶏みたいに互いをぐるぐる追いまわしている。どちらも譲ろうとしない。やがて黙示の預言者ビッチントン・ムボロが、我はイエスの名においてこの悪魔に口を噤むよう命ずる、と言う。ミコロの女性が黙ったとき、あたしは腋の下に頭を隠して笑いをこらえる。だって彼女ときたら、神さまにセリーヌ・ディオンにしてもらったみたいに振る舞ってたんだもん。

説教が終わると、白くおおきなボウルが寄付のためにまわされてくる。ディスティニーのお母さんが、『与える者は祝福されん』を歌いはじめる。彼女の声は穏やかで美しく、あたしはブダペストで見た女のひとを思い出す。その声はディスティニーのお母さんよりも、あの女のひとにこそふさわしいと思う。あのひとが歌ったなら、きっとこんな声だろうと。だけどあのぼさぼさの頭はなんとかしたほうがいいな。しばらくするとお金の入ったボウルが戻ってくる。これまで見たことのない、変なお金だ。ディスティニーのお母さんの歌も終わり、罪の告解に移っていく。罪のあるひとは立ちあがる。告解するひとたちに交じって、いまここで立ちあがることになったら何と言おう、と考えて、それから罪なんてないことに気づく。黙示の預言者ビッチントン・ムボロは、罪びとそれぞれの額に杖で触れながら——罪びとは七人いて、全員女性だ——聖水を振りかけて、告解のための準備をする。

あたしたちはシマンゲレの話を聞く。彼女は先週悪魔に負けて、ヴォドローザへ助けを求めに行った。嫉妬深い従姉に、これ以上我慢がならなかったから。従姉もまた魔女で、自分が呪いの人形トコロシを送りつけてくるのだと彼女は言う。シマンゲレを死なせて、自分が後釜に入り、旦那さんのラブモアと結婚しようとしているのだと。誰かあたしのそばで言う声がする。ふうん、自業自得だね。あんた自分のクソが臭くないとでも思ってんの？　そう言ったのが誰か見ようとあたりを窺うと、チポのお姉さんのコンスタンスに睨まれたので慌てて目を逸らす。

あたしたちは黙示の預言者ビッチントン・ムボロがシマンゲレを責めるのを待っている。異教徒のもとを訪れた罪で。ムボロはヴォドローザを異教徒と呼ぶ。そのとき、山のふもとのほうから女の叫び声が聞こえる。大人たちの何人かは立って見ようとするけれど、黙示の預言者ビッチントン・ムボロは、鋭く制し、座るよう命じる。それから伝道者たち全員に、イエスの名において立ちあがるよう命じる。たったいま、神が悪魔の来ることを告げたもうたと。

悪魔とは、紫色のドレスをまとった女のひとだ。ドレスは太ももまでめくれあがり、なめらかで傷のない肌をあらわにしてる。天使みたいな肌。男たちの一団が彼女を担いでいて、苦労して頂上まで運ぶ。女のひともその男たちもはじめて見るひとばかりだけど、あたしは彼女がシボもかなわないくらいの美人だと思う。長く艶やかな髪は、ホンモノじゃないかもしれないけどそれでも素敵だ。肌もきれいで歯も白く、栄養が行き渡ってる感じ。ただ胸だけはいただけない。みっともない赤ん坊の頭みたいな、あんなおおきな乳房は要らない。

女のひとのパンツは白で、赤いキスマークの模様がある。とっても素敵なパンツだ。穴がいっこもあいてない。伝道者たちと黙示の預言者ビッチントン・ムボロは、彼女に何があったか聞く前からもう祈りを叫んでいる。彼女に飛びかかり、地面に押さえつける。砂地にあげられた魚のように、女のひとは身をよじって足をばたつかせる。見るからに押さえつけられるのを嫌がってるし、やめて欲しいと叫んでいる。あたしはそのワンピースとパンツのことが心配になる。きれいな肌が傷つかないか、連中が彼女を汚くしないか心配になる。女性を連れてきた男たちは、わきに下がって立ち、見ている。

放して！　放してったら！　この罰当たりども！　あたしが誰かも知らないくせに！　と女のひとは、黙示の預言者ビッチントン・ムボロと伝道者たちに叫ぶ。声は怒り、声そのもので殴ったり殺したりできそうだ。でも連中は聞いていない。ひたすら祈りを捧げてる。あたしは彼女の言葉を繰り返す。放して！　そのひとを放してあげて！　この罰当たりども！　そのひとが誰かも知らないくせに！　……声に出さずに、心のなかで言う。

黙示の預言者ビッチントン・ムボロが命じると、女たちは立ちあがり、ムボロと伝道者たちの背後で壁みたいにならんで、歌ったり踊ったり空中で聖書を振ったりする。祈ってるのもいる。聖霊をきちんと降臨させるにはそうすることが必要らしい。だけど声は抑制が利いている。さもないとヴォドローザのところの異教徒みたいに聞こえてしまう。あたしはヴォドローザの小屋の裏手で、異教徒たちが祖先を呼ぶのを聞いたことがある。太鼓を打ち鳴らし、男は吼え、女は金切り声をあげ、身体は宙に跳びあがり、きりきりと舞っていた。服を剝ぎ取ってるひともいた。

美人の女のひとは、罰当たりどもにやめろと叫んでいる。でも罰当たりどもはやめない。あたしは彼女の目を見ようとする。あたしはこいつらの一味じゃない、あなたの味方だって伝えようとする。けれど彼女は叫んだり蹴ったりするのに忙しく、あたしのほうを見てくれない。祈りの声が、おおきく、おおきくなる。きちんと祈りを唱えるひともいれば、おかしな言語で唱えるひと、または歌ってるひともいる。

黙示の預言者ビッチントン・ムボロが、両手をあげてひとびとを静かにさせる。杖の先を女性にあて、悪魔にキリストの名のもとに、彼女のなかから出ていくよう命じる。出せる限りの大声で、はっきりと言う。それからさらに、悪魔を罵るようなことを言う。でも何も起きないので、法衣の袖口で額を拭うと杖をわきに放り投げ、レスラーのハルク・ホーガンみたいに彼女に飛び乗り、胸の二つの小山を自分の下に組み敷く。

黙示の預言者ビッチントン・ムボロはその姿勢のまま祈る。彼女を地面に押さえつけつつ、キリストの名を呼び、聖書の詩篇を叫びたてる。ムボロの手は女性の腹に伸び、それから太ももへ、やがて彼女のあの部分へと伸びると、そこをさすりはじめる。祈りはますます熱心になる。まるでその部分に問題があるかのように。預言者の顔は赤く火照っている。美人の女のひとはいまや、ボロ雑巾みたいになっている。美しさも強さも、消えてしまう。

まっている。あたしはその顔を見ないよう、注意深く目を逸らす。だってそんなふうになってるとこを、見ていたなんて知られたくない。チポはうたた寝から覚めたようだ。迷子になったみたいにあたりを見まわしているけれど、やがて自分がどこにいるかわかったらしい。

あれよ、あれをされたのよ。わたしあれをされたの。とチポが言う。言いながらあたしの腕を、折れそうなほどに揺さぶる。ずっと喋らなかったチポが、あれ以来はじめて口を利いた。まるで聖霊の降臨でも受けたみたいに。チポの声は鋭く、耳を貫く。周囲では、祈りの声がますますおおきくなっていく。みんなが気持ちを高ぶらせている。黙示の預言者ビッチントン・ムボロが、女性をおとなしくさせたから。彼女を連れてきた男たちは満足そうだ。夫らしい背の高い男は、とりわけ満足そうだ。信者たちも満足している。マザー・オブ・ボーンズも満足している。でもあたしは悲しい。美しい女のひとが、まるで打ちのめされて十字架に釘づけにされたイエス・キリストみたいに、黙示の預言者ビッチントン・ムボロに組み敷かれてるから。

わたしあれをされたの、お祖父ちゃんに。ビン・ラディンごっこをして帰ってきたらお祖母ちゃんが家にいなくてお祖父ちゃんだけいてお祖父ちゃんがわたしの上に乗っかってきてあんなふうに押さえつけてわたしの口を手で塞いで山みたいに重くのしかかってきたの。とチポは言う。その言葉はマザー・オブ・ボーンズみたいに、いっぺんに転がり出してくる。あたしはチポを見る。チポは見たこともないような顔を、痛みに満ちた表情をしている。あたしは笑いたくなる。チポがまた喋れるようになったから。でもその表情が混乱させる。チポは何か言って欲しがっている。それだけはわかる。何か、できれば大事なこと。そこであたしはこんなふうに言う。ねえ、グァバを盗みに行こうか？

# 国盗りゲーム

シャンハイ地区ときたらキチガイ沙汰だ。機械がごっついあごで巻きあげる。機械が大地を叩いてまわる。機械が岩を砕き、機械が煙の雲を吐き出し、機械が大地をぺしゃんこにする。いたるところに機械、機械、機械。オレンジ色の作業着に黄色いヘルメットの中国人がそこらじゅうにいる。数じたいは多くないのに、あっちこっちを駆けまわるから、まるでトウモロコシ畑のトウモロコシみたいに中国人だらけ。それから黒人たちもいる。作業着じゃなく普段着で、破れたTシャツ、ベスト、半ズボン、膝で切ったズボン、オーバーオール、ゴム草履、テニスシューズといった格好だ。

あたしたちはシャンハイの入り口のとこに立っている。頭上の赤い巨大な看板には、きれいな文字で何か書かれてるけどあたしたちには読めやしない。シャンハイは遠いからあんまり来ないんだけど、今日はシボのお祖母ちゃん、スバンダさんに行くように言われた。ここで働いてるモシェって男を見つけて、パラダイスに戻るよう伝える。スバンダ婆さんは、何か知らないけどモシェに言うことがあるらしい。ここへはブダペストを抜け、マシエファンビリ通り沿いに来る。ずうっと東へ歩いていくと、フェンスで囲まれた採石場がある。ひとびとはかつて、そこでダイヤモンドを掘ろうとしてたんだけど、兵隊たちがやってきてみんなを追い出しちゃった。シャンハイは茂みを挟んでその向かい側にある。

あいつら、もうここまでやっちゃったの？　とシボが、恐れをなしたみたいに言う。中国人たちの働きようといったら、まったく信じられない。前回ここへ来たときには、やっと草地を焼いて機械を運び込んだところだった。それがもう建物の骨組みができてる。創造の神を馬鹿にしてるみたいだ。

そうさ、中国ってのはたいしたものだって、この前言っただろ？　嘘じゃなかっただろ？　こりゃあ実際、すげえだろ？　とバスタードが嬉々として言う。片手を広げてあたりを示す。まるで中国人を連れてきて建物を造らせたのは自分で、自分の命令で連中が動くとでも言うように。

この建物ができたら、こっちのほうにも何かできるだろう。まあ、見てろ。おれの言う通りだってわかるから。とバスタードがまた言う。

まるでお前の家を建ててるみたいな言いようだな。とスティーナ。

だからどうしたってんだよ。何にしたってすげえんだ。すげえ、すげえ、すげえぞこりゃ。とバスタードが、歌うみたいに繰り返す。彼はすでに建物へと歩き出してて、あたしたちもあとをついて行く。

工事現場の近くでは男たちが叫んでる。なんだか意味のわからないこと、でたらめのお祈りを聞いてるみたいな感じだ。それは中国語で、それはあたしたちの言葉で、同時に英語で、そのぜんぶが機械の音と混じっている。言葉じゃ完全にわかりあえないから、それを補うため手や道具が空中にあげられる。手押し車にシャベルで土を盛ってる黒人たちに近づくと、何人かは手を止めてあたしたちを見る。彼らは生まれてこのかたずっと、泥のなかで生きてきたみたいに見える――身体じゅうに泥が、服にも髪にもついている。大人たちがふつうそうするように、きちんと見せようとする様子がない。ちょっと可哀そうだなとあたしたちは思う。

あたしたちは配管の近くに立って、バスタードが、モシェに会いたいんだと叫ぶ。誰も答えないけれど、しばらくして全身筋肉みたいな真っ黒な男が、帰れと言う。モシェは数日前、南アフリカに行ったよ。そう告げて、また穴掘りに戻る。

やつは正しい選択をした。とバスタードが言う。

誰が？　とシボ。

モシェ。

なんで？

南アフリカに行ったからさ。おれもそうするつもりなんだ。このクソみたいな土地で泥にまみれて働くかわりにな。見ろ、あの連中ときたら豚みたいだ。バスタードが言って笑う。

あたしたちはしばらくそこにいるけど、誰もそれ以上喋ってくれないので男たちのそばを離れる。黄色のでっかいショベルカーの隣に建てられたテントに行くと、あたしたちは止まってなかを覗く。でもテントのなかは暗くて覗いても何も見えない。そのとき太った中国人が、ベルトを締めながらそこから出てくる。きっと親方だ。ほかの男たちと違い、まともなズボンとシャツとジャケットとネクタイを身に着けてるから。

驚きの連続だ――親方はあたしたちが覗いてるのを見てあきらかに驚いているし、あたしたちも見つかって驚いている。でもそれ以上に親方の太り具合が驚きだ。ここで働くほかの中国人労働者は、せいぜいこの半分なのに。このひと、何があったのかな？　さらに驚くことに、太った男はあたしたちに、チンチョン語で喋りはじめる。まるで自分のお祖母ちゃんちにでもいるような具合に。チンチョンチンチョンまくしたててから、あたしたちの答えを待つみたいに一呼吸置く。チポがくすくす笑う。

こいつ頭がおかしいな。とスティーナが言う。

だな。誰かがこのデブのマンジーナに、この国の共通語が中国語になったって教えたんだろう。

見ろよあの太鼓腹。まるまるひとつ国を呑んじまったみたいだ。

あたしたちがそこへ突っ立っていると、今度は黒人の女の子が二人、細身のジーンズに髪にはエクステ、ハイヒールという出で立ちでテントから出てくる。デブのマンジーナのことはすっかり忘れて、身体をくねらせて横切っていく彼女たちをあたしたちは見る。痩せたほうの持ってる青いおおきなハンドバッグがあたしの左側に触れる。揃いの宝石をあしらった首飾りが首輪みたい。二人は身体をくねらせながらショベルカーのわきを通り、瓦礫の山を通りすぎて、男たちの一団のあたりを通っていく。男たちは仕事の手を止めて女の子たちを凝視する。彼女たちがシャンハイ地区を出て、目抜き通りの曲がり角の向こうに消えてしまうまで見つめている。

で、お前たちは何か用か？　べつの、ふつうサイズの中国人が、デブのマンジーナのところへやってきて、あたしたちにゆっくりした英語で言う。このひとは労働者だ。汚れた顔に、オレンジ色の作業着とヘルメットを着けている。片手に縄を、もう一方の手に煙草を持っている。ひとくち吸って煙を吐き、また吸って、また吐く。あたしたちはそれを見ている。

何を建ててるの？　学校？　団地？　病院？　とスティーナが訊く。

ショッピング・モールを造ってる。とてもとてもおおきいモール。よい店が揃ってる。グッチ、ルイ・ヴィトン、ヴェルサーチ、ぜんぶ揃ってる。よいモール、おおきいモール。中国人はそう言うと、煙草の灰を落として建物を見あげる。あたしたちは笑い、男も笑う。デブのマンジーナまで笑う。

おれたちにジンゾンを分けてよ。前にもらったことあるんだ。とゴッドノウズが率直に言う。

前回来たとき、彼らはあたしたちに黒いビニール袋をひとつくれた。物がたっぷり詰まっていた。腕時計、宝石、ビーチサンダルに乾電池。だけど母さんが以前買ってくれた靴みたいに、ろくでもない安物ばかりだったから、みんな数日で壊れちゃった。でもそのときに、ビニールに包まれた、茶色く変なかたちのお菓子ももらった。口に入れるとぱりぱり割れて、驚いたことに白い紙がなかに隠れていた。ゴッドノウズの紙にはこうあった——**フォーチュン・クッキーをひと箱ぜんぶ食べれば、不可能なことはない。**バスタードの紙には——**才能が認められる、そして報われる。**チポの紙——**うちに秘めたるものを外に出せば、出したものが救ってくれる。**シボのはこう——**ナイトライフが待っている。**スティーナ——**あたらしい靴がおおいなる幸運を呼ぶ、ラッキーナンバーは7、13、2、9、**

**4。そしてあたしの紙には、こんなふうに書いてあった——幸福で実り多き未来が待っているでしょう。**

一回もらったなら充分。メイド・イン・チャイナが欲しいなら、働け。タダではやらないぞ。と中国人は言う。

だけどあんたたち、おれたちの国にいるんだよ。それは勘定に入れていいと思う。とスティーナが言う。

夜中にここへ来て、そこらじゅうにウンコしてもいいわけ？　それか盗みまくるとか？　ゴッドノウズが言うと中国人は笑う。その笑いかたで、言ったことが理解できなかったんだとわかる。それから男とデブのマンジーナはチンチョン語で何かまじめな話をはじめる。べつの話題に移ったらしい。あたしたちはそこで待つけれど、やがてうんざりしてしまう。スティーナが、もう帰ろう、と言う。あいつら、何もくれる気はないみたいだぜ。

シャンハイ地区を出ていくとき、あたしたちは文句たらたら、罵詈雑言を浴びせかける。機械の騒音がなかったら、この国から出てけとか、どっか知らないけど自分ち帰って建設しろとか、クソみたいなモールは要らねえんだよとか、お前らなんぞ友達じゃねえとか言うのが、中国人にも聞こえただろう。黒人の一団を横切るときもあたしたちはまだ叫んでいる。でもそのとき筋骨隆々の黒人が、まるで中国人に任命された監督生みたいに歩み出て、その巨体でもって行く手を阻んだ。男はなんにも言わないけど、その表情から彼が岩を積みあげ、こなごなに砕くことだってやりかねないとわかる。だからあたしたちはそこで黙って、シャンハイ地区をおとなしく出ていく。

よし、これでわかったぞ。中国は他人を食い物にする赤い悪魔だ。そうやって太って強くなる。いまが見きわめのときだ。やつらはみんなの家に押し入ろうとしてるのか、ただ森で待ち伏せしてるだけか。ゴッドノウズがそんなふうに言う。

そんなのおかしいよ。中国が悪魔なら、太って強くなる必要なんてある？　悪魔はすでに強いはずじゃない？　とあたしは言う。

パラダイスに帰り着いて、今度はべつの遊びをしようとしている。あたらしい遊びを思いつくのは大切だ。古い遊びに飽きて、退屈で死なないために必要なこと。でもなかなか難しくもある。いちいち話しあい、うまくいってるか確かめながらじゃないといけない。あたらしい遊びを決めるのは、今日はバスタードの番だ。今朝の出来事があったあとでも、バスタードはまだ中国にこだわっている。なんでだかはわからない。

おれは中国は、龍じゃないと駄目だと思う。とバスタードは言う。龍はホンモノの怪獣だ。いつだって頂点にいる。と。

天使じゃなきゃ駄目だとあたしは思う。と言うのはシボだ。天使でなんかすごいことできる不思議な力があって、それでみんなが助けを求めにくるの。踊りを踊って歌を歌って、**チャイナ・チャイナ・ムジバ、チャイナ・チャイナ・ウー！**ってお願いするんだよ。シボは言って、その馬鹿みたいな踊りを踊る。自分に満足してるみたい。踊りが終わると側転を二回やって、赤いパンツがちらっと見える。

何やってんだよ、お前。とバスタードが言う。

そうだよ、座れよ。そんな意味不明な馬鹿なこと、いったい誰がやるんだ？　おれはこれから、国盗りゲームのマスを描くぞ。ゴッドノウズが言って、太い棒を拾う。

間もなくあたしたち全員が、地面に国盗りゲームのマスを描きはじめる。それはとてもうまくいく。なぜなら昨日雨が降って、今日は地面がちょうどよい軟らかさになっているから。国盗りゲームをやるためには、二つの輪を描かなきゃならない。外側におおきな輪、そして内側のちいさな輪には親が立つ。外側の輪は参加者の人数に応じて区分けする。それぞれ好きなマス目を選び、そこに国の名前を書く。国盗りゲームって名前の由来だ。

でもまずはどの国になるかをめぐって争わなければならない。というのも人気はいくつかの国に集中するからだ。アメリカ合衆国とかイギリスとか、カナダとかオーストラリアとかスイスとかフランスとかイタリアとかスウェーデンとかドイツとかロシアとかギリシアとか、そういうのは国のなかの国だ。ここで争いに負けると、ドバイとか南アフリカとかボツワナとかタンザニアとかの国で妥協することになる。そういうのは国のなかの国じゃないけど、でもここよりはマシだ。コンゴとかソマリアとかイラクとかスーダンとかハイチとかスリランカとか、そういうしみったれた国、何よりあたしたちの住むこの国になりたがるやつなんていない。ぞっとするような飢餓の国、何もかもがばらばらに崩壊しているこんな国にはなりたがらない。

今日みたいに運がいいと、アメリカになることができる。アメリカはホンモノの、国のなかの国だ。世界に君臨するボス猿はアメリカだってみんな知ってる。フォスタリナ叔母さんがそこに住んでるから、あたしはいまや、アメリカを自分の国みたいに思う。叔母さんはデストロイド・ミシガンに住んでいて、いろんなことが落ち着いたらこっちへあたしを迎えにきてくれる。そしてあたしも向こうへ住むんだ。全員の国の名前が決まると、最初の親をめぐって投票をする。親はまんなかのちいさな円に立ってゲームをスタートさせる。ほかのみんなはおおきな円にいて、片足を自分の国に、もうひとつの足を外側に踏張っている。

親が誰かの国を選んでその名前を告げると、ゲームの開始だ。親は何も考えずに国を選んじゃいけない。ゲームから外しやすそうな国を選ぶことになっている。それは戦争に似てる。戦争では、自分より強い相手とむやみに戦っては駄目だ。そんなことしたらボコボコにされる。おなじように国盗りゲームでも、足の遅いひとを名指しするのがいちばんいい。自分を打ち負かさない相手を。親が名前を言ったとたん、あたしたちは一目散に逃げる。警察に追いかけられるときみたいに。名指しされた国だけはべつで、そのひとはまんなかの円にまっすぐ駆け込み、ストップストップストーップ！ と言うことになってる。

全員が止まると、あたらしくまんなかの輪に来た国は次に誰を外すか決める。輪の外にいる国の誰かに触るのに、三歩だけジャンプできる。外側の輪のいちばん近くにいる国を外すのがかんたんだ。つまりいちばん走るのが遅かったひと。ただゆっくり確実に跳べばいい。そして外された国は、座って残りのゲームを見ていることになる。でもそのときあたらしい国が、三歩以内で誰のことも触って外すことができなかったら、次の親を決めて自分がゲームから降りなければならない。そんなふうに続けていって、最後の一国になるまで繰り返す。最後まで立っていた国の勝ちだ。

あたしたちはゲームの真っ最中で、盛りあがってきたところだ。スーダンとコンゴとグアテマラとイラクとハイチとアフガニスタンが外され、国境のとこに座って国のなかの国たちが戦うのを眺めている。ちょうど北朝鮮から逃げているとき、NGOのおおきなトラックがファンベキ山を通ってこっちへやってくるのが見える。あたしたちは即座にゲームをやめ、歌ったり踊ったりジャンプしたりをはじめる。

ほんとのとこを言えば、その場で駆け出してトラックを迎えに行きたいんだけど、そうしては駄目だって知っている。前回そんなふうにしたら、NGOのひとたち、まるであたしたちが人道にもとる罪を犯したみたいに不機嫌になった。だから走って出迎えるかわりに、やってくるトラックをただ歌いながら待つことにしたんだ。待っているのはつらいことだ。トラックがだんだん近づいてくるのがあたしたちにも見えるけど、同時にはるか遠くに思える。まるでここにはいないみたいに、どこかで足止めを食ってるみたいに、べつの国にいるみたいにさえ感じる。トラックにはプレゼントが積まれていて、あたしたちはそれを知ってるから、のろのろ進むトラックをじれったく思う。

今回、NGOは遅かった。ほんとは先月の十五日に来るはずだったのに、先月は終わってもう今月になってる。あたしたちはさっさと広場を片づける。だってそこにトラックが停まるから。ようやっとトラックがやってきて、癇癪持ちの怪物みたいに土埃を掻きまわす。あたしたちはほんとのキチガイみたいに歌ったり叫んだりする。歯を剝きだして腕を突きあげる。両足で地面を引き裂く。砂埃に目を細め、トラックの扉を見据える。NGOのひとが降りてくるのを待つ。でも踊りと歌はやめない。すごく頑張って歌って踊ったら、NGOのひとが感動していっぱいプレゼントをくれるかもしれないから。いっぱいいっぱい、こんなにもらったらあたしたち死んじゃうよＮＧＯ！　って叫んじゃうくらいにさ。

トラックからＮＧＯのひとたちが出てくる。五人みんな出てくる。白人が三人で、うち二人が女性で男性がひとり。このひとたちはぱっと見てここの出身じゃないとわかる。それからベティねえさん。彼女はここの出身だ。ベティねえさんはここの言葉を喋る。だからきっとあたしたちの言葉を白人に通訳し、白人の言葉をあたしたちに通訳する仕事なんだろう。あとひとりは運転手で、たぶんここの出身だと思う。運転するということ以外に、とくに仕事はなさそう。運転手以外全員がサングラスをかけている。目たちはあたしたちを見てるけど、その目は黒いガラスの壁に隠されているから、あたしたちの側から見ることはできない。

女性の片方が、あたしたちの言語で挨拶しようとしてひどく舌を噛んだから、あたしたちはめちゃめちゃ笑う。彼女は結局英語で言う。ベティねえさんがその挨拶を通訳したけれど、ハロー、チルドレンてのがハロー、チルドレンて意味だってことくらい、そのへんに生えてる木だって知ってる。あたしたちはすごく興奮して手を叩きだしていたんだけど、もうひとりのほうの小柄な美人は、身振りで座るように伝えてくる。指輪についてるきらきらが、太陽を受けてひかり輝く。

あたしたちが座ると、白人の男がおおきなカメラで写真を撮りはじめる。ＮＧＯは写真を撮るのが好きだ。まるであたしたちが自分の親友か親戚で、あとで家に帰ってからべつの友人や親戚に名前を言いながらその写真を指さしたりするんじゃないかって感じ。汚くて破れた服を着てることがあたしたちは恥ずかしく、写真なんて撮らないで欲しいと思っているけど、彼らはお構いなしなんだ。あたしたちは文句は言わない。だって写真のあとはプレゼントって知っているから。

カメラマンの男はあたしたちに立つように言い、続けて写真を撮る。チーズと言うようには頼んでこなくて、だからあたしたちも言わない。男はチポとそのお腹を見て、驚愕した様子でそこに立ち尽くす。カメラを取り落とすかと思うほど。それからやっとここに来た目的を思い出したようで、少し下がるとチポの写真をたくさん撮りはじめる。チポがパリス・ヒルトンでもあるみたいに。フラッシュ、パシャッ、フラッシュ、パシャッ、フラッシュ、パシャッの繰り返し。男がやめないのでチポは背を向け、グループの端っこへ逃げる。顔をしかめてる。道ばたの煉瓦でさえ、パリス・ヒルトンはパパラッチが嫌いだって知ってる。

カメラマンは今度は、ゴッドノウズの黒いお尻に飛びつく。バスタードがそれを指さして笑い、ゴッドノウズは身をひるがえしてズボンの穴を手で隠す。聖書に出てくる、急に裸が恥ずかしくなった男のように。でも彼は、裸であることを隠しおおせはしないんだ。

あたしたちはゴッドノウズを笑う。カメラが自分に向けられると、バスタードは帽子を取って、色男みたいに微笑む。それからいろんなポーズを決める。筋肉を動かしてみたり、腰に手を当てたりVサインを作ったり。片膝を地面についたりもする。

そんなふうに笑ったり、笑顔を作ったりするもんじゃないぞ。馬鹿みたいなポーズもお呼びじゃねえ。とゴッドノウズが言う。

ははん、羨ましいんだな。お前は尻の写真しか撮られなかったから。その汚《き》ったない尻の写真しか。とバスタードが答える。

違う、違うぞ。羨ましいわけねえだろ、お前みたいな変な顔のやつ。とゴッドノウズは言う。あとで殴られるかもしれないのに。

おれはしたいようにやるだけさ、この黒ケツ野郎。それに連中が国に帰って、この写真を見たときに、おれはおれ自身を見て欲しいんだ。おれのケツとか汚い服とかじゃなくてさ。

でも誰があんたの写真を見るの？　とあたしは訊く。誰があたしたちの写真を見るの？　だけど、誰も答えない。

写真のあとはプレゼント。最初はきちんと列を作って、結婚式に向かう蟻の行列みたいにならんでるんだけど、トラックの後ろが開いたとたんあたしたちは、目の眩んだ糞蠅みたいになる。押しかけ押しのけ、叫んで怒鳴る。両手を突き出し、前にのめる。手当たり次第に摑んでため込む。NGOのひとたちは、固唾《かたず》を呑んで見ているだけだ。やがて青い帽子をかぶった女性が、ちょっと！　ならんで！　ならんでちょうだい！　と声を張りあげるけど、あたしたちはその言葉がわからないみたいに、ただ笑って突っ込んで、持ちあげ押しのけ叫んでる。それでもNGOのひとたちには触らないよう気をつける。だって彼らはプレゼントはくれても、あたしたちに触れたり、あたしたちに触れられたりするのは嫌いだって知っているから。

大人たちが小屋から出てきて、端っこのほうに立つ。まるで国盗りゲームで外された子みたいに。あたしたちに押しあいをやめろと命令したりもしない。物言いたげな目で見たりもしない。でもNGOのひとたちがいなければ、小枝を握るか素手かであたしたちを思い切り引っぱたくだろう。あたしたちもこんな行動に出る勇気はない。だけどNGOが来ているあいだは、親たちは物の数にも入らないんだ。最後にはベティねえさんが怒鳴りつけて、やっとあたしたちを止める。でも怒鳴ったのはあたしたちの言語で、だからNGOのひとたちにはわからないに違いない。

あんたたち何してんのよ、マサスクム・エヴァンフ・イミ？　リヤーハランヤ、このご大層な白人さんたち、はるばる海を越えてあんたたちが猿みたいに騒ぐのを見に来たとでも思ってんの？　あたしに恥をかかせたいわけ？　フットセカニ、馬鹿なジンジャはやめて、いますぐきちんと振る舞うこと。さもなきゃあたしたち、トラックに乗って何もかも持って帰っちゃうからね！　とベティねえさんは言うのだ。それからＮＧＯのひとたちに向き直り、すきっ歯を見せてにっこり笑う。ＮＧＯも笑い返す。ねえさんがあたしたちに、何かＮＧＯを褒めるようなことを言ったと思ったんだろう。

　あたしたちは押しあいをやめ、争いをやめて叫ぶのをやめる。もういっぺんきちんと列にならんで辛抱強く待つ。列は少しずつしか進まず、あたしは叫びだしたくなるけれど、でも最後にはプレゼントをもらって幸せになれるんだ。ひとりがひとつずつおもちゃの銃とお菓子と何か着るものをもらう。あたしは胸のところにグーグルって書いてあるＴシャツと、わきのところがきゅっと締まってる赤いワンピースをもらう。

　サンキューマッチ、とあたしは、プレゼントを手渡してくれた美人の女性に言う。英語が話せるって示すためだ。でも彼女は何も言わない。まるであたしが吼えただけみたいに。

　あたしたちがもらってしまうと、今度は大人たちの番だ。彼らは彼らで列にならぶ。そしてどうでもいいみたいに振る舞う。まるでこんなふうにならんでるより、ほかにやりたいことがあるみたいに。でもほんとのところは大人たちが愚痴ってるのをあたしたちはしょっちゅう聞いてる。ＮＧＯは自分たちを忘れがちだとか、もっと頻繁に来るべきだとか、

NGOがこうとかNGOがああだとか、まるでNGOが自分の親みたいにその話ばっかりしてる。間もなく大人たちは豆や砂糖や碾《ひ》き割りトウモロコシのちいさな包みを受け取るけれど、表情は不満そうだ。大人たちはちいさな包みを、こんなもの欲しくないみたいに、当惑してがっかりさせられたみたいな顔つきで眺める。でも結局はその包みを抱えて自分たちの小屋へ帰っていく。

食糧をもらう列に加わらないのはマザー・ラブだけだ。彼女はまるでバオバブの木みたいにそこに突っ立ったまま、たくさんの星がついた派手なガウン姿で、すべてをかたわらから眺めている。表情は悲しげだ。NGOの女性のひとりが、サングラスを外してマザー・ラブに手を振る。でもマザー・ラブは突っ立ったままで、手も振り返さず笑みを作りもしない。何もしない。ベティねえさんが包みを示す。

ハウゥ、マザー・ラブ！　とねえさんは、頭の悪い子どもをあやすみたいな馬鹿っぽい声を張りあげる。こっちへおいでよ、バントゥー、あんたに贈り物をもってきたんだよ。ほら。とねえさんは言う。NGOのひとたちもさらに包みを持ちあげ、マザー・ラブに見せようとする。女性二人は犬が笑うみたいに歯を剥きだして見せさえする。マザー・ラブがどうするか、みんなが待ち構えている。彼女は背を向け、歩き去る。頭を高くあげ、たくさんの腕輪をじゃらじゃら鳴らし、ガウンの星をきらきらさせて。彼女が去ってしまったあとでも、そのレモンの香りが空中にしばらく残っている。

NGOのトラックが出発するときになると、あたしたちは今度こそ駆け出してそのあとを追いかける。全員欲しいものを手にしたし、もはやNGOがどうして欲しいか、欲しくないかなんて考えない。おもちゃの銃を振りあげて、もらったプレゼントを振りかざして次回は何を持ってきて欲しいか叫んでいる。靴、コンバースのオールスター、ボール、携帯電話、ケーキ、下着、飲みもの、ビスケット、そして米ドル。トラックの轟音があたしたちの声を掻き消してしまうけれど、構わず叫び、走り続ける。ムズィリカズィ通りまで来ると止まる。この通りからは出ちゃいけないことになってる。シボが叫ぶ——**一緒に連れてって！** あたしたち全員がおなじことを叫ぶ。まるでトラックが戻ってきて、いちばん大声でそう叫んだ子を連れていってくれるかのように、誰かにそう教えられたみたいに叫んで叫びまくる。

トラックがちいさくちいさくなって、ただの点にすぎなくなるまであたしたちは見ている。そして消えてしまうと小屋へ戻っていく。トラックがほんとに行ってしまったので、あたしたちはもう叫ばない。お墓みたいに黙って、死人を埋葬して戻ってきた大人たちのように悲しい。バスタードが言う。戦争ごっこして遊ぼうぜ。そこであたしたちは互いを殺すために駆け出していく。アメリカにもらったばかりの、ぴかぴかの銃を手にして。

# ほんとの変化

大人たちは選挙の準備をしてて、このごろパラダイスはいつもと違う。あたしたちが目を覚ますと、男たちはもうジャカランダの木の下に陣取っているけど、いつもみたいにチェッカー盤に向かってかがみこんでいたりはしない。背筋を伸ばして座り、胸を張って頭を高くあげてる。襟つきのシャツを着込み、髪に櫛を入れてホンモノの人間みたいに見える。

あたしたちが通りすぎるとき、彼らは手を振ってくれる。あたしたちをちゃんと見てるみたいに、いまやあたしたちを好きになったみたいに、あたらしく友達になったみたいに。どうやって笑ったらいいか、男たちがまだ覚えていたことにあたしたちは驚く。でも笑い返しはしない。身を寄せあって立ったまま、男たちを、シャツの襟もとに覗く胸毛を、いつでもしかめ面に変わりうると知ってる額を、怒るとたちまち稲妻に変わるそのまなざしを、かつてあたしたちを殴った煉瓦みたいなその腕を眺める。こんなふうに笑っていたって、意味のない見せかけだって思ってる。

このごろでは男たちが喋ると、声は空中で燃えあがり、あらゆるところで煙をあげる。変化について、あたらしい国について、民主主義について、選挙について、その他いろんなそんなことについて語るのが聞こえてくる。

男たちは語りに語り、唇を舐めては手首の腕時計の止まった時間を眺め、互いの背中をぴしゃりと叩いて、雷を呑み込んだような笑い声をあげる。あたしたちは聞いている。だんだん聞くのに疲れるけれど、男たちの表情や声から、語られてるのが何かしらよいものだってことはわかる。

男たちの語るのを聞くと、女たちはくすくす笑う。女たちの瞳には、このごろ美に似たものさえ宿ってるし、彼女たちが自分を美しく見せようとしてるのも伝わってくる。口紅を塗る。髪を結いあげる。ワンピースの左胸の上にピンク色のリボンを飾る。凝ったデザインの太いベルト。錆びた針金をひねって作った腕輪。毛のほとんどは抜けてしまってるけど毛皮のコート。耳の後ろに挿した花。赤く焼けた石でまっすぐにした髪。色とりどりの種で作った耳飾り。スカートに縫いつけた鮮やかな布。女たちがこんなふうにしてるのは長いこと見てなかったし、その美しさのおかげであたしたちは女たちを好きになりたくなる。

大人が選挙に行って投票すると、どうなるんだ？　とゴッドノウズが訊く。あたしたちは**変化を**とか**本当の変化を**とか書かれたポスターを貼るのに忙しい。ボーンフリーとメッセンジャーにそうするように言われたのだ。小屋という小屋の扉に貼ってまわらなきゃいけない。二十八日になったら投票に行くようにとみんなに思い出させるためだ。

あんた、大人たちの話を聞いてなかったの？　シボが言う。変化がやってくるのよ。

うん、だけどその変化って実際なんなんだい？　とゴッドノウズ。ちょうどポスターを一枚貼り終わったところで、そのポスターをまるで目がある人間の顔みたいに見つめている。シボは話しはじめるけれど、すぐに足もとに割れた鏡を見つけて、拾って覗き込む。にっこり笑って自分の顔をうっとりと眺めてる。

あたしたちはポスターを貼っていく。肝心なのは、あたしたち誰もどんな変化も改革も気にかけてないってこと。仕事が終わったら長芋をくれるって、ボーンフリーに言われたからやるだけ。グリーン・ゾンケへ芋を持っていけば、何か買えるかもしれない。中国のお金はまだ見たことがないけど、連中の作る靴がろくでもないってことは知ってる。四回履いただけで壊れてゴミになっちゃった。

おい、おれは将来大統領になるぞ。とバスタードが言う。もうほとんどのポスターは貼り終えて、ヘヴンウェイ墓場へと続く最後の小屋のならびに取りかかっている。

大統領って、なんの？　あたしが訊く。

国の大統領さ。この国の。とバスタード。なんの話をしてると思ってんだよ、この間抜け。

でも大統領になるには、ものすごい年寄りにならないといけないよ。とスティーナが言う。

誰がそんなこと言ったんだよ。なんでわかるんだよ。とバスタードは言って、ポスターを扉に叩きつける。思い切り叩くものだから、ブリキの戸が震えてなかから声がする。ちょっとあんた、うちの扉壊したら承知しないから、剃刀でケツを拭かせるからね！　あたしたちは顔を見あわせてくすくす笑う。バスタードは声に応えて、拳を振りあげ、扉を殴りつける真似をしてみせる。貼ったポスターは傾いてるけど、直そうとはしない。肩越しに振り返ってスティーナを見る。

なんでわかるかって訊いたんだよ。バスタードはもう一度言う。

スティーナはこう答える。雑誌で大統領の写真を見たんだ。ザンビアとか。マラウィとか南アフリカとか、ほかの国の大統領も一緒だった。それで全員が年寄りだった。大統領になるには、まずおじいちゃんにならないと。

バスタードのポスターが剝がれ落ちる。バスタードはそれを拾ってまっぷたつに引き裂く。そして脚を伸ばすと太ももの上で紙の半分を煙草みたいに巻く。それから巻いた紙を口へ持っていき、ジャージのポケットを探るとマッチ箱を取り出す。自作の煙草に火をつけ、吸うのを、あたしたちみんなが見る。

何してるの？　あたしは訊く。

練習してるんだろうよ。とゴッドノウズ。

関係ねえよ。バスタードが言う。ジジイになろうが白髪になろうが関係ねえ。金さえ儲かりゃそれでいい。大統領ってのはすげえ金持ちだろ。バスタードは笑って大人の男みたいに煙草を吸う。煙で噎《む》せたみたいでひどく咳き込む。唾を吐く。誰もバスタードに煙草をくれとは言わない。

すっかり仕事が終わってしまうと、ぜんぶの小屋の扉にポスターが貼られている。ただマザー・オブ・ボーンズのとこはべつだ。うちの扉にその馬鹿みたいなのを貼ったら殺す、と彼女は言った。ポスターだらけになったいま、パラダイスはとてもカラフルだ。あたしたちは誇らしくなる。あたしたちは手を叩き、踊り、声をあげて笑う。

レディ・ガガを歌おうよ。とシボが言う。

それより国歌がいいよ。学校の集会で歌ってたみたいにさ。とあたしは言う。

よし、国歌を歌うぞ。それでおれはみんなの前に立つ。大統領だからな。バスタードが言う。マージュリーの小屋の前にあたしたちはきれいにならび、いちばん高い声を出して歌う。やがてちいさい子たちが出てきて、あたしたちを取り囲んだけど、一緒に歌っちゃいけないことはわきまえてるみたい。ウェエエイト、ウェエエエイト、ウィー・ニィイイド・トゥー・テイク・ア・ピクチュアア、ウェアア・イーズ・マー・ケメラ？　ゴッドノウズがNGOの男を真似て叫ぶ。あたしたちは笑う。笑う笑う。ゴッドノウズは走っていって穴のあいてる煉瓦をひとつ拾うと、それをカメラみたいに構え、写真を撮って撮って撮りまくる。あたしたちはにっこり笑って素敵にポーズを決めて、変化《チェンジ》を！　チーズ！　変化《チェンジ》を！　と叫ぶ。

あたしは眠ってはいない。あたしが眠ってると母さんが思ってるから、こうして目を閉じてるだけだ。マザー・オブ・ボーンズが教えてくれた。野兎はいつも狙われてるから、目を見ひらいたまま眠るんだって。それは周囲を欺くためで、野兎が目を閉じてるときはほんとうは起きている。あたしはいま、野兎になってる。でも見つからないように気をつけないと。母さんが家じゅう行進してまわってるから。ブダペストの家にでも住んでるみたいに、母さんはしょっちゅう歩きまわる。

だけどあたしたちだって、ずっとこのブリキ小屋に住んできたわけじゃない。かつてはちゃんとした家があったし、何でも揃っててハッピーだった。煉瓦でできたホンモノの家で、台所も居間もあったし、寝室は二つあった。ホンモノの壁にホンモノの窓、ホンモノの床、ホンモノのドア、ホンモノのシャワーにホンモノの蛇口。ホンモノのトイレは座って何でも好きなことをすることができた。ホンモノのソファ、ホンモノのベッド、ホンモノのテーブルにホンモノのテレビにホンモノの洋服。何もかもがホンモノだった。

いまやあたしたちにあるのはこのちっぽけなベッド。煉瓦と支柱の上に載せてある。母さんはこのベッドを自力で作った。マザー・オブ・ボーンズの助けを借りて。マットレスの内側は、プラスチックとか鶏やアヒルの羽毛とか古着の切れ端とかが詰めてある。これがうちの両親のベッド。でも父さんは南アフリカにいるから、家で眠ることはない。帰宅してあたしたちに会うことも、お土産を持ってくることもない。だから母さんはときどき不安になり、ときどき怒り、ときどき失望する。父さんがあたしたちに何もしてくれないから、母さんは不満を漏らす。ブリキでできたこの家への不満、足りない食べもの、欲しくても手に入らない洋服、そのほかのいろんなこと。

母さんはいまベッドに腰かけてる。マットレスの音がするからわかる。ベッドに身体がどう載ってるかで出る音が違ってくる。母さんは黙っていて、何を考えてるのかなってあたしは思う。母さんはときどきそんなふうに黙って、頭を重たいメロンみたいに両手で支えてる。まるで誰かに注意されたみたいに。気をつけないと頭が転がり落ちて、こなごなに砕けて真っ赤になって二度と戻らなくなっちゃうからね、と。

そしていま、とても静かに扉をノックする音がする。またあの男だ。名前は知らないけど、あいつだってわかる。だっていつも五回ノックするから。四回でも六回でもなく、きっちり五回。それも、とても静かに。さもなければブリキの扉がへこんでしまうと恐れるみたいな叩きかた。母さんはあたしの頭に毛布をかけ、蠟燭を吹き消して、それからやっと扉をあける。そのときたいていあたしが起きてることを、母さんは知らない。あたしは起きてる。野兎だから。

扉が軋んでひらく音がする。母さんは男に何か囁き、男も何か囁き返す。何を言ってるかまでは聞き取れない。二人は盗みでもするみたいな喋りかたをする。

いま母さんは笑ってる。こんなふうに笑う母さんがあたしは好きだ。ちゃんとした家に住んでいたとき、よくこうして笑ってた。男がどんな姿をしてるか、あたしは知らない。暗闇のなかで顔が見えないから。男の名前すら知らない。でも嫌いなやつだってことはわかる。あたしが元気か尋ねたことは一度もない。まるで遠いどこかの国のことみたいに、あたしに関心がない。お土産を持ってきたことも一度もない。こいつのすることといったら、暗闇のなかに幽霊みたいにやってきて、母さんと一緒にベッドに飛び乗ることだけ。

いま母さんはうめいている。男は息を切らしている。ベッドは列車みたいに小刻みに揺れる。まるで大急ぎで着かなきゃならない大事な場所へ二人を運ぶみたいに。いまその列車は停まり、プラスチックのベッドで二人をペッと吐き出す。男はぞっとするような唸り声をあげる。そして母さんと男は静かになる。もう何も聞こえない。ときどき深い息の音がするだけ。二人とも眠ってるんだろう。だけど朝になるころには、男は消えてしまっている。夜のうちに起きあがって忍び足で出ていく。明るくなると消えている。ひかりのなかには姿をあらわせない、バケモノか何かのよう。

いまあたしは頭のなかで数えている。こうしていれば眠らずにいられる。あたしがときどき眠らずにいるのを誰も知らない。あたしは野兎だ。眠りたいと思うときでも眠ることができない。だって眠ったら夢がやってくる。あたしは夢に来て欲しくない。あたしはブルドーザーが怖いし、大人の男たちや警官が怖い。夢が来るのを許してしまったら、そうしたものが夢から飛び出してきて現実になる気がして怖い。パラダイスへ引っ越す前、ちゃんとした家に住んでたときに起こった事件をあたしは夢に見る。あたしはそれを向こうへ向こうへ追い払おうとするのだけど、夢は何度も何度もこっちへ来る。蜂みたいに、雨みたいに、ヘヴンウェイのお墓みたいに。

それはまったくの夢ってわけじゃない。だって一度ほんとに起こったことだから。その夢にはブルドーザーが猛烈な勢いであらわれる。でもその姿を見る前に、あたしたちはまず音を聞いた。あたしとタムとジョゼファットとンカネとムディワとヴェローナは、外に出てモアのあたらしいサッカーボールで遊んでた。すると雷の音がした。ンカネが言った、なんの音だ？　するとジョゼファットが、雨の音だ。あたしは、違うよ飛行機だよ、と言った。そのときマネルのお祖父ちゃんがフリーダム通りを全速力で走ってきた。いつも持ってる杖は持ってなくて、こんなふうに叫んでた。やつらがやってきた、ああ神よ！　やつらがやってきてしまった！　全員が通りに立って、何が来るのか首を伸ばして見ようとした。母さんが、ダーリンすぐ家に入りなさい！　と叫んだけど、そのときにはもうブルドーザーがそこまで来ていて、でっかくて黄色くて怖くて鉄の歯があって砂埃をあげていた。

ブルドーザーを運転する男たちは笑っていた。大人たちが言うのが聞こえた。どうして、どうしてどうして、我々が何をしたというんだ、いったい何を、何をしたというんだ？　それからトラックが何台も、警官を乗せてやってきた。警官たちは銃と警棒を持ってて、あたしたちは走って家に入った。でも隠れても無駄だった。なぜならブルドーザーが家々に突っ込んで突っ込んできたからで、あたしたちは叫んでそして叫んだ。父親たちは女みたいに両手を宙にあげ、怒りを口にし石を蹴った。母親たちは子どもの名前を呼び、どこにいるのか確かめた。そして家のなかから手当たり次第に持ち出した。皿とか服とか聖書とか食べものとか、なんでも触れるものを掴み出した。ブルドーザーが崩す壁からどんどん埃が出て充満し、あたしたちの髪や口や鼻のなかに入り込んだ。あたしたちは咳をし、咳をした。

男どもはあたしたちの家を壊し、ンカネの家をジョゼファットの家をボンギの家をスィボの家をたくさんの家々を壊した。ノッキャニ、ノッキャニ、ノッキャニ。男どもは鉄のかたまりを運転し、鉄は煉瓦を打ちのめし、煉瓦は崩れた。連中がマイ・タリの家まで来ると、彼女はブルドーザーの前へ身体を投げ出し、クウェテ！　家を倒すんなら、先にあたしを倒しな、この犬野郎！　と言った。ゆがんだ顔の警官がマイ・タリの頭に銃を突きつけ退かそうとしたけれど、彼女は、殺せ、いますぐ殺せ！　あんたたちみたいな恥知らずは、自分の母親だって殺して肉を食らうんだろうよ、インブワ！　と言った。警官はマイ・タリを殺さなかったけど、銃床で頭を殴りつけた。みんなの目が釘づけだったから、何かそれっぽいことをしなければと思ったのかもしれない。マイ・タリの頭から血が噴き出して、警官のブーツが真っ赤っかに染まった。

ブルドーザーがやっと帰ったときには、何もかもが壊されていた。何もかもがこなごなで、何もかもが廃墟になっていた。いたるところに悲しい顔が、いたるところに埃で窒息したひとが、いたるところに壊れた煉瓦の壁が、いたるところに涙を流すひとびとの顔があった。ガイグスが割れた煉瓦を裸足で蹴って、着ていたTシャツを引き裂くと、自分の背中を斜めに走るぞっとするような傷跡を指さした。おれはこの傷を解放戦線で負った。サリルウェリリツウェ・レリ、おれたちはこのくそったれのリツウェ・マニのために戦い、連中に力を与えてやった。いまになって蛇みたいに嚙みついてくるとはな、ムプトゥ。そう言って唾を吐いた。ムーサの父さんは両手をポケットに入れて立っていた。何も言わなかったけど、ズボンの前のところが濡れていた。リトル・テンダイがそれを指さして嗤った。

それからノムヴィヨが赤いハイヒールを履いてバス停から走ってきた。ちょうど繁華街から戻ってきたところだった。壊された家々を見、買ってきた食料や鞄を投げ出して叫んだ。うちの子、うちの息子は!? 何があったの？ フリーダムを家に寝かせたままだったのに！ そこでみんなが手伝って、倒れた板材のあいだを探した。マクボングウェがフリーダムを抱えてあらわれたけど、フリーダムのちいさな身体はぐったりして土埃に覆われていた。赤ん坊というよりただのモノみたいだった。ノムヴィヨは自分の息子でもあるそのモノを見て、地面に身体を投げ出すと転がって転がった。服を破いて黒いブラジャーとパンツ以外は裸になってしまった。母親たちは子どもたちに目を覆うよう叫んだ。だけどあたしは見ることができるよう指のあいだを広げた。ノムヴィョは啜り泣き、頭と両手を地面に打ちつけた。やがて誰かが灰色の毛布で彼女を包み、どこかへ連れていった。

あとになってカメラを持ち、BBCとかCNNとか書かれたTシャツを着たひとたちがやってきた。首を振り、眺め、あたしたちが素敵であるかのように写真を撮った。彼らのひとりが言った。まるでツナミがこの場所を襲っていったみたいだな、ジーザス、あのとんでもない《ファッキン》ツナミにずたずたにされたみたいだな。あたしはヴェローナに、ファッキン・ツナミって何？と訊いた。すると彼女は、ファッキン・ツナミってのは、キリストみたいに水の上を歩けるんだけど、神じゃなくって悪魔なのよ。あのときテレビ見てなかった？水のなかからあらわれて、あの国のひとたちをたくさん殺していったところを見なかった？

それは悪い夢だ。その夢にやってきて欲しくないから、あたしは野兎でい続ける。いま母さんの男は鼾をかいてる。あたしは鼾をかくやつが嫌いだ。耳障りだし、寝ようとしてるとき困るから。戸外でマザー・ラブが歌いはじめる。あんなふうに歌えるひとは、パラダイスにはほかにいない。熟れた果実のように揺れる声は、摘んで口のなかに入れて、その甘さを味わうこともできそうだ。マザー・ラブの声が聞こえたら、彼女の酒場が店をあけたってこと。誰でも行って飲むことができる。

大人たちが選挙に行く日、あたしたちはパラダイスの端っこ、墓場に近いあたりに立って、出発する彼らを眺めている。出発するときはみんな静かだ。それまでの日々みたいにお喋りしてるひとはいない。大人たちがこんなふうに黙ってるのははじめてだから、あたしたちは静かにしてる。大人たちが口をあけて喋ってくれればいいのにと思う。選挙とか民主主義とかあたらしい国とかについて、ずっと喋ってたみたいに喋ってくれればいいのに。大人たちが肩越しに振り返って、留守のあいだお前たちが何をするのかお見通しなんだぞ、って言って欲しい。あたしたちは何か言って欲しいと思う。だけど大人たちは急に自信がなくなったみたいに、寝てるあいだに何かが忍び寄ってその舌をちょん切ってしまったみたいに、ずっと黙ってる。

大人たちがムズィリカズィ通りを歩いていってしまっても、あたしたちはブダペストに向かわない。あたしたちは自由で何をしてもいいのに。ヘヴンウェイに行って死者の名前を読みあげることもせず、火を熾《おこ》すこともせず、小屋のなかに入って大人たちの服を着てみることも、その持ちものを引っ掻きまわすこともせずにいる。ビン・ラディンごっこもしないし、国盗りゲームもアンディ・オーバーもほかのどんな遊びもしない。あたしたちはジャカランダの木の下へ行き、午前のあいだずっと、午後のあいだもずっと、ただ静かに座っている。

もしかしたら、みんな帰ってこないかもしれない。とゴッドノウズが言う。誰もそれには答えない。大人が帰ってこないなんて、誰も考えたくはないから。

もしかしたらパーティーがひらかれてて、この瞬間みんなはおれたち抜きで飲み食いしたり踊ったりするのに忙しいのかも。とゴッドノウズが言う。あたしたちは遠く遊び場のほうをずっと眺めている。大人たちはそこにあらわれるはずだから。そこには木々と乾燥と茶色い土とファンベキ山と空虚とがあるだけだ。

それともまだ投票してるのかも。もしかしたらこの国の大人たちが全員、変化のための投票に行って、だからすごくたくさんの大人がいてそのせいで果てしない列にならんでるのかも。そして医者の診察待ちにならんでるみたいにぜんぜん進まないのかも。その列がいつまでも終わらないのかも。とゴッドノウズが言う。

誰かのお腹がおおきな音をたてて、それであたしはお腹がすいてることに気づく。あたしたち全員お腹がすいてたけど、いまはそれも気にならない。あたしたちの願いはただ大人たちが帰ってきてくれることだけで、大人たちが帰ってきますようにとあんまり強く望むもんだから、まるで帰ってきた大人たちを食べちゃおうとでもしてるみたいだ。

帰ってくるさ。もしかしたらみんなファンベキ山の向こう側にいるだけかもしれなくて、いますぐにでもあらわれるかもしれない。とゴッドノウズが言う。立ちあがって両手を卵形の頭に当てている。そのとき雨が降ってくる。まるでゴッドノウズがそのお喋りで雨を降らせたかのように。少しの雨だ。身体を舐めるだけみたいな雨。あたしたちは雨のなかに座り、たちのぼる土のよい匂いを嗅ぐ。

おれ、母さんに会いたい。とゴッドノウズが、長く黙っていたあとで言う。その声は雨のなかで喉が詰まったみたいに聞こえて、その顔を見ると濡れていて、どれが雨でどれが涙かあたしにはわからない。あたしも母さんに会いたいと思っていて、あたしたち全員自分の母さんに会いたいと思ってる。母さんたちがいたときには、気にも留めていなかったくせに。それからほんの少しあとで、あたしたちがすっかり濡れてしまう前に、雨がやんで太陽が顔を出し光線が雲を突き抜けてくる。まるで誰が誰だか雨に教えてくれようとでもするように。あたしたちはそこに座ったままで、やがて太陽に丸焼きにされる。

大人たちが帰るころには、待ちすぎてふらふらになっている。ファンベキ山の後ろから最初のひとりがあらわれるのを見て、あたしたちは立ちあがる。大人たちは漂うように歩き、両手を使って話していて、いまだ遠くにいるけれど、幸せだってことがわかる。大人たちはほんとの友達じゃないってわかっているけど、それでもあたしたちは走って出迎える。彼らと身体がぶつかって、両手で受け止めてもらうと、その手には黒いインクがついている。指紋を使って投票したからだよ、と大人たちは言う。彼らはあたしたちを抱え、空中に放り投げる。とても高いところまで放るから、空の青がとてもよく見えるし、舌を突き出して空の味を味わうこともできそうだ。

その晩は誰も眠らない。パラダイスでいちばんおおきな、マザー・ラブの小屋へみんなして行く。大人ですら腰をかがめなくても入れる小屋だ。マザー・ラブは昼のあいだに、巨大な金属のマドラムズにお酒を醸造しておいて、夜になるとみんなが小屋に来て飲むんだ。小屋は愉快な色に塗られてて、あたりが暗くなるとその絵の具が生きてるみたいにひかる。あたしたちは夜のなかで小屋が明るくひかるのを待ち、ひかりはじめたらまっすぐに、水中にいるみたいに息を止めて向かっていく。小屋に着いたら指先で触れて、もといた場所に戻りながら、火事だ！　火事だ！　と叫ぶ。

あたしたちはマザー・ラブの小屋に砂みたいに群がっている。蒸し暑くて大人の汗と腋の下とお酒の匂いがする。大人たちはお酒をまわし飲みし、あたしたちにまでまわしてくれる。なぜって変化が訪れるから。お酒は唇が焼けるみたいだし、匂いで鼻がつんとするからあたしたちは飲まない。飲まずにそこへ立って腕を組み、大人たちが酒を飲んで喉を焦がして笑って喋っていろいろするのを観察する。

やがてマザー・ラブが巨大なキリストのポスターのそばに立ち、歌いはじめる。最初は音楽なんて知らないみたいにみんな静まり返ってるけど、やがて身体を揺らしはじめる。間もなく身体をくねらせたり、ひねったりのたくったりよろめいたりぐらぐら揺れたりしはじめる。マザー・ラブの頭は斜め上を向いていて、蒸し暑い空気そのものを飲んでるみたいで、目は閉じている。口はほんの少ししかあいていなくて、歌なんか歌いたくなさそうにも見えるけど、その声は沸きたつようで空間を熱で満たしている。あたしたちは大人の腕に抱かれ、くるくるとまわされる。大人たちの肌が熱くて汗で濡れているのがわかる。すぐそこだ、あたらしい国はもうすぐそこに来ているぞ。こんなパラダイスとはおさらばだ。大人たちはそんなふうに言う。あたしたちを脚のあいだに座らせて。**パラダイス**って言葉を、もう金輪際言わないみたいな調子で発音する。**パ**は口から飛び出すように。**ラ**はいつもより長めに舌を巻いて。**ダイ**は上と下のあごをできる限りおおきくひらいて。最後に**ス**のところでは、バスのタイヤから空気が抜けるようにシューッと息を吐き出す。そうやって**パ・ラ・ダイ・ス**と言われると、あたしたち間もなくそこから出ていくんだって感じがする。聖書のひとびとがあの恐ろしい場所を出て、サンタクロースみたいな長いひげのあるおじいさんが杖で道路を叩くと、背後にはたちまち水が流れて川になった、あのお話みたいに。

# いかに彼らはあらわれたか

彼らはパラダイスに来たわけではない。来るというのは選ぶってことだ。太陽を見て、脚を組んで座り、歯をほじりながら考えた末に決断する。鏡のなかに自分を映し、とっくり眺める時間があるということだ。髪を撫でつけ、ベルトを締めて、手首に巻いた腕時計を確認してから、やっと赤い道を見渡し、こう言う——さあ、いまこそそのときだ、と。来るというのはそういうことだ。だから彼らは来たわけじゃない。彼らはただあらわれた。

彼らはひとりずつあらわれた。二人ずつで、三人ずつであらわれた。蟻みたいに列を作ってあらわれた。または蝿みたいに群れをなして。荒れ狂う海の波のように押し寄せた。早朝にあらわれて、午後にあらわれて、静まり返った夜中にあらわれた。こなごなになった自分たちの家の、その埃を髪や肌や服につけてあらわれた。まるでこの世ならぬ場所から来た生きものみたいに見えていた。足首を腫らし、足裏には水膨れを作り、歩きすぎてくたびれはてているみたいだった。彼らは杖を手にしてあらわれた。その杖で地面に、どこから小屋がはじまってどこで終わるかしるしをつけた。それから注意深く歩きまわり、人殺しでもするかのように震える手で、あたらしい土地を区切っていった。しゃがんで地面にしるしをつける姿は、どこか壊れたみたいだった――ガラスでできた人間の、壊れた破片みたいだった。

彼らはブリキを手に、段ボールを手に、プラスチックを、釘を、小屋を建てるためのいろんなものを手にしてあらわれた。彼らは音をたてないよう努めた。ブリキにブリキを、破片に破片を釘で打ちつけた。空を見あげて勇敢にも思い込もうとした。このあたらしい見知らぬ土地でも空は馴染み深い青色だ、だからすべてはうまくいくに違いない、と。けれどあまりに多くの彼らが、持つべきものを持たずにあらわれた。

なああんた、わしの祖先の椅子がどこにあるか知らないか？　見当たらないんだが。なんだって？　気でも狂ったの、爺さん。子どもの着るものさえ足りてないのに、あんたの死んだ祖父さんの椅子のことなんて知らないよ！

だがその椅子は、一族とともになければならんのだ――わしのひいひい祖父さんシンディムバはその息子サリレに椅子を譲った。サリレは息子ンガロに、ンガロはその息子マブハダに、マブハダはこのわし、ムツィラワランデルワに譲った。わしも息子のヴリンドレラに譲る。なのにそれがない！　いったいどうしたらいい？

イエス・キリストも聖女ムブヤ・ネハンダも殺したのはあたしじゃあないよ。あたしのせいじゃないし、知ったことじゃない。誰かほかを当たりな！

わしはただ、その椅子がわが家の歴史そのものだって言いたかっただけで――。

彼らはそんなふうにして、失われた過去を嘆いた。

何も言わずにあらわれたものもいた。ひとことも喋らずに。彼らは長いこと沈黙のうちに歩きまわっていた。この世に戻ってきた死者たちのように。だがやがて時が経つと、彼らは口をひらくことを思い出した。その声はまるで暗闇をゆく盗人の忍び足のようだった。声はこんなふうに言った。

あいつらはおれたちにあんな仕打ちをするべきじゃなかった。断じてするべきじゃなかった。サリルウェリリツウェ・レリ、おれたちはこの国を解放するために戦ったのに。

これじゃあ独立する前とおなじだ。白人どもがおれたちの土地を奪い、あのおぞましい居住区へ追いやったのを憶えてるだろ？　おれはそこにいたし、お前もいた。何もかもこんなふうだっただろ？

違うな。あの邪悪な白人どもは、おれたちの土地を盗み、おれたちを自分自身の国にいながら貧民にしてしまった。

なんだと。じゃあ訊くが、お前はいま貧民にされてるんじゃないのか？　ブルドーザーでお前の家を壊し、何もかも奪ったあの黒人たちは邪悪じゃないっていうのか？　おなじじゃない。白人の泥棒のほうが、おれたちの兄弟である黒人に奪われるよりずっとマシだ。どんなに極悪でも白人の泥棒のほうがマシだ。

おなじことだがおなじじゃない。でもだからどうだってんだ。おれたちはいまここにいる。このパラダイスに、無一文で。——そして彼らは何も持たなかった。むろん記憶は持っていた。自分の記憶と母や母の母から受け継いだ記憶。国の記憶。

子どもを抱えてあらわれたものもいた。多くが子どもと手を繋いでいた。子どもたちは面食らっているようだった。自分の身に何が起こっているか理解できないようだった。親たちは子どもをぎゅっと胸に抱き、埃だらけのもじゃもじゃの髪を硬い手のひらで撫でた。慰めようとするらしかった。けれど実際、何を言うべきかわからないようだった。子どもたちもやがて諦め、質問するのをやめた。子どもたちの心はからっぽで、その幼少期は骨と影だけを残して逃げてしまったようだった。

マザー・ラブが巨大な樽を持ってあらわれた。すべてのひとたちに出来事を忘れさせるに充分な量の酒を醸すことのできる樽。また喉に歌声を、袋のなかに色とりどりのドレスを持ってあらわれた。こんな状況のなかでも、ばらばらになった何かみたいに見えることを彼女は拒んだ。

だいたいにおいて男たちは、つねに自分を強く見せようとしていた。背筋を伸ばし、頭をあげて、腕をしっかり身体に沿わせ、地面に生えた木のように両足を踏みしめながら歩いた。屈強な、男たちによるジェリコの壁。だが用を足すため茂みのなかに入り、ひと目を気にせずにすむようになると、壊れた塔のように崩れ落ち、打ち捨てられた妾のように悲しみに暮れて泣くのだった。

そして妻や子どもやみんながいる前に戻ってくると、両手を底の抜けたポケットに深く突っ込んで乾いた太ももに触れ、通り道の小石を蹴って退かし、ふたたび自分を壁のように立たせてみせた。けれど女たち、ありとあらゆる涙の流しかた、ありとあらゆる崩れ落ちかたを知っている女たちは、騙されることがなかった。そっとかまどの前から立ちあがり、スカートの埃を払って、地面から生えた岩のように、男や子どもたちや小屋の前に立ってみせた。そのときはじめて、すべての物事は、耐えられるかもしれないものとなった。

# あたらしい名前

今日という今日はチポのお腹の中身を取り出してやるんだ。第一に、じゃないと遊ぶとき邪魔になって仕方ない。第二に、赤ちゃんを産ませたらチポは死んでしまう。昨日、女たちがノシジの話をしてるのを聞いた。小柄で肌の色が薄い女の子で、デュマネおばさんが家政婦になるためにナミビアに行ったあと、その旦那さんのところへ入った。そして赤ちゃんを産むことになって、ノシジは死んでしまった。命にかかわることなんだ。

あたしたちはとても用心して小屋を抜け出す。大人に知られちゃいけないからだ。このことには男の子たち、バスタードとゴッドノウズとスティーナも一緒にしてはいけない。これは女だけのことだから、あたしとシボとフォーギブネスだけしかいない。フォーギブネスは友達のなかの友達ってわけじゃない。彼女の家族はごく最近パラダイスにあらわれた。だからまだよそ者なんだ。そもそも、彼女はあたしたちと似てない。その姿をようく見れば、肌の色が明るすぎるし、髪だっていまにもくるんと巻きそうになってるのがわかるだろう。たぶん彼女は生まれつき違う。神さまが彼女を作るとき、黒人か白人か、はたまたアルビノにするか決めかねたんだと思う。あたしたちはいまだフォーギブネスをはかりかねている。だけど今日は一緒に連れていく。シボとあたしはもうひとり必要で、チポ本人は手伝えないからだ。

あたしたちはヘヴンウェイ墓場の裏手のムファファの木のところではじめる。おおきな木が素敵な影を作ってる。シボは地面に母親のントサロを広げはじめた。どうやってントサロを手に入れたかシボは言おうとしないけれど、こっそりくすねてきたんだってわかる。だってパラダイスじゅう探したって、泥の上に自分の布を広げさせる母親なんかいない。チポは時間を無駄にしない。死ぬのが怖いからだろう。すばやくントサロの上に乗ると、背中を下にして寝そべる。太陽に両目を細めている。

あたしは小石を拾い集める。でも七つくらい拾ったところで考えを変える。拾った小石を放り出しておおきめの石を集めはじめる。この石で何をするのか、はっきり決めていないけど、誰も訊かないし止めないからただ集めて集めて集める。たぶんお腹を打つのに使う。知らないけど。間もなくあたしはチポの肩のそばに、いい感じの石の小山を築く。小山がしっかり固まるように手のひらでポンポン叩いておく。

フォーギブネスは錆びた洋服ハンガーを見つけてきてそれにかかりきりだ。なんに使うのかは訊かない。彼女がそれをひらくのを、木に寄りかかってあたしは見る。フォーギブネスは下唇を噛みしめ、針金のねじれを直そうとする。手のなかで針金がくねくね動く。シボが茂みの陰から出てくる。金属製のつぶれたコップと、半分に切れた男物の茶色いベルト、それからなんだかわからないけど紫のまるいものを持っている。あたしの石の小山のそばに、その品々をならべていく。そんなふうにならべられると、なんだか重要なコレクションみたいな感じだ。チポがあたしたちを見あげて微笑む。死ななくてすむようになるから幸せなんだってわかる。あたしたちもチポを死なせるつもりはないってわかる。

おしっこ出る？　とシボが、あたしを見ながら言う。

ううん、いやわかんない。なんで？　とあたし。

おしっこが要るから。とシボ。

おしっこが要る？

えっと、わたしおしっこ出せるよ。とフォーギブネスが言う。でもシボは彼女を見ない。

来る前におしっこしてきちゃったから、あたしはいまおしっこ、ないの。とシボは言う。

おしっこ出せるよ、ってわたし、言ったんだけど。フォーギブネスが繰り返す。ちょっと声高になっている。ハンガーをひらく作業はほとんど終わっている。

聞こえてるよ。あたしの耳が悪いとでも思ってんの？　これはね、あたしかダーリンのおしっこじゃないといけないの。ねえ、あたしたちまだあんたのことよく知らないって忘れたわけ？　シボが言って、あたしは笑顔になる。フォーギブネスにはっきり言ってくれたのが嬉しいから。

じゃあ、あたしがおしっこする。とあたしは言う。いまや重要人物になった感じがして、おしっこもしたくなってきた。

このなかに出して。とシボが言って、潰れたコップを差し出す。コップのなかに蜘蛛と蜘蛛の巣がある。あたしは棒を拾って蜘蛛を潰そうとするけれど、やっぱりやめてコップをひっくり返し、岩に打ちつけることにする。蜘蛛が這いだしてきたので、棒で蜘蛛の巣を取り除く。地面にコップを置いて、その上にしゃがみ込む。おしっこしながら誰の顔も見ないですむよう、背中を向ける。

最初はちいさなしずくだ。おしっこってそういうものだ。誰かが見てるとなかなか出ない。ちっさいしずくをたくさん出す。レモンの汁を搾るみたいに。目をぎゅっと閉じて、集中する。

なんでそんなに時間がかかるのよ？　フォーギブネスがいらいらと言う。ほんと、何様って感じだ。

ほっときなよ。べつにあんたのアソコを借りて出してるってわけじゃないでしょ。とシボが言う。やがてもう出ない、無理だと感じはじめたそのときに、おしっこがちゃんと出て、あたしは振り向き、フォーギブネスに、文句ある？ どうよ、って感じの視線を送る。それから注意深くコップを持ちあげる。コップはあたたかく、泡立つ液体が半分くらいまで満ちている。あたしはそれをシボに渡す。シボはそこに土を振りかけ、棒で掻き混ぜてチポに渡す。チポは半身を起こしてコップを受け取ると、何ひとつ質問せずにその尿を飲み干す。

シボはチポに横になるように言い、膝をついてチポのワンピースをめくって胸のあたりまで押しあげる。膨れつつあるお腹があらわになる。ワンピースの下にはカーキ色の男物の短パンを穿いている。片方の太ももには長いひっかき傷がある。以前グァバを盗んでたとき、家の主人がいきなりあらわれて追いかけてきたことがあって、あたしたちは急いで木から道路へ逃げた。そのときに、折れた小枝が刺さった跡だ。シボとあたしはチポのお腹を指で突っつく。正面は小石をたくさん飲み込んだみたいに硬いけど、横っちょはやわらかい。

くすぐったい。とチポが言う。このごろ、また喋れるようになった。両手で顔を隠してひどく笑ってる。あたしはお腹を押すのをやめて、腋の下を攻める。そこはほんとにくすぐったいって知ってるんだ。チポはくすくすくすくす笑い、とうとう目から涙が流れて、そしてとうとうフォーギブネスが、しーっ、うるさくすると大人たちに見つかるよ、と言う。あたしはチポをくすぐるのをやめて、両目で射るようにフォーギブネスを見る。自分の立場わかってんの？　って意味を込めたつもり。

シボがマッサージに移ったので、あたしもマッサージをはじめる。あたしたちは肉をこねて肉をこねる。やがてチポが目を閉じる。その口の端からよだれが垂れてきて、あたしは、みっともないから拭くように言う。

これってERでやってることだよね。とシボ。ERってなんだっけ？　と考えるけど思い出せなくて、だからあたしは何も言わない。フォーギブネスも何も言わないから、きっと知らないんだろう。

ハラレ（ジンバブエの首都）にセクル・ゴジを訪ねたときに、テレビで観たの。ERはアメリカの病院でやってるんだよ。緊急救命室のドラマ。この手術をきちんとこなすためには、あたしたち、あたらしい名前が要る。あたしはビュレ医師、美人の女医さんよ。ダーリンはロズ医師ね。彼は背が高いんだ。とシボはあたしに頷いて見せる。

彼って言った？　あたし男にはなりたくない。とあたし。

だってあたしの憶えてるのはそのひとなんだもん。ロズ医師になるか、さもなきゃ誰でもないか。とシボは言って、チポのお腹を切り裂くような身振りをする。

そんであんた、あんたはカッター医師ね。とシボはフォーギブネスに言うけど、フォーギブネスは唾を吐いただけでシボのことは無視。

わたしは誰？　とチポが訊く。

チポは患者。患者はただ、患者って呼ばれるの。とシボが答える。

カッター医師は洋服ハンガーをひろげ終わっていて、今度はそれをまっすぐにしようとしてる。ビュレ医師とあたしは石を集めたし、金属のコップとベルトも拾ってここにならべ、いまは患者のお腹をさすっている。カッター医師はそのどれもしてない。そのことについてあたしは考え、彼女は手伝いから逃避してるんだと結論する。

ちょっとあんた、何もしてないってどういうこと？　あたしはカッター医師に訊く。

なんですって？　わたしがせっせとこれやってんの、見えないの？　彼女はそう言って、ハンガーをまっすぐあたしの頭に突きつける。まるで目を突き刺そうとするみたいに。あたしは唾を呑み、ハンガーを払いのける。

だから？　それってなんにもしてないのとおなじだよね？　あたしは言う。ビュレ医師とあたしがやり遂げたことを見なさいよ。あたしたちがいまやってることを見なさいよ。

あのね、お腹の中身を取り出すには洋服ハンガーが必要なの。

誰がそんなこと教えたわけ？　とビュレ医師。

嘘だよ。必要ない。こいつ嘘ついてんのよ。とあたし。

ほんとうだよ。洋服ハンガーがないとできないんだから。誰だって知ってる。そのへんの岩だって知ってることだよ。常識なんだから。とカッター医師。

患者は上体を起こし、肘をついて休んでいる。目を細めてカッター医師を見てるけど、何も言わない。やがて患者は横になり、まっすぐ上を見あげる。枝を見ているのかもしれないし、空を見ているのかもしれない。カッター医師が石をひとつ手に取り、平らな岩のところへ行くと、洋服ハンガーを岩に載せ、がんがん叩いてまっすぐにしはじめる。ちいさく火花が散る。

ハンガーで、具体的に何をするの？　とあたしは訊く。

お腹の中身を取り出すの。とカッター医師。

それはわかってるけど、どうやって？　とビュレ医師。

見てりゃわかるわよ。とカッター医師は答える。

腕が疲れてきたので、あたしは患者のお腹をマッサージするのをやめて、尻をついて座る。ビュレ医師はやめない。ひたすらマッサージしてマッサージしてる。彼女がお腹に耳を当てたとき、そんなふうにお腹に耳をすまして何してるのか、あたしは訊かない。チョウシンキがあったらよかったな。とビュレ医師は言ったけど、あたしはそれがなんだか知らない。

わたしはお人形が欲しい。と患者が言う。電池が入ってるちゃんとしたお人形。泣きやんで欲しいときにはスイッチが切れるやつ。

アメリカに行ってフォスタリナ叔母さんと住むようになったら、あたしが人形を送ってあげる。アメリカにはいいものがたくさんあるから。とあたしは言う。患者は、あたしが何も言わなかったみたいに、ただこっちを見るだけだ。

カッター医師が洋服ハンガーを仕上げ終わり、患者の隣に置く。ハンガーはかつて曲がってたことなんてなかったみたいにまっすぐになった。カッター医師は次に、膝をついて患者の男物の短パンを下ろそうとする。

ちょっと、何してるのよ。患者が言ってくすくす笑う。でもカッター医師は短パンを下ろし続ける。患者は身体を起こして座り、短パンをさっと引きあげる。

何してるの、って訊いたの。患者が繰り返す。顔色がちょっと変わってる。

短パンを脱がそうとしてるのよ。裸にならなくちゃ駄目なの。カッター医師が大真面目に答える。

嫌よ。短パンを脱いだら、アソコが丸見えになっちゃうじゃない。患者は言って両脚を組む。患者はビュレ医師とあたしを、短パンを脱ぐべきだと思うかどうか、問いかけるようなまなざしで見る。あたしは眉をひそめ、首を横に振る。患者はたくしあげていたワンピースを太ももまで戻す。

なんでこの子のアソコを見たいわけ？　あんただって自分のアソコがあるでしょ？　見たいなら自分のを見なよ。とビュレ医師が言う。

だってその必要があるからよ。洋服ハンガーはアソコを通ってなかに入るんだから。ハンガーがすっかり隠れるまで押し入れるの。お腹の深いとこまで届いたら、そこに赤ちゃんがいるんだけど、引っ掛けて、そして引っ張り出すの。どうやってそれをやるか、うちのお姉ちゃんが友達と喋ってるの聞いたから知ってるの。とカッター医師が言う。彼女はハンガーを手にして、空中を押したりあれこれひねったりして、そのやりかたを示してみせる。あたしたちはしばらく無言で、針金がくねくね踊ったり、なかまですっかり入る真似をしたりするのを見ている。それを試すべきかどうするか、ビュレ医師の表情からは読み取れない。彼女は木のほうを見あげている。唇は固く結んで。たぶん考えてるんだろう。

ええと。それ、痛い？　ビュレ医師がとうとう尋ねる。

わかるわけないわ。やったことないもん。でも誰も何も切ったりしないんだから、痛いわけないと思う。とカッター医師が答える。

嘘よ。と患者が言う。太ももは固く閉じあわされ、顔は苦痛にゆがんでいる。まるでハンガーがすでに身体のなかにあるみたいに。両目が恐怖に見ひらかれてるのがわかる。その目はあたしに、木からぶら下がってたあの女のひとの目を思い出させる。あたしたちが靴を盗んだあの女性。

いいわよ。あなた死にたいの、どっちなの？　カッター医師が、冗談はたいがいにしてって言うみたいな声で言う。

洋服ハンガーを使ったら、血が出るってわからない？　血を出すわけにはいかないよ。血が残ったら大人にばれるもの。とビュレ医師。

はあ、いったいなんなわけ？　とカッター医師。ハンガーを拾いあげると地面に突き刺す。刺したところから泥が飛び、あたしのワンピースに散る。あたしはそれを払い落とす。カッター医師が立ちあがって歩いていく。そして茂みのところで止まり、あたしたちの見ている前で脚をひらく。ワンピースをたくしあげ、おしっこをはじめる。

マザー・ラブが近づいてくるところは見えなかったけど、とつぜんレモンの匂いがして、顔をあげると彼女があたしたちにかぶさるように立ちはだかっている。その長い影がすべてを覆ってる。眉をひそめてあたりを見てる。鼻筋に皺が寄っている。緑色のガウンには黄色い蝶々が飛んでいる。あたしたちは立ちあがろうとするけど、マザー・ラブが動かないよう命じる。

なんなの。いったい何が起こってるの？　マザー・ラブが尋ねる。おしっこを終えたフォーギブネスが走って逃げだそうとするのが見える。でもマザー・ラブが彼女を呼び止め、地面を指さし、ここへ来てシボの隣に座るよう言う。フォーギブネスはお座りを命じられた犬みたいに座る。あたしは両手をぎゅっと握りしめ、マザー・ラブがあたしたちを小屋まで連れていって母さんたちに言いつけたらどうなるだろうと考える。いまここで、マザー・ラブにぶたれるほうがマシだ。母さん以外なら誰にでも、サタンにでさえも、ぶたれるほうがマシだった。母さんときたら、血が出て骨が折れんばかり、殺してヘヴンウェイに埋めようとでもするようなぶちかたをするんだから。

いったいぜんたい、何が起きてるのか、誰か教えてくれる？　マザー・ラブはひとりひとりの顔を覗き込んでいく。あたしは顔を背けて、午後のお祈りをしにファンベキ山の教会へ向かう信者たちのほうを見る。あたしが逃げおおせられますようにと、お祈りして欲しいとすら思う。

わたしが話してるときは、ちゃんとこっちを見なさい。とマザー・ラブ。そして顔をあたしの顔に、キスでもしようとするみたいに近づける。その目はおおきく、白目のところは牛乳に浸したかのようだ。彼女は美しかったけど、そんなふうに覗き込んでるいま、その顔はゆがんで見える。

まったく、何ごとなの？　眉をひそめて言う。嘘をつくのはやめてね。嘘を聞かされる暇があったらやりたいことが、いくらでもあるんだから。

わたしたち、何もしてません。フォーギブネスが言う。シボは地面につま先で模様を描いている。チポが泣きはじめる。

マザー・ラブが腰をかがめてハンガーを拾う。ガウンが地面にこすれて跡を残す。

これは何？　とマザー・ラブが、チポを見て尋ねる。チポはただ泣き続けている。マザー・ラブはシボのほうを見る。

これは何？　ともう一度訊く。

洋服ハンガーです。とシボ。でもそんなふうにしたのはあたしじゃありません。シボとあたしはフォーギブネスを見る。あの子がやったんです、と言わんばかりに。

わたしはただ――わたしたち、チポのお腹の中身を取り除こうとしてたんです。フォーギブネスがントサロを見下ろしながら答える。そしていきなり泣き出す。チポの泣き声がおおきくなり、むせび泣きに変わる。

マザー・ラブが頭を振り、やがて彼女の身体ぜんたいが揺れながら落ちてくる。砂袋が倒れるみたいに。でもマザー・ラブは怒ってはいない。怒鳴ったりはしない。誰のことも引っぱたいたり耳を摑んだりしない。殺すからねとも、母さんに言いつけるとも言わない。

あたしはマザー・ラブの顔を見る。見たことのないひとの、ひどい顔がそこにある。その知らないひとの顔には苦痛の表情が浮かんでいる。誰かが死んだとき、大人たちが見せる表情。目には涙が溜まり、内側で火が燃えているみたいに胸を掻き毟《むし》っている。それからマザー・ラブは手を伸ばしてチポを抱き寄せる。あたしたちは全員、ただ見ている。どうしたらいいかわからないから。大人が泣いているときは、どうしたのとか、静かにしてよとか言っていいものじゃない。やがてチポが泣きやんで、両手をマザー・ラブの身体にまわそうとする。腕の長さが足りないけれど。幸運を象徴する紫の蝶が、チポの頭に止まる。ふたたび羽ばたいていくとき、フォーギブネスがあとを追う。シボとあたしもフォーギブネスに続いて駆け出す。あたしたちみんなが蝶々を追いかけて、幸運を祈って叫んでいる。

# しーっ

父さんが帰ってきた。あたしたちを忘れ、お金も送らず、愛も送らず、一時的帰国もせず、何も、何もしなかったあとで、何年も経って帰ってきた。小屋のなかに座り込み、動くこともできず、まともに喋ることもできず、何も何もできずに、吐いて吐いて、吐いている。まったくもう。ただ吐いて下痢を漏らすだけ。誰かがそこで死んでるみたいな臭い。誰かが死んで腐ってくみたいな。身体は真っ黒で、ひどい病気だ。あたしがビン・ラディンごっこから帰ってくると、父さんがそこにいた。

そこに。ただ。じっとして。隅っこに。母さんのベッドの上に。画鋲と針金しか食べなかったみたいに痩せて。あんまり痩せてるもんだから、毛布の下にいることに気がつかない。あたしはアンディ・オーバーのための縄跳びの縄を取ろうとして、ベッドによじのぼろうとする。そしたら父さん、いや、その誰かが頭をあげて、そのときやっと、いることに気づく。上から下まで骨でしかない。ざらざらの皮でしかない。クロコダイルみたいな歯と、卵みたいに白い目がそこに寝てる。そのベッドで溺れてる。

最初は父さんだってわからなくて、あたしは走って外に飛び出し、叫んで叫んで叫んだ。母さんがやってきてあたしに平手打ちをして、しーっと言って、小屋を指さし、戻るように命じる。あたしは戻る。片手で痛む頬を覆い、片手は拳に握って口のなかに押し込めながら。戸口に着くころには、母さんが何も言わなくても、わかる。あれは父さんだ。帰ってきた。あたしたちのことずっと何年も忘れてたあとで、帰ってきた。

父さんの声は何かに喉を焼き焦がされたみたいな声だ。息子よ、おれの息子、と父さんは言う。あたしは聞いてるのが苦痛だ。両手で耳を塞ぎたい。そばで見るとバケモノみたいで、また逃げ出そうかと思ったけれど母さんが赤いワンピース姿で立ってるからそれは危険だ。息子よ、と父さんは言い続けているけど、あたしは、娘だよとは言わなかったし、ほっといてとも言わない。

父さんは骨だけになった腕をあげ、鉤爪の手をあたしに伸ばす。触りたくないけれど、母さんが見張っている。マザー・オブ・ボーンズのカレンダーのなかからイエス・キリストが、ひとびとが罪を犯さないよう見張ってるのとおんなじだ。あたしは突っ立っているけれど、やがて母さんに首根っこを押されて進み出る。よろけて、ぞっとするような骨の上に危うく倒れ込むところだ。鉤爪の手は触れると硬く汗ばんでいて、あたしはすぐに手を引っ込めてしまう。まるで炎にでも触ったみたいに。鉤爪に触れた手で自分に触りたくないし、しばらくはその手で物を食べるのも嫌だし何をするのも嫌だ。その手を捨ててあたらしい手と取り換えたいとさえ望むくらい。

おれの息子、と父さんはまた言う。あたしは振り向かない。見るのも嫌だから。父さんは言い続けてる。息子、おれの息子と。だけどとうとうあたしは言う。**ちょっとあたしは娘だよ、気でも違ったの？　もう帰って。あたしたちのベッドから降りてどこだか知らないけど来た場所へ戻ってよ。そのみっともない骨ごと、あたしたちのもとから出ていって。**だけど頭のなかで言うだけだ。そして言おうとしてることのぜんぶをあたしが言い終わる前に、父さんは糞を漏らす。まるで便所のなかにいるみたい。

そもそも母さんは、父さんに南アフリカへ行って欲しくなかった。でもそれは誰もが出稼ぎに行こうとしていたころだった。南アフリカやそのほかの国に。近い国に、遠い国に、あるいはとてもとても遠い国に。みんな旅立っていった。群れになって旅立って、父さんもみんなと一緒に旅立ちたがっていて、そして旅立とうとして、どうやっても止められなかった。

見ろよ、フェリスタス。ここじゃ何もかもが壊れていっている。ある日、靴紐をほどきながら父さんがそう言った。あたしたちは小屋の外に座っていて、母さんは食事を作っていた。父さんはどこかから帰ってきたとこで、それがどこだったかわからないけど、怒っていた。そのころはいつも怒っていた。以前は優しく、愉快なひとだった。いつでも笑顔で、たくさんのお話をしてくれた。でもその愉快なひとはどこかへ行ってしまって、かわりに知らない、怒りっぽい大人がいた。少しずつ少しずつ、あたしはその大人が怖くなっていた。父さんであるはずの、その大人が。

母さんは鍋を火にかけて混ぜていた。父さんの言葉は無視することにしたらしかった。そのころは父さんといつ話していつ話すべきでないか、その声の調子からわかるようになっていた。まるで電灯みたいに、スイッチが入ったり消えたりする。そのときの父さんは、スイッチが入った声だった。

おれたちはここを出るべきだった。この惨めったらしい国から、こういう何もかもがはじまったときに。ムグチニがあっちに連れていってやると申し出てくれたときにな。

そのうちよくなるわよ。と母さんが、とうとう口をひらいて言った。いつまでも明けない夜なんてないんだから。いつまでもこんなふうではいられないでしょ？　それに、わたしたち全員が国を捨てていくなんてことできない。

そうさお前の妻が正しいそのうちよくなるわが息子そして神さまはあたしたちと一緒な

んだしあたしたちを見捨てたりしないだって神さまは愛の神だから。マザー・オブ・ボーンズが両手を擦りあわせながら言った。まるで手を洗ってるみたいに、まるで何かを謝ってるみたいに、まるで外にいて寒いみたいに両手を擦りあわせながら。**神さま**って言ったとき、マザー・オブ・ボーンズはまるで神さまが自分の知り合いみたいなふうだった。まるで神さまが空よりもおおきな何かじゃなく、ちいさく愛らしい少年みたいな、頭の上に髪の毛がぴょんぴょん飛び出していて、ボタンの取れたハーバード・シャツを着、つっかえながら喋り、あたしたちと一緒にビン・ラディンごっこをして遊ぶ少年であるかのように。マザー・オブ・ボーンズが**神さま**って言ったとき、そんなふうな感じがした。

すると父さんは笑い声をあげた。でもほんとうに笑ってるみたいな笑いかたじゃなかった。

なあ、わからないのか？　いまのこれ、おれが大学まで行って教育を受けた結果がこれか？　独立のために闘った結果が？　おれたちがこんなふうに暮らす道理があるか？　教えてくれよ！　父さんは言った。

わたしにわかるのは、ただ躍起になって国境を越える必要なんてないってことよ。国境を越えて、よそもの《クウェレクウェレ》と呼ばれる土地に行くことなんてない。ちょうど二日前、ヒルブロウ(南アフリカ、ヨハネスブルグの地区)へ行って帰ってきたンクォビレが実態を話してたじゃない。母さんは言って、碾き割りトウモロコシをさらに鍋に加えて混ぜた。

それにね、うちの家族は全員ここにいる。年老いたわたしの両親はどうしたらいいの？　あなたのお母さんのことは？　それからダーリン、あなたはいますぐ出かけて友達と遊んできなさい。さもないとその馬鹿な両耳を切り落としてやるからね。さっきから何を聞き耳立ててるの？　母さんはあたしに言った。大人たちが話したり口論したりするとき、いつも言うみたいに。そしてそのころ、大人たちはいつだって口論していた。

父さんはそれから間もなく出ていった。そしてそのあと送ると約束したもの、写真も手紙もお金も服も何ひとつ送られてこなかったとき、あたしはパラダイスの男たちの顔を見ることで、父さんを忘れずにいようとした。あたしの友達の父さんたちの顔を見ることで。大人の男たちの顔を、注意深く見るようになった。あたしの父さんがよくやってた仕草をそのなかに探そうとした。父さんが使ってた声を、父さんがしてた笑いかたを。父さんの腕や顔を覆ってた毛や髭を探そうとした。

しーっ、誰にも話しちゃ駄目よ。誰にも、**絶・対・に**。わかった？　と母さんは言って、あたしのことを食べようとするみたいな勢いであたしを見る。母さんがそう言ったときあたしは見つめ返すだけで、はいとも言わず頷きもしなかった。だってあたしはいまや父さんの世話をしなければならないのだ。父さんが赤ちゃんで、あたしが母親であるみたいに。それはつまり、母さんもマザー・オブ・ボーンズも留守のときは友達と遊びに行けないってことで、つまりそのときみんなに嘘をつかなきゃならないってことだから。

みんながあたしを呼びに小屋へ来たとき、最初は扉の外に立ってできるだけおおきくあくびをし、疲れてるの、って言った。次のときは、頭が痛くて外に出られないと言った。その次はインフルエンザにかかってるって言った。次には下痢に。嫌な気持ちになったのは、嘘をつくことそのものじゃない。友達に対して嘘をついてるって事実に嫌気がさしたのだ。みんなと遊ばないのも嫌だったし、みんなに嘘をつくのも嫌だった。だって友達はあたしにとっていちばん大事なもので、友達と一緒にいないときは、あたしはあたしですらないみたいだから。

ある日あたしは扉から顔だけ出して、麻疹《はしか》になったから外に出られない、と言った。そんな言葉、なんで思いついたのかわからない。ただ唐突に口から出た。**麻疹。**

それって痛いの？　とシボが訊く。彼女は首をかしげてあたしを見る。子どもが何か真面目なことを言うとき、母親がするみたいな仕草。

そうだよ。とあたしは答える。そしてこう付け加える。むずむず痒くて、次に傷になって、それからしばらくは外で遊べなくなるの。スティーナの表情は読み取れないけど、ゴッドノウズは口をあけてあたしを見ている。バスタードは目を細めてる。まるであたしが盗みでも働いてるみたいに。チポは座って、棒で地面に模様を描いている。まるで彼女自身が麻疹で苦しんでいるみたいに。シボの顔はゆがんでいる。

ワールドカップはどうすんだよ？　ゴッドノウズが訊く。ワールドカップに出ないつもりなのか？　おれたち、ブダペストでホンモノの革のボールまで拾ったんだぜ？　誰かが外に置きっ放しにしてたからさあ。

ワールドカップのころまでにはたぶん麻疹が治るかも。そしたらあたし、外に出てドログバの役をやれる。言いながらあたしは、首のあたりを引っ掻く。痒いふりをするみたいに。

ほんとかよ？　とゴッドノウズ。

ほんとよ。十字を切って誓う。守らなかったら死ぬ。とあたし。

いいだろう。だけどドログバの役はできねえぞ。なんたっておれがドログバなんだからな。すでに。とゴッドノウズが言う。

嘘だ。お前、嘘つきだ。とバスタード。お前は麻疹になんかかかっちゃいないし、病気でもない。これまでもずっと病気じゃなかった。バスタードは雄鶏みたいに片脚で立ち、草の葉っぱを嚙んでいる。あたしの目をまっすぐに見てる。何か言って欲しそうだ。あたしが何か言ったら、もっとひどいことを言い返すつもりなんだ。全員がそこに立って、あたしがバスタードに何か言うのを待ってる。だけどあたしは口をひらいちゃ駄目だってわかってる。

あたしたちはそのままでいる。やがて沈黙が、あたしたちのあいだで膨らみ、まるで触ったりできる何かみたいになったとき、咳がはじまる。おおきく生々しくぞっとする咳。あたしはぎょっとする。びっくりしてそして、あいつが小屋にいることを思い出す。だけどもう隠すには遅い。何をしても手遅れだ。全員があたしの目をまっすぐ見てる。まっすぐに見て待っている。あたしが何か、説明するようなことを言うのを。

言うことが何も思いつかず、あたしはただ立っている。冷や汗をかいて、咳が壁にこだまするのを聞いてる。こだま、こだま、こだま。あたしは頭のなかで念じる。こだま、こだま、**やめて、お願いやめて、やめてやめてやめてやめてやめてお願い**。だけどこだまは続く。こだまこだま。あたしはとうとうくるりと背を向け、戸をぴしゃりと閉める。背後から、待てよ！　と声がする。

なかに何があるんだ？　何を隠してる？

バスタードの声が戸のすぐ外で聞こえる。取っ手をまわして入ってきそう。あたしは蝶番をかけて耳をすませる。バスタードがいろんなことを、戸をあけろとかいろんな冗談を言うのが聞こえてくる。やがて静かになると、あたしはその場に沈み込み、床に座り込んでしまう。とても疲れている。片隅を見やると、あいつがこっちを見てる。ぎょろりとした、まるでムズィリカズィ通りで夜、電灯に照らされた野生動物の目みたいだ。ちいさく縮んでしまった頭で、赤く変わった唇で、病気の悪臭のただなかであたしのことを見ている。

さらに咳き込む。おそろしい音が宙を引き裂く。二つに折れた身体が、ひとつ咳き込むごとに揺れる。だけどあたしは憐れまない。こんなふうに思ってるから。**あたしはあんたを憎んでる。南アフリカへ行ったあんたを、病気になり骨だけになって戻ってきたあんたを。あたしが友達と遊べないのもあんたのせいだから。**ようやく咳がやむと、あいつは汗をかき、荒い息をする。まるでブダペストからずっと誰かに追いかけられて、ファンベキ山を登ったり降りたりしてきたみたいに。ずたずたになった声であいつが、水、と言うとき、あたしは聞こえないふりをする。だってあたしはあたしの人生をこんなふうに止めてしまったあいつを憎んでるから。あたしは頭のなかで言う。**死ね。いますぐ死ね。あたしが友達と遊べるように。いますぐ死ね。だってこんなの不公平だ。死ね。死ね、死ね死ね。死ね。**

父さんが病気でファンベキの教会に行けないので、マザー・オブ・ボーンズは黙示の預言者ビッチントン・ムボロに小屋まで来てお祈りをしてくれるように頼んだ。あたしたち、あたしと母さんとマザー・オブ・ボーンズは片隅に座って、見ている。黙示の預言者ビッチントン・ムボロは父さんに聖水を振りかけて、四本の蠟燭に火をつける。一本は赤、これはたぶん父なる神。一本は白、たぶん神の子。一本は黄色、たぶん聖霊。最後の一本は黒で、これは何の象徴かわからない。たぶん多数派の黒人だろう。あたしたちの国旗の黒が意味しているのとおなじように。黙示の預言者ビッチントン・ムボロはしゃがんでそういうことをしながら鼻歌を歌っている。そしてやっと鼻歌が終わると、白い布を床に広げ、かたわらに聖書を置いてそこへひざまずくと、雷をやりはじめる。

はじめのうち、あたしは目を閉じている。誰かがお祈りをするときは、そうすることになってるからだ。でもやがて閉じているのに疲れてしまう。だって黙示の預言者ビッチントン・ムボロときたら、雷、雷、雷をずうっと続けてるんだもん。その時間をやりすごすために、あたしは百まで数えることにする。だけど数え終わっても、ムボロはまだ続けている。まだまだまだ。まだまだ、まだまだ、まだ、まだまだ、まだ、まだ、まだまだまだまだまだまだまだまだまだまだまだまだ。神の名においてわれは悪魔に命ず——この者を清めよ、父よ——偉大なる獅子にして病の治療者よ——我は我が身を御前に横たえる、エホバ・ジャイラ、ナントカカントカ。あたしはただそこに座って、頬っぺたの内側を噛んでいる。やがて血が出てくる。

父さんの目はひらいていて、その瞳は何かを待っているみたいだ。隣を見ると、マザー・オブ・ボーンズは目を閉じて熱烈に祈っている。奇跡を待っているみたいだ。額に血管が浮き出ている。母さんの目はあいている。母さんはあたしに、お祈りのあいだ目をあけてたら殺すからね、って顔をしたりはしなかった。だからあたしはそのまま、見ている。

母さんの目は疲れていて、母さんの顔も疲れている。父さんが帰ってきて以来ずっと、あれこれしてやるのに忙しかった。父さんから目を離さず、父さんのために料理して、父さんに食べさせ、父さんの服を替え、父さんのことを心配していた。あたしは母さんのために、母さんの疲れが吹き飛ぶように祈ろうかと思うけれど、そのとき、神に祈るのは時間の無駄だからやめようって決めたのを思い出す。祈っても祈っても祈っても、何ひとつ変わらないし叶わない。たとえばあたしはホンモノの家とか、よい服とか自転車とかそういうもののためにずうっとずうっと祈ってたけど、どれひとつ叶ったことはない。どんなにどんなに些細なことも何ひとつ。だからあたしにはわかる。父さんのためにみんな祈ってるけど、こんなの遊んでるのと一緒だ。

あたしはこの、お祈りってもの全般についてきちんと考えてみた。つまりほんとうにすごく考えた。そこであたしが思ったのは、たぶんみんなやりかたを間違ってるってこと。

つまり神さまに礼儀正しく頼むかわりに、要求し、詰問し、信仰をやめてやるぞと脅すべきなんだ。たぶんそうすれば、神も考えを変え、本来すべきことをきちんとやろうと頑張るようになるだろう。聖書の詩篇にだって書いてある。求めよ、さらば与えられん、と。ね、それってそもそも誰の言葉だよって話でしょ？

ものすごく長い時間のあとで、黙示の預言者ビッチントン・ムボロはようやく、アーメン、と言って目をあける。汗の滴る顔と頭を袖の端で拭きながら、ムボロはマザー・オブ・ボーンズにこう伝える。ずっとあたしのなかにいたお祖父ちゃんの霊が、そこから出ていったことを神が示したと。それを聞いてあたしは笑顔になる。なぜってあたしは、自分のなかに何かがいるなんて感じたこともなかったけど、黙示の預言者ビッチントン・ムボロに、いると言われて嫌だと思ってたから。

ムボロはさらに続けて伝える。だからといって霊が去ったというわけではない。それは今度は父さんのなかに入り、その血と肉をむさぼっている。父さんはそのせいでがりがりに痩せ、病気になり、力を奪われているのだと。この霊に報いるためには、と黙示の預言者ビッチントン・ムボロは言い渡す。あたしたちは肥えた二頭の処女の雌ヤギを山上に供え、犠牲に捧げなければならず、そして父さんはそのヤギの血に身体を浸さなければならないらしい。それに加えて、と黙示の預言者ビッチントン・ムボロは言う。アメリカ・ドルで五百ドルを支払いとして要求し、アメリカ・ドルがない場合はユーロの支払いでも構わない。ムボロがそう言ったとき、母さんは沸騰したみたいに激怒し、扉を叩きつけて小屋を飛び出していった。

神はまたわたしにこうも言われた、妻のほうも三人の悪魔に憑かれておる、と。一人目の悪魔は妻をいつも不幸にしている。二人目は犬の霊じゃ。そして三人目が彼女を癇癪持ちにし、危険な女にしておるのじゃ。だがわれわれはまず、夫のほうをなんとかせねばならん。この男の経過を看るのが先決じゃ。黙示の預言者ビッチントン・ムボロはそう言って、父さんを杖で指し示す。

扉をあけると、小屋の外にみんなが肩をならべている。母さんは行商のために国境へ行ったし、マザー・オブ・ボーンズはお祈りのためにファンベキの教会へ行ってしまった。父さんの健康のため、教会で断食をするらしい。黙示の預言者ビッチントン・ムボロが要求した二頭の処女ヤギを手に入れて、五百アメリカ・ドルを払う余裕なんてないので、そして病院には医者も看護師もいなくて、なぜなら病院では始終ストライキをしてるからなんだけど、だからさしあたってマザー・オブ・ボーンズがしなくちゃならないのは、断食をしてファンベキ教会に行き、祈って祈って祈りまくることだけだ。神はきっとお祖母ちゃんを無視するだろうけど。

なかにいるの、お前の父ちゃんだろ。そんであの病気なんだ。知ってるぞ。とゴッドノウズが言う。

エイズを隠しても無駄だよ。とスティーナが言う。あの病気の名前をはっきり言ったので、あたしは息が止まりそうになる。ほかに聞いてるひとがいないか、思わずあたりを見まわす。

布袋のなかに角を隠すようなものさ。遅かれ早かれ、角は袋に穴をあけるようになる。そして外に出て、万人の知るところとなる。とスティーナ。

どこで病気をもらったんだ。南アフリカか？　ここを出ていくときは病気じゃなかったよな？　とゴッドノウズが言う。

いったい誰から聞いたの？　あたしは言って、ひとりひとりの顔を見る。頭のなかであたしはふたたび、どれだけ父さんを憎んでいるか考えはじめている。でも今度はべつの理由でだ。つまり、あたしをこんな立場に置いたから。友達みんなに説明しなきゃいけない立場。だけどもう、どうしていいのかわからない。あたしは嘘をつくのに疲れてしまってる。

みんな知ってるぜ。とバスタード。おれたち、なかに入って自分の目で見たいんだ。

見るもんなんて何もないよ。とあたしは答える。なかには誰もいないもん。言いながらあたしは、自分が囁き声になってることに気づく。ちょうどひとりごとを言うときみたいに。

お前の母ちゃんが出かけるとこを見たし、お前の祖母ちゃんがあのインチキの山で時間を無駄にしてることも知ってんだ。だからべつに、なかに入れて見せてくれたっていいだろ？　とバスタードは言う。言いながらすでに扉をあけて、入ろうとしている。まるで自分のうちに入るみたいに。みんながどやどやと入っていって、あたしはまるでうちがみんなの住んでる小屋で、あたしはただのお客さんみたいに、そのあとについていく。

あたしたちはベッドを囲み、父さんを囲んで膝をつく。父さんはそこに、まるで消えゆきつつある王さまみたいに、ちょこんと横になっている。母さんに命じられたとき以外、こんなに父さんの近くに来るのははじめてだ。骨だけになった父さんを、みんな笑うだろうとずっと思っていた。けど誰も何も言わない。まるでみんなして教会にいて、イエス・キリストがやってきて咳を二回したかのように静まり返っている。あたしは誰の顔も見ないようにする。あたしの目のなかに羞恥があるのを見られたくなかったから。みんなの目のなかに嘲笑があるのを見たくなかったから。

あたしたちは喋らない。弱いひかりのなかで、ただ目を凝らして見ている。細長い骨の束を、ちいさくなった頭を、ほとんどが抜け落ちてしまった縮れた髪を。あちこち骨が突きだして、ぎざぎざに尖っている顔を。赤っぽい唇を。醜くただれた傷跡を。皮膚はアイロンがけでもしたみたいに、ぴったり骨に張りついている。手と足の先は鉤爪みたいだ。あたしはそのときに知る。人間の顔を作ってるのはほんとうは肉なんだと。肉が溶けてなくなれば、あとに残ったものを見ても、誰もそのひととわからない。

バスタードが、父さんの手を取る。それは父さんの傍らに、誰かが遊びを切りあげて忘れていった棒切れみたいに置かれていた。バスタードはその手を、卵みたいに手で包む。ご機嫌いかがですか、ダーリンのお父さん？　バスタードがそんなふうに話すのを聞くのははじめてだ。ていねいで優しい。まるで言葉が羽毛でできてるみたい。あたしたちは全員、身を乗り出して、薄い唇の動きを見守る。口は何か呟こうと、しばらくもがいているけど、諦める。言葉は唇の内側の、めくれて荒れた絨毯に躓いて、舌は舌でひどく膨れて口いっぱいになっている。あたしたちは父さんがもがくのをやめるのを見守る。そしてあたしは、口をあけて喋るなんていう、ごく簡単なことでもできないってどんな感じだろうと思い浮かべる。言葉が、自分の内側で溺れていくっていうのは。とても怖いことだと感じる。

お父さんはどこに行くと思う？　とシボが訊く。

このひとはここに寝たきりなのよ。どこにも行けないの。わからない？　とチポが答える。

あたしが言ったのは、死んだら、ってことよ。とシボ。

あたしは振り向いてシボを見る。シボは肩をすくめる。父さんが病気なのはわかってるけど、死んでほんとうにほんとうにいなくなると考えると怖くなる。それはたとえば、南アフリカへ行ってしまうのとは違う。そういう場所だったら、行ったけどたぶんいつか帰ってくるだろうって、自分やほかのひとに言い聞かせることができる。死ぬっていうのはそういうんじゃない。木で首を吊っていた女のひとみたいに、もうおしまい。あたしたちはあのあと、彼女の服のポケットから手紙を見つけた。その手紙には、彼女があの病気だったこと、治らないならいっそのこと自分で終わらせるほうがマシ、自殺するほうがマシだったことが書かれていた。女のひとは死んで、いなくなった。そのお母さんのマヴヴァは、二度と娘に会うことができない。

天国だよ。あたしの父さんは天国へ行くんだよ。とあたしは、天国がほんとうにあると信じてないけど、答える。父さんがどこにも行けないって考えたくなかった。あたしは自分が、**あたしの**父さんって言うとき、まるでお気に入りの何かみたいに、父さんが自分のものみたいに、あたしが父さんを独り占めしてるみたいなふうに聞こえると感じる。父さんは子どもみたいに見える。寝ているだけの、何もできない子ども。あたしはおおきく強くなって、父さんを抱きあげて腕のなかで揺らしてあげられたらいいなと思う。

だからマザー・オブ・ボーンズはいつも山に登ってお祈りしてるの？　お父さんが天国に行けますようにって、神さまにお願いしてるの？　とシボが訊く。

わかんない。そうかも。とあたしは答える。

天国は退屈だぜ。学校に行ってたとき、見せられたあの絵本の絵を思い出せよ。だだっ広くて真っ白で、ほかの色はなんにもなくて、あまりにきちんとしすぎてる。頭のおかしい監督生にずっと叱られ続けてる感じだ。これをしろだの、あれはするなだの。靴はどこへやったかとか、シャツの裾はズボンに入れろとか、しーっ、神さまはそのようなことはお嫌いですす罰が当たりますよ、とか、ちいさな声で話しなさい天使を起こさないようにとか、行って泥を洗い落としなさい、汚いとか、始終言われるんだぜ。とバスタード。

おれなら、死んだら食べものと音楽がたくさんある場所へ行きたいな。終わらないパーティーをやってて、みんなでヨブホの歌を歌うんだ。とゴッドノウズが言う。

そしてゴッドノウズがヨブホを歌いはじめると、シボも加わって、二人の歌にあたしたちはしばらく耳を傾ける。そして間もなくあたしたちは全員身体を引っ掻きながら歌う。というのもヨブホってのは身体じゅう引っ掻くしかなくなる歌なんだ。聖書のなかの病気のヨブが、横たわって痒い身体を引っ掻き続けていたみたいに。神さまが戯れにヨブの信仰心を試し、せっせと彼を苦しめてたあいだじゅう、ずっと。ヨブ〓を歌うと天国を呼び求めたくなる。神さまはほかのことで忙しく、こっちを見てもくれないってわかってはいても、求めたくなる。ヨブ〓を歌うと人差し指で空を示したくなる。いちばんよい、高い声を出して歌いたくなる。あたしたちは痒くなり、あたしたちは引っ掻いて、あたしたちは指し示し、あたしたちはさらに痒くなり、そしてあたしたちは小屋を歌声で満たす。

そのときスティーナが手を伸ばして父さんの手を取った。そして歌に合わせて動かしはじめ、そしてバスタードがもういっぽうの手を取る。あたしも手を伸ばして父さんに触れる。なぜって父さんが帰ってきて以来、ちゃんと触れたことはなかったし、いまそうしなくちゃいけないってわかるから。なぜってみんなが父さんに触ってるのにあたしが触らなかったら、どんなふうに見える？　あたしたちは顔を見あわせ、笑って歌う。なぜってあたしたちみんなが父さんに触ってるから。まるでブダペストのゴミ箱から助け出した素敵なおもちゃみたいに、父さんを身体じゅう触ってるから。父さんは枯れ木みたいな手触りだ。でもそのくぼんだ目は不思議に輝いている。太陽を呑みこんだみたいに。

# ブラク・パワー

グァバの季節が終わろうとしてるから、あたしたちはブダペストを獲物を探す獣みたいにうろつく。道のひと筋ひと筋を、髪を櫛で梳かすみたいにていねいに探して歩き、両目は木々に釘づけで、首の筋肉が攣《つ》りそうになる。口に出したりはしないけど、あたしたち全員が季節の終わりのことを考えてるってわかる。やがてブダペストがあたしたちにとって何の意味もなくなって、長く退屈な日々が何カ月も続く。次の季節がめぐってくるまで。

家のなかに、襲撃するとき、なんじゃあ、ねえかな。バスタードが言う。考え深げに、とてもゆっくり。

駄目だよ。おれたち強盗じゃねえもん。とゴッドノウズが言う。たまさかまともなことを言うので、あたしは拍手しそうになるくらい。

そうよ、あたしたちそんな連中じゃないわよ。とシボも言う。

おい、おれたちいまが勝負なんだぜ。とバスタード。彼はまったく真剣みたいで、眉をひそめてる。

あたしたちはクイーンズ通りをうろついている。足の下の地面は太陽のせいで燃えている。男の姿が見えたのは、マンデラ通りの角を曲がったときだ。着てる制服から警備員だとわかる。ブダペストで警備員を見るのははじめてのことだから、はじめあたしたちはどうしていいのかよくわからない。彼は手にした警棒であたしたちを招きよせる。方向転換して走って逃げるには近くまで来すぎていて、あたしたちはおとなしく男のほうへ歩く。

よろしい、この地域にお前たちの存在を導いたのはいったい何か？　すぐそばまで行ったのに、男はまるであたしたちがエベレスト山にでもいるような調子でがなり立てる。濁った両目でじろじろ見るので、あたしたちも睨み返してやる。質問には答えずに、こいつはいったい何なのか、ただじろじろ観察する。

男の顔がゆがんでるのは、しかめてるのかただ不細工なのか、あたしには見分けがつかない。背が高くて紺色の制服を着てるけど、その制服は誰かに無理やり着せられたみたい。左腕には白い布切れが縫いつけられていて、色の褪せた銃の絵と、赤い文字で浮かぶように印字されたセキュリティって言葉。胸にはシオン《Z》中央《C》教会《C》のバッジ。ズボンはくるぶしまで届いてないし、ブーツは磨かれていない。黒い毛糸の帽子をかぶってて、それは手袋とお揃いだ。この暑いのに信じられない。何から何まで冗談みたいな男だ。かかわるのは時間の無駄だとわかる。こんなに近くまで来てなかったら、たぶん罵り言葉を投げかけ、嘲笑い、石を投げただろう。

お前たちに即刻引き返し、辿った道のりを戻ることを命ずる。これらの地所より離脱し、どこだか知らぬがお前たちの這い出してきた穴に退却するがよい。いかなる事情があってもわたしの目がお前らを捉えることは二度とあってはならない。わかるな？　警備員は言って、あたしたちに道を示して見せる。男の口調ときたらまるで自分がこのあたりを所有してるみたい。でも警棒ひとつすらこいつのものではないってわかる。そしてここの道にいなければ、男が何者でもないことも。

あんた、なんでそんな喋りかたするの？　大学へでも行ったの？　おれのいとこのフレディも大学行ったけど、やっぱりおおげさな英語喋ってるよ。ゴッドノウズが言うけど、警備員は見向きもしない。

お前たちの耳は機能不全か？　警備員が声をおおきくする。そして腰をちょっと屈めたので、顔があたしたちとおなじ高さになる。この分岐路からいますぐ立ち去れ。と彼は言うけど、あたしたちは突っ立って動かない。

おれたち、あんたのこと知らないもん。バスタードが言って唾を吐く。それが効いたみたい。警備員はいきなり獰猛になる。尻尾を踏まれた犬みたいに。

誰がお前にこの路上でかくも汚れた行動を取る許可を出した？　ああ？　警備員は早口に言って、節の曲がった指をバスタードに突きつけ、次に唾を指さし、またバスタードを指さす。

なんだ、唾ごときで文句言うのか？　おれたちの仲間はこの道にゲロ吐いたこともあるんだぜ。ゴッドノウズが誇らしげに言う。それによう、なんであんたの主人は、番犬も銃もくれなかったんだい？　おれたちが武装した危険な集団だったらどうするのさ？　ゴッドノウズはそうも付け加える。

ただちにそれを拭き取るよう命ずる。警備員はバスタードに言う。真剣そのものって表情だ。

あんた手錠も持ってないの？　とゴッドノウズ。

何を拭き取れって？　とバスタード。

お前の汚物だ。のうのうとこの界隈へやってきて、自由気儘にこの場所を冒瀆して済まされるとでも思ってるのか？　この場で私人逮捕を行い、お前たち見下げ果てた人物どもを、牢獄へ送り込むことも可能なんだぞ。独房の内側がどのようであるか見学したいらしいな？　見学させて欲しくて仕方ないんだな？　独房へ連れていってくれというんだな？　警備員は言いながらバスタードのほうへ歩いていく。警棒を脅すように振りながら。いまにもほんとにそれを使いそう。

でもどうやって刑務所に入れるんだ？　あんたの車、どこ？　ってか免許持ってんの？　とゴッドノウズ。

お前、お前は口を噤め。この狷介なる愚か者め。わたしをからかうんじゃない。お前のことも逮捕できるんだぞ。警備員は言ってなかばゴッドノウズへ振り返る。そして警棒で突き刺すような真似をする。彼はゴッドノウズがからかってると思ったらしいけど、いたってまじめに質問してるんだ。

で、手錠はどこに持ってんの？　あとパトカーは？　それともいざとなったら警察呼ぶの？　あのラジャーって言うやつ、無線機はどこ？　見せてもらっていい？　刑務所に入ったら殺されることもあるってマジ？　ゴッドノウズは続ける。

ああ、そういえば。先週セクル・テンダイがあたしたちに会いに来たとき、街の近くの道路封鎖のとこで、警察に止められてたわね。とシボが言う。

セクル・テンダイは手錠を掛けられたの？　そんで牢屋に入れられた？　めちゃくちゃ殴られたりした？　とゴッドノウズ。

ううん。警察は賄賂を要求したの。そんで彼のこと釈放したわ。とシボ。

ただちにその対話を終了せよ。お前たち、二人とも。聞こえたか？　許可を与えるまでその声帯の使用を差し控えること。と警備員がゴッドノウズとシボに命じる。あたしは声をたてずに笑う。警備員はまたバスタードへ向き直る。

お前はこの通りが自分の父親の通りだとでも思ってるらしいな？　あのマンデラ通りの標識を見て、自分の父親だと思い込んだんだろう？

だけど唾はもう乾いたよ、ほら。とスティーナが、バスタードが唾を吐いた箇所を示す。あたしたちは野次を飛ばし、手を叩いて笑い転げる。

お前ら、わたしを一種の娯楽と捉えてるな？　ああ？　朝目覚めてわたしが制服を着用するのは、お前らを喜ばせるに特化した目的のためだと思ってるな？　お前らの馬鹿話に付き合う以外、差し迫った用事がわたしにないと思ってるな、ああ？　警備員は言って、長い腕と警棒を強調するみたいに振る。

あんたいったい、いつからここいらを警備してる？　おれたち、あんたのことはじめて見るぜ。バスタードが言って、自分の爪を見る。バスタードはこのごろ爪を伸ばしてるようだ。なんのためだか知らないけど。

お前たちの非文化的な父親どもがこのあたりを脅迫しだしてからだ。このへんへ来て、善良な市民の汗の結晶を狙っていくやつらはお前らの父親だろ、違うか？　そうだろ？　そしてお前らはいま、父親たちのためにこのあたりを事前調査してる。言っておくが、連中がやってきたら、わたしは半分に潰してやる。家に帰っていますぐ連れてきたらどうか？　おい、いますぐ連れてこいよ。明日でも三時間後でもなくて、たったいま。連中を連れてきてもらいたい。警備員は言う。鼻の頭に汗をかき、唇の端に泡を吹いて、あたしたちの顔をひとりずつ順番に見る。まるであたしたちが暇で、こうしてる時間があるとほんとに信じてるみたい。あたしはだんだん飽きてきて、早くグァバの実狩りに行きたいと思う。

だけどほんとのところ、あんたいくら給料もらってんだ？　バスタードが言って、門のほうへ歩いていくとまるで自分の門みたいに寄りかかる。

やめろ、やめろと言ってるんだ。この薄汚い疫病神め、聞こえないのか？　そこを離れろ、いますぐ、ただちに！　と警備員が、しっしっと追い払う。

あたしたちは警備員が小走りに門へ近づくのを見てる。警棒を頭上に振りあげて、殴る準備は万端みたい。ただちにあたしたちは叫んだり野次を飛ばしたりしはじめる。警備員は警棒をバスタードへ振りおろす。バスタードはひょいと頭を引っ込め、安全な距離まで逃げて止まる。警備員はバスタードを追いかけようとする。滑ってちょっとふらついて、倒れ込みそうになるけど、でもなんとか持ちこたえる。彼はそこに立ってバスタードを見る。バスタードはすっかり楽しんでる。こういうことが大好きなんだ。警備員の顔つきから、ひどくいらだっているのがわかる。この瞬間、手にした警棒をバスタードに振りおろすことができたら、きっとめちゃくちゃに叩くだろう。

捕まえてやるぞ、捕まえて、生まれてこないほうがよかったと思うような目に遭わせてやる。哀れなやつめ、根本的な計算間違いを体現する間抜けな生物め。と警備員が、唇をわななかせて言う。それからあたしたちのほうを、いることをいまやっと思い出したかのように見る。

去れ、いますぐ出ていけ。お前たちは学校でこんな教育を受けてるのか？　動物みたいに振る舞えと？　さあ、ここから立ち去るのだ！　と彼は言う。

ああ、おれたちもう学校にゃ行ってないよ。先生たちがいなくなっちゃったんだ。何が起きたか知らないのかい？　ゴッドノウズが言う。警備員は何か言おうとするけど、おおげさな言葉がぜんぶどこかへ行ってしまったみたいに黙る。あたしたちのことをどうしたらいいか、ほんとにわからないんだろう。

赤いちいさな自動車が道を滑ってやってきて、警備員はもうひとつの門へ向かって歩き出す。あたしたちは手を叩いて励ましてやる。それから自動車を、まるで花嫁を見守るみたいに見守る。スティーナと違ってあたしは車をよく知らないけれど、それでも面白い車だってことはわかる。子どもでも運転できそうなくらい背が低く、奇抜なデザインで、あちこち尖って突き出したり襞があったりする。近寄ると、金属の内側で何かが羽音をたてるみたい。スティーナが頷き、口笛を吹いて笑う。車に駆け寄ってハグして話しかけることができたなら、スティーナはきっとそうしただろう。

警備員はもうその家の門のところに立っている。おおきなパラボラアンテナとだだっ広い庭のある、クリーム色の家。警備員は車が通れるように門をあけて押さえている。背筋をぴんと伸ばして立ち、いくらか背が伸びたように見える。この数分間のうちに、身長と筋肉が少し増えたかのよう。まるで車のほんとの持ちぬしは自分で、誰だか知らないけど借りていったひとがそれを返しに来たみたいに。車が通っていくとき、なかで手を振ってるのが一瞬見える。警備員も笑顔で振り返す。広々とした庭に車のお尻が消えてしまってからあとも、警備員は長いこと笑顔で手を振っている。あたしたちのほうは見ないから、避けてるんだとわかる。

オーケー。もうすることはないみたいだし、行こっか。とシボが言う。

おう。ここから離れようぜ。あいつに逮捕されるからな。ゴッドノウズが言って、あたしたちは笑い声をあげる。

あの車、いま通っていったの、あれはランボルギーニ・レヴェントンだ。とスティーナが言う。

フォスタリナ叔母さんと住むようになったら、あたしあんな車を運転するよ。ほら、だってあんなに低いじゃない。あたしのために作ったみたいでしょ？　とあたしは言う。そうなるんだってわかる。骨の内側で感じるんだ。あの車はアメリカであたしを待ってる。だから叫ぶ。ランボルギーニ、あたしのランボルギーニ、ランボルギーニ・レヴェントン！　声はからっぽの道にこだまする。あたしは笑ってホップ、ステップ、ジャンプと跳ぶ。

おい、黙れよ。こら。とバスタード。

このピエロはほっといて、さっさとグァバを探そうぜ。とゴッドノウズも言う。

ジュリアス通りであたしたちは、とうとうグァバのなってる木を見つける。すずなりってわけじゃないけれど、充分な量がある。キチガイ沙汰みたいな声が聞こえてきたとき、収穫の真っ最中だった。そのほうを見ると、ひとびとがまるで黒い水の奔流みたいにジュリアス通りを駆けてくるところだ。あたしたちは即座に、今日ブダペストに来たのは間違いだったと知る。彼らはいたるところにいる。歩き、押しかけ、走り、トイトイをし、拳や鉈《マチェーテ》やナイフや棒やその他すべての武器や国旗が空中に掲げられている。宙をつんざく彼らの声でブダペストぜんたいが揺れている。

ボーア人（オランダ語で"農民"。ヨーロッパからアフリカへの入植者を指す）を殺せ、農場主を殺せ、キヒワを殺せ！

白人の心臓に恐怖を突き付けろ！

白人ども、ここにお前らの居場所はない。帰れ、立ち去れ！

アフリカ人のためのアフリカ、アフリカ人のためのアフリカ！

ボーア人を殺せ、農場主を殺せ、キヒワを殺せ！

あいつら、あたしたちのことも殺すよ。とシボが言う。シボはちょうどあたしの後ろの枝にいて、顔を見ることはできない。だけど声がひどく震えてるから、すでにその頬を涙が流れ落ちてるのがわかるし、涙がやがて口に入るのもわかる。


死にたくないよ。母さんに会いたい。シボは言う。いまや本格的に泣きはじめている。まるでシボがラジオで、誰かがそのボリュームをあげたみたい。

黙れ、何やってんだよ。殺されたいのか？　ゴッドノウズが言う。

しーっ、シボ。いいかい、静かにするんだ。物音をたてずに、ただ静かにここにいれば見つからないだろう。連中は通りすぎてゆく。そして行っちまうよ。スティーナが囁くような声で、とても優しいお母さんみたいな声で言う。シボは泣くのをやめるけど、鼻を啜る音がまだ聞こえてる。

はん。連中はおれたちにゃあなんにもしないぜ。おれなんか、怖くもねえや。バスタードが言って、あたしたち全員彼を見る。バスタードは太い枝に座って片腕を幹にまわしている。ひび割れた足の裏をぶらぶらさせてる。まるでポーズを取ってるみたい、誰かが写真を撮ってくれるのを待っているみたいだ。

白人を探してるって言ってるの、聞こえないのか？ いいか、連中はおれたちには触れもしないだろう。だって白人じゃねえからな。バスタードは言う。そしてあたしたちの見ている前で、唾を吐き、グァバの実に手を伸ばし、その表面を自分のTシャツの虹の絵のところで拭うと、何のためらいもなくかぶりつく。

でも白人が見つからなかったら？ とゴッドノウズが訊く。そしたら、おれたちに向かってくるんじゃねえの？

馬鹿言うなよ。白人はいつだって見つかるんだ。バスタードは答える。

ならずものどもは群れをなしてあちこちに広がっていく。門を蹴倒し、デュラウォールを乗り越え、庭へ押し入っていく。扉を強打し、なかのひとたちに出てこいと叫ぶ。彼らは野蛮でシュプレヒコールを繰り返し叫び怒鳴りつけ、歯を剥きだして空中高く武器を振りかざす。あたしはボーンフリーのとこへ来た暴徒のことを思い出す。やつらもこんなふうだった。ある一団がこっちへ突進してくる。そばの門を蹴って倒し、あたしたちのすぐ下を通りすぎる。ついさっきの警備員がいるのに気づいたのはそのときだ。連中は彼の警棒を奪い取り、手首を背後で縛っている。裸足で歩かされ、そんなふうにしてると何者でもないみたいだ。実際、あいつは何者でもない。こんなふうに木に登ってなければ、あたしたち大笑いしたと思う。

やがてひとりが足を止め、武器を降ろして地面に置く。何するんだろうって思ってたら、ズボンのチャックをあけて巨大なものを取り出し、あたしたちのいる木の幹に向かって小便をしはじめる。あたしは震えながらそこにとまっている。そんなことしても役に立たないってわかってはいたけれど、お祈りをすでに二回していた。神さまに、それから念のためキリストのお母さんにも。口のなかにはグァバがあるけど、こうやって石みたいに座ったままじゃ、呑みこむことも、ペッと吐きだすこともできない。頭のなかはありとあらゆる考えが渦巻いている。**あたしたちを見つけたら、あたしたちこれからどうなるの？　あいつがこっちを見あげたら？　やつら何をするだろう？**

小便をし終えると、男はズボンのチャックを閉めて武器を手に取る。そして暴徒の集団へ戻っていく。あたしはいまにも気を失いそうな感じだったから、幹を強く握り締めなければならない。

よう！　あいつのデカいあれを見たかい？　ゴッドノウズが囁く。あたしたちは答えない。

大人になったら、おれのもあれくらいデカくなるんだぜ。と彼は言う。

開けろ！　開けないと扉をぶち破る！　いま開けろ。いますぐ、いまいまいま開けろ！

木の下では連中が叫んでる。やがて赤いつなぎの服を着た男が、斧を振りまわしながらおおきな窓へ向かっていく。ガラスの砕ける音がする。

窓を割ったぞ！　とゴッドノウズ。

しーっ、静かにしろ。と誰かが小声で言う。

それから鉈を持った男が扉に向かい、ぶっ叩きはじめる。ぶっ叩いてぶっ叩いて、するとほかの男たちもおのおのの武器で加わる。警備員は隅っこに立っている。まるで何も悪いことはしてませんと言おうとしてるみたい。警備員はいま、どんな顔をしてるかな。この事態に対してどんなおおげさな言葉を使ってみせるかな。ならずものたちは切りつけ打ちのめし叩きつける。だけど扉が壊れて倒れる前に、それはサッとひらく。連中は歓声をあげる。二人の白人が家から出てくる。ひとりは男でひとりは女。穴から引っ張り出されたネズミみたいだ。

男は背が高く太っていて、カーキ色の短パンとカーキ色のシャツとカーキ色の帽子を身に着けている。制服を着た小学生みたい。足は裸足で、白人が裸足で外にいるのを見るのははじめてだ。まるで靴は買えないんですと言おうとしてるみたい。すねはとても毛深くて、櫛で梳かすことさえできそうだ。その後ろの女はとても痩せている。まるで男のほうに食料をぜんぶ食べられてしまってるか、それかあの病気みたいに痩せている。黒いドレスで白い靴を履いてる。あたしたちはこの家にきたとき、白人の家だってはっきりわかってたわけじゃない。

そのとき音がして、何かおもちゃみたいな白いものが二人のあとから飛び出してくる。

なんだ、あれ？　とゴッドノウズが言う。誰もすぐには答えない。それが何だか見きわめようと、あたしたちは目を凝らしている。

脚が四本ある。尻尾がある。吠えてる。変な声だけど。とスティーナ。

犬よ！　とシボ。あたしわかった、犬だわ！

それが間違いなく犬だってことが、だんだんあたしにもわかってくる。聞こえているその音は、確かに吠える声みたいだ。どうにも奇妙な吠えかたで、犬がふざけてるか、さもなきゃ吠えるのに慣れてないみたいな声だけど。こんなちいさな犬は見たことがない。あたしは笑い出しそうになって、そして自分がどこにいるか、いま何が起こってるか思い出す。犬はならずものどもに突撃していく。連中をひと呑みにでもできそうな勢いで。そして急に立ち止まり、そのままそこで狂ったように吠え続ける。ならずものたちはいま、笑い死にしそうになってる。その笑い声を聞いていたら、このひとたちは朝起きてからずっと笑ってて、いちにちじゅうそうしてなさいって誰かに言われたんだって思うだろう。頭を後ろにのけぞらせ、大声でいつまでも笑ってる。その笑い声を聞いてると、人間を切り刻んだり、血しぶきをあげたりできる凶器を彼らが振りまわすなんて信じられない。でも犬には見えないぜ。おもちゃにしか見えないし吠えそうにもない。あれが嚙みついたり人を殺したりできるの？　狩りなんかできるわけ？　とゴッドノウズ。ありゃあ白人の犬だ。だから変なんだ。とバスタード。おれはあんな犬、ちっとも怖くないや。とゴッドノウズ。

やがて女の白人がしゃがんで腕のなかにその犬を抱きあげる。胸のあたりで揺すって、まるで赤ちゃんをあやすみたい。ならずものたちはまた大笑いする。あたしは連中が武器を放り出してお互いぺしぺし叩きあい、お腹をつねりあったりなんかしはじめるんじゃないかと思う。やがてピンクのシャツを着た男が犬を引ったくり、べつの男に放り投げる。そいつは犬を受け止めるとまた次の男へ投げる。連中は今度は、バスケットボールでもはじめたみたい。男から男へ犬が放られるたび、彼らは歓声をあげる。

女のひとは両手を宙に振りあげている。ものすごく怒っているらしい。何か喋ってるみたいだけど、まわりがうるさくて聞き取れない。でも連中に犬を放してやってくれと頼んでるのはわかる。とうとうひとりが犬を抱え、一団から数歩離れる。そしてあたしたちの木のほうへやってくる。

やばいよ、来るよ見つかるよ。誰かが囁く。どうなるんだろうって思ったとき、男は立ち止まる。そして鉈を地面に放り出すと、犬の脚を一本摑んで身体の前へ持ちあげて、空中でぶらぶらさせる。犬はボロ切れみたいに揺れる。そしてあたしたちは見る。男はちょっと下がって片脚を震わせる。そしてその脚をおおきく後ろへ振りあげたから、男が蹴りを繰り出そうとしてるんだとわかる。

あいつ、これから——。誰かがそう言いかけたけど、言い終わる前に男の脚が飛び出してきて命中する。ボフッて音がして、犬は空中に舞いあがり、翼でも生えたみたいに飛ぶ。高く高く昇っていって、とうとうデュラウォールのあちら側へ消えると、ドサッという音と鋭い鳴き声がする。ならずものの一団は勢いよく跳びあがり、口笛を吹いて歓声をあげ、**ゴール！**　と叫ぶ。

**何が望みなんだ⁉**　白人の男が声を張りあげる。声に牙があったら嚙みつきそうな声。あたしたちが見ていると、一団のうちの武器を持ってないひとりが前へ進み出て、白人の男に紙切れを手渡す。彼はまるで花嫁みたいに、ゆっくり、とても礼儀正しくそれを行う。白人に対するときに取るべきとされる態度だ。白人のほうは紙切れを引ったくると、ひらいて、しばらく読んでいる。白人の顔色はどんどん赤くなっていく。まるで誰かがその顔を炒めてでもいるよう。

**これはなんだ? なんなんだ?** 白人の男は言って、その紙をするどく指さす。声は怒りに満ちていて、なかにライオンでも隠れてるみたい。彼はみんなの前に立ちはだかる。頭を前に突き出して、いまにも何かしそうだ。女のひとはその隣で手を揉みあわせている。読めないのか? この国に英語を持ち込んだのはお前らだろ? それなのに説明して欲しいなんて、自分の言葉なのに、恥ずかしくないのか? ならずもののひとりが言う。警備員が足を踏みかえる。まるでその紙を読んでくれと頼まれたがってるみたい。たぶんそういうのが、あの男のほんとうにやりたいことなんだ。

完全に馬鹿げてる! こんなのは違法だ、わたしはこの土地を所有してるし、なんなら証明する書類もある。白人の男は言う。彼の内側のライオンはいまやたてがみを逆立てている。

知ってますよ、サー。お気の毒ですが時代は変わったんです。世のなかは変わりつつあるんです。おそらく旦那もいつか、こうなるしかなかったってわかるでしょう。べつの声がそう言う。優しくなだめる、女のひとみたいな声。あたしは首をうんと伸ばして、そんな声で話すのはどんなひとなのか見ようとする。

おい、こんな連中に理を説くのはやめろと、いつも言ってるだろう! それにその、植民地の奴隷みたいな根性は捨てるんだな。サーっていったいどういうことだ。こいつはお前の父親か？　お前もあそこにいる裏切り者みたいな真似をしたいのか？　赤いつなぎの男が言う。きっとボスなんだろう。裏切り者と指さされた警備員は、すくみあがっている。そしてお前、この白人野郎、おれたちにとっちゃどうでもいいことだ。聞いてるか？お前がこの土地を、自分のいた場所から船だの飛行機だのに乗せて、はるばる運んできたわけじゃないなら、おれたちゃあ、まったく気にしねえんだ。とボスが言う。そして手にした斧を、白人男の顔のまん前に振りかざす。

話を聞け――。

なんだって？　おいみんな聞こえるか？　わが土地の息子らよ。こいつのこと、聞こえるか？　ボスは言って、仲間のほうへ首を傾ける。

まったく白人らしいなあ！　黒人の国で黒人に、話を聞けと命じるたあ、たいしたタマの持ち主だぜ。おい誰か、この馬鹿の白人に、ここはローデシア（植民地時代から白人政権時代のジンバブエを指す呼称）なんかじゃあねえんだって教えてやれ！　とボスが言う。いまボスは仲間のほうを向いていて、斧を振りつつ話しかけている。顔はちょっと上向いていて、まるであたしたちにも話しかけてるみたいだ。ボスの顔はよくある顔だ。肌は土の色をしてる。彼はふたたび白人のほうを向くと、また斧を振りかざす。

よう、植民地主義者さんよ。いまこの瞬間から黒人たちは、もう聞くのは終わりだ。わかったか？ ここは黒人の国だ。そして黒人が決めるんだ。アフリカはアフリカ人のためにある。ボスが言うと、拍手喝采が雷みたいに響き渡る。

あんた、誰なんだ？ 白人の男が言う。ボスを上から下までじろじろ見ている。男の声から、彼がボスを軽蔑してるのがわかる。この集団の全員を軽蔑してる。顔をあげてあたしたちを見つけたら、あたしたちをも軽蔑するだろう。

このかたを知らないのか？ 警察長官補オベイ・マリマ様だ。言葉に気をつけろ、白人め。そんなふうに、クソするみたいな喋りかたをしていいと思ってるのか。誰かの苛立った声が言う。

違うんだ、話を聞け。白人男は言う。ボスがいま警告したこと、黒人に聞けと命令してはいけないってことを忘れたみたいだ。

わたしはアフリカ人だ。と白人男は言う。この国はわたしの国でもあるんだよ。わたしの父はここで生まれた。わたしもここで生まれた。あんたたちとおなじだ！ 彼の声は苦痛に満ちている。その血の底の深い部分で、何かが彼を焼き焦がしてるみたいに。ライオンはいまや牙を剝きだしている。白人男の首の両側で、血管は紐みたいに浮き出している。顔は怒りで赤黒くなっている。だけど誰もそんなこと気にしてない。一団はその場を離れ、家のなかへ押し入っていく。アフリカ人のためのアフリカって掛け声が、あたり一面に聞こえている。白人の男と女は警備員のそばにまるで悲しげな植物みたいに突っ立っている。突っ立って、ならずものたちを見送っている。二人とも武器が怖くて、止めたり追いかけたりできないんだろう。

アフリカ人って、正確には何だ？　ゴッドノウズが訊く。

しーっ、見ろよ。とバスタードが言う。

白人の男は手にしていた紙切れをびりびりに破きはじめる。引き裂き引き裂き引き裂き引き裂き、そして紙くずを地面に投げつける。そして紙くずを足で踏みつけはじめる。おおきな足がきびきび動く。埃のちいさな雲が舞う。ダンスでもするみたいに、踏みつけ踏みつけ踏みつけて、まるで誰かが頭のなかで太鼓を叩いているみたい。それを聞いているみたい。女のほうはそれを見ていて、だけど何も言わない。

それから、それじゃあ足りなかったみたいに、白人の男は地面に這いつくばってげんこつで叩きはじめる。叩いて叩いて、あたしは黙示の預言者ビッチントン・ムボロが悪魔と闘うとこを思い出す。白人男の手の甲が切れ、血が噴き出して、茶色い地面がその血を啜るところを思い浮かべる。男はようやく、ようやくやめる。たぶん疲れてしまったから。手足を地面について四つん這いになり、金髪の頭をがくんと垂れている。女のひとはそばに膝をつき、男の広い背中に手のひらを置く。まるで彼のために祈ろうとしてるかのよう。やがてその肩が、がくがく、がくがく、がくがくと上下しはじめる。まるで世界のために泣いているかのように。警備員はただ突っ立って見ている。やがてシボがまた啜り泣きはじめる。

なんだよ、お前白人のために泣くのか？　あいつらお前の親戚かよ？　とバスタードが言う。

あのひとたちも人間よ、このクソッタレ！　シボはとても強い声で、熱っぽい声でそう言う。彼女がそんな声を出すのを聞くのははじめてだ。あたしはもう少しで木から転げ落ちそうになる。なぜって誰もバスタードをクソッタレなんて呼んだことはなかったから。誰も、誰ひとりも。あたしはバスタードがどうするだろうって思って見てたけど、彼はただシボを見てるだけ。混乱した顔つきで。

連中、何をするつもりなんだろう？　とゴッドノウズが言う。その問いが唇を離れた瞬間、何かが壊れる音が聞こえる。白人の男と女は、そんな音など聞こえないみたいに膝をついたままだけど、警備員は不安そうに歩きまわる。あいつ、なんで逃げないのかなとあたしは思う。手と違って、脚は縛られてるわけじゃないのに。

連中、物を壊してるんだな。とゴッドノウズが、自分の問いに答えるみたいに言う。あたしたちは座って聞いている。物たちが割れて壊れて倒れて使いものにならなくなるのを。

おれもあそこに行きたいな。そんで一緒に壊したい。バスタードが言って笑う。彼はポケットナイフを取り出して木の幹に突き刺すと、何か彫りはじめる。

おれ、おれは家に帰りたい。チポと一緒に留守番してりゃよかった。おれ、いますぐ家に帰る。ゴッドノウズが言って、その声はもう遊びなんか懲りごりっていうふうに聞こえる。

待て。あの連中が出ていくまで待つんだ。とスティーナが言う。それに見ろ、白人の二人がまだ木の下にいるだろ。あいつらに見つかるよ。

構うもんか。おれは帰るよ。もうブダペストは襲撃しない。とゴッドノウズは言って動きはじめる。でもスティーナが蛇みたいにすばやく枝から滑り降り、手を伸ばしてゴッドノウズの、優しくしよう緑でいこう、って書かれたTシャツをぐっと掴む。布が破ける音がする。あたしたちは黙って待って、スティーナはゴッドノウズのシャツをまるでゴッドノウズが狂犬で何があっても放しちゃいけないみたいに握りしめたままだ。バスタードは木の幹を彫り終えた。そこには**バスタド**って書いてある。rの文字を抜かしちゃったんだ。そもそもrを入れるべきだって知ってたかどうかもあやしいけど。

長い時間が経って、あたしたちが木の上に座ってるのにすっかり疲れてしまったころ、ようやく破壊音がやんで連中が家から出てくる。先頭を歩いてるのはボスで、片手で斧を振っている。もうあんまり音をたてなくて、連中も少し疲れたみたい。家のなかにいた悪魔か怨霊をお祓いでもしてきたみたい。連中は白人たちには話しかけず、ただ引っ摑まえて立ちあがらせる。警備員も一緒に連れていく。牛みたいに歩かせる。集団が木の下を通りすぎるとき、女のひとが上を見あげる。まるで神さまが囁いたみたいに、まるで誰かに、あたしたちがそこにいると教えられたみたいに。黒い影が彼女の、いわゆる美人の顔をよぎっていく。まるで彼女がカメレオンで、いましも色を変えてあたしたちの色になろうとするみたいに。

あたしは女のひとの目から目を逸らすことができない。だけどあたしたちは木の上にいるところを彼女に見られているのは恥だと思うし、黒い影は彼女の顔の上にとどまって、あたしたちに見られるのは彼女の恥だと思う。そんなふうに連れ去られるところをあずっとあたしたちを見てる、まるでその両目であたしたちを木から引っ張り降ろしたがってるみたいに。そしてそんなふうに見られることで、あたしたち木から落っこちるんじゃないかって気がしはじめる。その目つきから、というのも目は口ほどに物を言うものだから、彼女があたしたちを憎んでることが、それも少しじゃなくてすごく、とっても憎んでいることがわかる。彼女は何も言わない。連中は彼女を引っ立てていく。あたしたちは深く息をつく。

あいつら、どこへ連れていくんだ？　ゴッドノウズが言う。いつもの調子に戻ってる。たぶん殺すんだろうな。と自分で自分に答えて言う。たぶん森とかに連れていって、助けを呼ぶ声が誰にも聞こえないようにして、そして殺すんだろうな。

連中がほんとに行っちゃったことがわかると、あたしたちはすばやく木から降りてまっすぐ家へと向かっていく。白人の家のなかに入るのはこれがはじめてで、あたしたちは扉の前で立ち止まる。どうやって扉を通り抜けたらいいかわからないみたいに。先頭にいたゴッドノウズは、玄関マットまで来ると足の裏を拭く。足を拭いてね、って書いてあるから。だけどそこで止まってしまう。続いてやってきたバスタードがゴッドノウズをわきへ押しのけ、まるで自分がこの家のほんとの持ちぬしで鍵も持ってるみたいに入っていく。あたしたちもどやどやとあとに続く。

なかに入ると冷気に襲われて、剥き出しの腕を手で覆う。鳥肌が立っている。あたしたちはびっくりして、見まわす。

外は暑いのになかは寒いって、どういうこと？　とシボが囁く。だけど誰も答えない。誰も答えを知らないからだ。あたりは何もかもが散らかされ、壊されている。椅子もテレビもおおきなラジオも。なんだかわからないきれいなものも。あたしたちは残骸のなかに立っている。誰も何も言わないけど、わけのわからないこの破壊にあたしたちは傷ついている。まるで連中の壊していったのが、あたしたちの持ちものであるみたいに。

リビングルームに入ると、壁にかかったおおきなお面の前に立ち止まり、その黒い顔を、深く彫られた目の穴を見つめる。それは細くて長い顔で、眉と唇が白い線で引かれている。額は高くてちょっと飛び出していて、黄色い点線で半分に区切られてる。鼻は長く、まるくひらいた口はいまにも雄たけびをあげそうだ。そして最後に、頭のてっぺんから角が生えている。

バスタードが散らかされた家財道具のあいだを縫って歩いていき、そのお面を壁から取り外す。そして顔にかぶってあの白人の犬みたいに吠えはじめる。

それは異教徒がやることとよ。そういうのをかぶるの。黙示の預言者ビッチントン・ムボロが教会でそう言ってた。とあたしはバスタードに教えてやる。だけどバスタードはお面をかぶったままで、吠えて吠えて吠え続ける。面白くないから誰も笑わない。あたしたちはリビングを出て、隣のおおきな部屋に行く。長いテーブルがあるけど壊されていて、たくさんの椅子もあっちこっちに散らばっている。天井のまんなかにぶらさがってるのはおおきな灯りで、それも一部が割れている。

なんでこいつら、二つもリビングがあるの？　とゴッドノウズが訊く。

これはリビングじゃねえよ、ダイニングだ。とバスタードが答える。あとおれの行く手をはばむんじゃねえ。馬鹿な質問もやめろ。あたしたちはその部屋を突っ切っていき、反対側の壁で立ち止まって、そこに無傷のまま残された写真を見る。

なんで白人ってのは写真を撮りたがるんだ？　とゴッドノウズ。

きれいだからよ。とシボが言う。

写真がか？

ううん、白人たちが。

写真のなかには、長いドレスを着て不思議な帽子をかぶった女たちがいる。男の子が馬に乗っている。男の子は幸せそうだけど、馬は幸せそうじゃない。背の高い岩の隣に立った男が銃を構えている。下唇を噛んで集中してる。まるで便秘になっていて、出そうと頑張ってるみたい。べつの男は兵士の制服を着て赤いベレー帽を手にしている。その左胸は金のバッジや何やでぴかぴかしてる。彼はどこを見たらいいかわからないような顔でカメラを見てる。カーキ色の服を着た男がトウモロコシ畑の前に立っている。一組の男女が結婚しようとしてて、飲みものを手にした幸せそうなひとびとに囲まれている。

博物館みたいね。とシボが言う。博物館って、こんなふうなんでしょ？　こんなふうに絵とか写真を見るの。

それはむしろギャラリーだよ。とスティーナが言う。

壁の大部分をしめるおおきな写真には、背の高い痩せた男が写っている。白髪交じりの髪を斜めにわけて、青っぽい目とよく似合うスーツを着てる。片手にカップとソーサーを持ち、あいたほうの手をわずかにあげてる。まるでその手で喋ってるみたいに。写真の下にはこう書いてある。**イアン・ダグラス・スミス閣下**（ローデシア共和国初代首相）。**ローデシアは永遠なり**。その隣の写真では、よちよち歩きの赤ん坊が立って猿と手を繋いでいる。猿と赤ちゃんはまったくおなじ青色の服を着ていて、それは半分シャツで半分ベストみたいで、二人は双子みたいだ。

それからその双子の隣、べつのもう一枚の写真には、感じのよい女のひとがまるい顔で微笑んでいる。どこもかしこもきらきらで、頭の上にはきらめく冠を載せている。それはネックレスとイヤリングとも合っている。面白くもない写真だし、女のひともすごい美人てわけじゃないけど、あたしたちはしばらくそこに立って、そのひとに向かって顔をあげている。まるで旗を見あげるみたいに。

なんであんなふうなんだ？　とバスタードが言う。

あんなふうって？　とシボ。

あれ、重そうじゃねえか。とバスタード。

あれは冠って言うのよ。とあたし。そしてあのひとは女王と呼ばれてるの。あたし、あのひとのこと知ってる。

なんで知ってるんだ？　バスタードが訊く。

あたしの家にいたもの。ずっと前のことだけど。

嘘つけ。白人がお前の汚い家になんか来るわけねえだろ。とバスタード。

ほんとだよ。ベッドの下にいたの。マザー・オブ・ボーンズのベッドの下に。

女王がお前の祖母ちゃんのベッドの下にいたって？　とゴッドノウズ。

ウウウーーン。とシボは言い、唇を噛んで目をまわして見せる。

顔がイギリスのお札に印刷されてたんだよ。マザー・オブ・ボーンズが聖書に挟んでベッドの下に隠してたの。だから知ってるんだよ。とあたし。

あの頭に載ってる冠はものすごく重いんだ。だからあのひと、あんなふうに笑ってるんだ。熟してないグァバの実を一枝ぶんぜんぶ食べちゃったみたいにさ。あれはすごく重いんだ、金でできてるから。とゴッドノウズが言う。

あたし、冠って茨でできてるんだと思ってた。聖書で見たから。イエス・キリストが殺される場面で。とシボが言う。

たぶんそれ、違う聖書を見たんだよ。おれが見たやつではキリストはホンモノの金でできた冠をかぶってた。だってこの世界ぜんぶ、キリストの父親のもんなんだから。とゴッドノウズ。

お前ら二人とも嘘つきだな。金は重たくないぞ。それに頭に載せたりしない。とバスタードが言う。

なんでわかるのさ。とゴッドノウズ。

ジャブ叔父さんが教えてくれたんだ。叔父さんは金鉱で働いてたんだ。いいか？　黄色できらきらしてるって言ったけど、金が重いとはひとことも言わなかった。持って帰っておれたちに見せてくれるはずだったけど、その前にあのクソ兵士どもに撃ち殺されちまったんだよ。バスタードが言って、その喋りかたはひけらかすような調子になってくる。

その話なら知ってる。前も聞いたわ。とシボ。

そうさ、だけど連中がどうやってその死体を隠そうとしたかはまだ言ってなかった。どの新聞にも出たことなんだぜ。バスタードは言うけれど、あたしたちはすでに次の部屋へと移ってる。あたしは従兄のマコシの、ぼろぼろになった手のことを考えてた。マコシも金鉱で働いてたんだ。振り返るとバスタードは、自分のアフロ頭をせっせと叩いてるとこだ。まるでそこに冠が載っていて、落ちないようにするみたいに。

寝室でもおなじように何もかも壊されているけれど、それでもあたしたちはベッドに飛びのり跳びはねる。ただシボだけは割れた鏡の前に立ち、唇を赤く塗って青い瓶から全身に香水を振りかけている。あたしたちは跳びはね跳びはね跳びはね、スプリングがあたしたちを高く持ちあげてくれるから、跳びあがるたび手を伸ばせば白い天井を叩くことすらできそうだ。やがて跳びはねるのに疲れると、あたしたちはシーツに潜りこんで目を閉じて鼾の音を出してみる。ベッドは柔らかくていい匂いで、ここから出たくない。

三匹のクマに出てくるゴルディドッグズみたいだね（正しくはゴルディロックス）。とシーツの下からあたしは言う。クマが帰ってきちゃう。と続けても誰も答えない。なぜならみんなその本を、学校にいたとき読まなかったから。

大人のことをやりましょ。とシボが言って、あたしたちはくすくす笑う。シボの唇はいま、血でも飲んできたみたいな色をしてる。それから高級な匂いがする。あたしたちはお互いを、照れくさそうに見つめる。まるでいまはじめて出会ったみたいに。それからバスタードがシボの上に乗る。それからゴッドノウズがあたしのほうへ近づいてきたけれど、あたしはスティーナのほうが欲しいから、お尻に穴のあいたゴッドノウズは嫌だから、押しのける。スティーナがあたしの上に乗って、そのままじっと寝そべっている。あたしたちは全員が、くすくすくすくす笑ってる。スティーナの重たい身体の下であたしはお腹が潰れそうな感じがして、もしお腹が破裂して中身がみんな飛び出してしまったらどうしようかと思ってる。

あたしたちがそんなふうに横たわり、白人のふかふかのベッドで大人のことをしてるときに、ベルの音が鳴った。あたしたちは飛び起きて、どうしたらいいかわからなくてあたりを見まわす。

なんだあれ？　とゴッドノウズ。

電話だよ。とスティーナ。

電話だ！　電話だ！　電話だ！　あたしたちは叫んで寝室を飛び出し、音のするほうへ走っていく。リビングルームで電話を探し、タオルの下にあるのをすばやく見つける。スティーナが電話をパカッとひらき、もしもし、と言う。それから笑ってシボに電話を渡す。シボは笑ってバスタードに渡し、バスタードも笑ってあたしに渡す。いちばんマシな英語を話すのはあたしだ。だからあたしは言う。もしもし、ご機嫌いかが？　今日は何の用ですか？

あなた誰？　向こう側から声が言う。声は驚いてる。思いもかけないものに出くわしたときの声。

あたしです。とあたし。

なんですって？　誰？

ダーリンよ。

ダーリン？

そう。ダーリン。

わかったわ。ふざけてるのね？　どうやってこの電話を手に入れたの？

ふざけてませんよ。電話はバスタードからもらいました。とあたし。

バスタード？　いいわ、待って、ちょっとこの電話を持ちぬしに返してくれない？

持ちぬしはここにいません。

じゃあどこにいるの？　二人はどこ？

あたしたちも知りません。連れていかれちゃった。

なんですって？　あたしたちって誰？　誰に連れていかれたの？　彼女の声からたぶん顔をしかめてるんだってわかる。それからあたしは、マダムって言葉を使うのを忘れてることにも気がつく。学校でそう教えられたのに。会話を最初っからやり直したくなる。今度はちゃんとやれるように。

ならずものたちです、マダム。とあたしは、いまからちゃんと言うことにする。

ならずものって？

武器と旗を持ったやつらです、マダム。

どこへ連れていったの？

知りません、マダム。

なんてことかしら。ねえダン、いったい何が起きてるのかわかる？ ママとパパに電話したんだけど、アフリカ人の変な子どもがママの電話を持ってるみたい。と女のひとは、ダンという名前の誰かに話しかけている。

いまやみんながあたしを見ていて、あたしはひとかどの人物みたいで、あたしはついに白人と話すことができて鼻が高い。これまでこんなふうに白人と話すことなんてなかったもん。やがてあたらしい声が、男の声が聞こえてくる。彼があたしたちの言葉で話しはじめたので、笑ってしまう。白人があたしたちの言葉を話すのを聞くのははじめてだ。それは笑えたけど、ちょっとがっかりもする。だってあたしは英語で喋っていたいから。

白人の男はあたしに何が起こったか訊いて、あたしはぜんぶを話す。ただしあたしたちがグァバを盗んでたってところだけは黙ってる。最後に男は、あたしに電話を返すように、それから家を出ていくようにと言う。なぜってここはあたしたちの家じゃなく、ここにいる権利はないから。あたしは電話を閉じ、タオルの下に戻す。そこが電話を見つけた場所だから。だけど家を出るよう命じられたことは、ほかのみんなには黙っている。あたしは頭のなかで、このおおきなお屋敷にはパラダイス地区のひとたちが何人住めるか考える。

五家族か、もしかしたら八家族住めるかも。

台所では、水道から水が勢いよく飛び出していたので止める。テーブルも椅子もひっくり返り、皿もコップもポットもその他の道具も床に散らばっている。冷蔵庫をあけるとそこは手つかずで、あたしたちはびっくりしてしまう。あたしたちはパンを、バナナをヨーグルトを飲みものを、鶏肉をマンゴーを、米をリンゴを人参を、牛乳を、手当たり次第に見つけたものを頬張る。いままで見たこともないものを食べ、名前すら知らないものを食べる。

ウィー・フォオゴット・ザ・フォオクス、ウィー・フォオゴット・ザ・フォオクス。とゴッドノウズが白人男の口真似をして言う。あたしたちはくすくす笑う。ゴッドノウズは食器棚に向かっていって、引っ掻きまわして引っ掻きまわして引っ掻きまわして探し、やがてぴかぴかひかるナイフとフォークを手にして戻ってきて、あたしたちはホントの白人みたいに食べる。口に入らず零れると笑い、道具を放り出してまた手で食べる。あたしたちはお腹をいっぱいにして、お腹をいっぱいにしていっぱいにして、息もできなくなるくらいお腹がいっぱいだ。

おれ、うんこしたい。とゴッドノウズが言って、全員で台所を出てトイレを探してさまよう。お腹がいっぱいで破裂しそう。お腹が重すぎて象みたいに歩く。食べもののせいで疲れてる。長い廊下の突き当たりにトイレが見つかる。おおきくて白くてまるいものがあって、それがお風呂で、それからガラスのシャワーと石鹸と、その他の道具と小物がある。それから恐ろしく臭い匂いもする。あたしたちは反対の端を見る。便器のそばにおおきな鏡があって、茶色い糞便でブラク・パワーって書いてある。cの字が抜けていた。

# ほんとのこと

歌声はとても遠くから、まるで地面に埋められていていまやっと外に出ようとしてるみたいに響いてくる。あたしたちは午後じゅうそれを待ってて、だから聞こえてきた瞬間みんな遊ぶのをやめ、ヘヴンウェイ墓場のまんなかに立つおおきな木のところへ駆け出していく。いつもの倍の速さで木に登り、あっという間に高いところにいる。あたしは丈夫な枝を見つけてしっかりと身体を支え、葉っぱに覆い隠されるよう気を配る。

あそこを見て。ほら、やってくるよ。とゴッドノウズが言う。巨大な蟻塚の向こうから、葬式の参列者が溢れてくるのが見える。彼らはこっちに、ヘヴンウェイにやってくる。彼らはここにボーンフリーを埋めるんだ。埋葬なんかしたことがわかったらひどい目に遭わせると、脅されていたにもかかわらず。子どもはヘヴンウェイに立ち入り禁止で、葬式にも参列できないから、あたしたちはこうして隠れて見てる。大人はあたしたちがここに忍び込んで葬式を観察してるのを知らないし、それどころかいつでも好きなときにやってきて、うろついたり遊んだりまでしてることも知らない。

ヘヴンウェイはいたるところ、赤土の盛り土、盛り土ばかりだ。まるで人間を収穫してるみたい。まるで死ってものが岩陰に隠れて、おおきな袋にいっぱいの食べものを無料で配ってて、人間たちが押しかけてきてるみたい。そんで自分の取り分がなくなる前に我先にもらおうとして、互いに足を引っ掛けあってるの。そんなふうに、いつもいつでもひとびとは死に、この場所にやってくる。

赤い盛り土の上には、死んだひとのよすがとなる品々が置かれてる。割れた皿。割れたコップ。棍棒《ノブケリー》。積まれた石。ムファファの木の枝。どれもこれもわびしくて、しみったれててみっともない。なんでみんなこの場所をもっと素敵に見せようとしないのかな？　十字架に色を塗ったり、茶色い草を毟ったり、かわいい花を植えたりとか。だって死んだひとたちはそういうの、自分でやれないんだから。あたしが死んだらそうして欲しい。お墓をかっこよくしてほしい。こんなクズみたいなんじゃなくってさ。

墓地とか死んだひととかいうものが、前はすっごく怖かった。だけど最近はそうじゃない。こんなにお墓のそばに住んでたら、怖がっても意味がない。たとえば舌が歯のことを怖がるみたいなものだ。あたしがヘヴンウェイで好きなところは、死んだひとたちの名前を書いた十字架があるところ。お葬式がないときは、ときどきこのあたりを散歩してお墓に書かれた名前を読む。あたしはいつも、そのひとたちが知り合いだって想像してみる。そして頭のなかでそのひとたちのお話を作ってみる。またはそのひとたちが地下にいるあいだにどんな出来事があったか、彼らに話してあげている。

名前と一緒に日付があるのを見つけたら、これはいよいよ死んだひとの名前なんだってわかる。そしてあたしみたいに算数ができれば、そこに埋められたときの年齢がわかるし、そしたらそのひとが若くして死んだってことも、その人生が家ネズミみたいに短かったってこともわかると思う。人間は天寿をまっとうするべきだし、長生きして、たとえばマザー・オブ・ボーンズみたいに年を取るべきだ。あの病気がひとびとを殺す。誰もそれを治せないから、病気は好き勝手してる。殺して殺して殺してる。頭のおかしいやつが鉈を振りまわして、まだ未熟なサトウキビを片端から叩き切ってしまうみたいに。

棺おけ担ぎの男たちが最初にあらわれた。ほかの参列者の先頭に立ち、足なみを揃えている。彼らは木の真下を通ってゆく。棺おけを肩に担ぎ、土で汚れて煉瓦色になった先の長い靴が地面を踏んだ瞬間に持ちあがり、上・下、左・右、上・下、左・右と動く。固くひび割れたこの赤土の下にマリンバが隠されていて、足でもってそれを演奏しているみたいな具合だ。

彼らはそんなふうに進んでくる。岩みたいな顔をして、稲妻が目にひかる六人の男。その足取りはおおまじめ、ふざけたところはゼロだ。上・下、左・右、上・下、左・右。その行進はかっこよく、あたしたちは顔を見あわせて笑う。ボーンフリーの棺おけは、黒と赤と黄色と緑の縞模様の旗がかけられていて、正面に白いハートが描かれてる。このごろこんな棺おけをたくさん見る。〝変化を〟のひとたちの棺おけだ。ボーンフリーもそのひとりだった。

続いて嘆き悲しむひとびとが群れをなしてやってくる。ヘヴンウェイにこんなにたくさんひとがいるのを見たことがない。どっちを向いてもひとの身体、狭い道にぎゅう詰めだ。その多くが胸のところに白いハートか**変化を**って書かれた黒いTシャツを着てる。だけどこのひとたちはこれまで見てきた参列者とはだいぶ違う。このひとたちは泣かない。声をあげて嘆きもしない。目を伏せて地面に向けたりもしない。背後で両手を組んだりもしない。小刻みに歩いたりもしない。このひとたちは棺おけに突進していく。口笛を吹き、拳を高くあげる。ボーンフリーの名前を連呼する。どこにいるのかわからないけれど、そこから出てこいとでもいうように。彼らは怒れる参列者だ。

ひとごみの海のなかにはパラダイスの大人たちもいる。あたしの母さん、モヨおばさん、マザー・オブ・ボーンズだっている。マザー・ラブも。ディグニティも。チェンズィラも。

ソネニも。男たち。聖チャリオット教会の信者たち。ほとんどすべての大人がいる。でもいつもとおんなじふうじゃない。彼らはまるで、肉をしゃぶり尽くしてしまったあとの骨みたいだ。

あの投票があった日からしばらく、マザー・ラブの小屋でパーティーがひらかれたあとのしばらくは、パラダイス地区は眠らなかった。大人たちは幾夜も目覚めたままで、くらくらするほどの期待のためにずっとそわそわして、じっと座っていられなくて、小屋のなかで身体を低くかがめてることもできなくて、眠ることもできなくて、火を囲んで立ったまま、あたらしい世界が訪れたらどんな暮らしをするだろうと、待ちきれずにいるその世界について話す以外に何もできないでいた。

おれはまず最初に、自分がまっすぐ立っても頭のつっかえない家を手に入れるぜ。そうさ、おれみたいなおおきな男にぴったりの、まともな家だ。

おれは大学に戻って、きちんと卒業したい。それから汚い路上で生活してる子どもたちを迎えに行く。それから、そう。海外に行っちまった連中も呼び戻す。故国へ帰ってこいと言うんだ。家族をもう一度ひとつにする。それが人間ってものの生活だ。そうだろ？

生活をはじめよう。もうこんなふうではいられない。変化よ、来い。いますぐ来い。

大人たちはそんなふうに話していた。幾晩も幾晩も夜通し起きて、すぐそこまで来ているはずの変化を待ち続けた。待って待って待った。けれど待つことに終わりはなくて、変化もまた起こらなかった。そしてあの男たちが、ボーンフリーのところへやってきたんだ。それが決定的だった。大人たちはそれ以降、もう変化について語らなくなった。投票もパーティーも何もかも、すべての出来事はぜんぶ何ひとつなかったことみたいになった。大人たちは黙ってそれぞれの小屋へ帰っていき、いまだ身体を低くできるか確かめた。かがむことはまだできた。腐ったグァバでいっぱいの垂れた枝より低くなることができた。そしていま、すべてはもとの通りだ。だけど大人たちは違う。彼らの顔をよく見れば、そこにかつてあったものが立ちあがり、荷物をまとめて出ていってしまったことがわかるだろう。

メッセンジャーもまたここにいる。参列者たちに交じってる。その顔はひどい怒りと悲しみに包まれていて、見てもほとんどメッセンジャーだとわからないくらいだ。それどころか見ても顔だとわからないくらいひどい。もしメッセンジャーがいま口をあけたなら、その声は傷だらけだろう。顔じゅう、痛みそのものみたいだ。ボーンフリーがいなくなってしまって、メッセンジャーはどうしたらいいか、あたしは見当もつかない。だって二人はどこへ行くにも一緒だった。何をするにも一緒で、まるで右耳と左耳だったんだ。

全員のあとからBBCの帽子をかぶった男が二人ついてくる。ひとりは一部始終を機械を通して見てて、もうひとりはせっせと写真を撮ってる。ボーンフリーのお母さん、デューべおばさんは、血のような色のドレスを着てる。誰かが死んだときはふつう、黒を着ることになっている。赤じゃなく、ほかの色でもなくて黒。黒は死者の色で、赤は危険の色だ。デューべおばさんは手負いのライオンみたいに、もがき苦しみ吼えている。それは痛みだ。見てごらん、そして聞いてごらん。これがほんとの痛みなんだ。痛みの痛み。まわりの女たちがデューべおばさんを支えている。まるでライオンが空へ飛び出していき、太陽を引き裂き血祭りにあげるのを恐れるみたいに。

参列者たちが足を止め、輪を作る。棺おけは墓穴のかたわらに降ろされたところだ。全員の姿が見えづらく、あたしはいちばん高い枝に登る。枝に足をかけるとぱきんと折れて、スティーナがこっちを見て顔をしかめる。人差し指を唇に当てる。あたしも顔をしかめて返す。こんなに木の葉が茂ってるんだから誰にもあたしたちは見えないし、こんなにうるさいんだから誰にも聞こえないはずだ。

長い髪を膨らませた背の高い男が、墓の頭のところに立って演説をはじめる。参列者たちは静かになる。だけどその沈黙の下に何かあるのが伝わってくる。それは怒りみたいなもの。男は叫び、その声は煙のように昇っていってあたしたちのそばも通りすぎ、神さまのほうへとさらに昇る。男は国とか決選投票とか英雄とか民主主義とか殺人とか自由とか人権とかそんないろんなことを話す。声の調子が参列者たちを激昂させていく。まるで侮辱でもされたみたいに怒りで満たしてく。BBCのひとが憑かれたみたいにカメラをパシャパシャいわせてる。

参列者たちはそわそわして自分を抑えられなくなっている。囁き交わし、相槌を打つ。叫び、地面を踏みつける。トイトイをする。踊る。両足でひどく地面を蹴りつけ、引き裂こうとするみたいに踊る。黙示の預言者ビッチントン・ムボロが聖書を掲げて御言葉を口にしはじめる。参列者たちは静かになる。黙示の預言者ビッチントン・ムボロは詩篇を読みあげ、祈りを口にし、ボーンフリーのことをモーゼだと、ひとびとをカナーンの地に導こうとしたモーゼだと言う。それからさらに聖なることを言って、ずうっとその調子で続けて続けるので、あたしはこのひと疲れないのかなって思う。なんにもしてくれない神さまに、自分が神さまだって証明するようなことをひとつもしてくれない神さまに、喋りかけ続けて疲れないのかな、と。

投票の日に続く数日間、黙示の預言者ビッチントン・ムボロと聖チャリオット教会の信者たちはファンベキ教会で夜の勤行をした。変化のために祈り、みんなに一緒に山へ登って国のために祈ろうと促した。彼らは立派に見えたし、しきたり通り完全に執り行うと、彼らの音楽はファンベキを燃える茂みのように明るくしたし、歌と唱和と訓話と祈りが天国へ昇っていき、やがて山を岩のように転がり降りてきて、そばを通る者を誰彼構わず打ったのだった。そのあとで変化が訪れなかったとき、信仰者たちの声はまるで蝶が羽をたたむようにしぼんでゆき、彼らは山から骸骨ががらがら転げるみたいに降りてきて、身体を引きずってどこかへ行ってしまった。それがいまは戻ってきてる。まるであのとき、神さまに無視なんてされなかったみたいに。

参列者たちはそわそわしはじめている。足をもぞもぞさせて呟いている。黙示の預言者ビッチントン・ムボロは、それで説教をやめた。たぶんひとびとの怒りが怖かったんだろう。それから埋葬がはじまる。ボーンフリーの棺おけが墓穴にそっと降ろされるころには、ライオンだったデューベおばさんは猛る雄牛になっている。ドレスの挑発的な赤色に目を眩まされ、雄牛はこんなふうに唸る。あいつらあたしの息子を殺した！　人殺しだ！　あたしの一人息子を殺した！　ボーンフリー、あたしの子！　あんたが死んじまったいま、誰があたしの葬式を出すの？　雄牛は唸ってる唸ってる。捕獲しようとする者たちを振り払い、棺おけに突進しようとしてる。バスタードの顔を見ると、その目は涙に濡れていてあたしはびっくりする。あたしが見てるのに気づくと、バスタードは顔をしかめてあっちを向いてしまう。

参列者たちは手のひら一杯ぶんの土を投げ、スコップを動かして墓に土をかけてゆく。

この動作は素早く行われる。たぶん猛る雄牛が逃げ出して墓穴のなかに飛び込み、地下深くでうごめくミミズになって、出てくるのを拒んだりするようなことにならないためだろう。これまでも墓穴に飛び込みたがるひとたちや、おかしな行動に出るひとたちをお葬式で見た。地面がきちんとした盛り土に盛られ、ボーンフリーの名前を書いた墓の目印が立てられると、デューベおばさんは地面にふかぶかと膝をついて祈りはじめる。おばさんが静かになったので、みんな彼女を放してあげる。おばさんはお尻をついて、剝き出しの手のひらでお墓をぺたぺた叩いてる。ちいさい女の子が泥でお団子を作るみたい。やがて参列者たちがお葬式の歌を歌いはじめる。

チヤ・ルンフラバ、レントザウォ、
サバスイスファムバノ・ウランデレ、
ングコノ・ンギズハンベレ・ミナ・ンガリンドレラ、
チヤ・ルンフラバ、レントザウォ——

歌がレントザウォってとこに来た瞬間、雄牛が空中に跳びあがり、墓場をまっすぐ横切って駆け出す。デューベおばさんが走る。息子の名前を呼びながら。シボが笑いだし、バスタードが、その汚ねえ口をいますぐ閉じろ、これは葬式なんだってわかんねえのか？　と言う。みんながデューベおばさんに、やめてこっちへ戻るように呼ぶ。みんながその名前を叫ぶ。だけどおばさんは走り続ける。かかとが後ろ頭につかんばかりだ。デューベおばさんは走ってる。

みんなが帰ってしまったあと、あるひとたちはデューベおばさんを追って、ほかのひとたちはたんにもうすることがないから帰ってしまったあとで、あたしたちは木から降りてくる。ボーンフリーのお墓にデューベおばさんの手のあとが、おばさんが土を叩いてたあとが──深い皺の刻まれた手のひらのあとが、きれいな模様を描くようにきちんとならんでついている。ボーンフリーの墓標にはこうある。ボーンフリー・リツウェ・タペラ、一九八三〜二〇〇八、我らが英雄よ、安らかに眠れ。変化のために死せる者。

死んだらひとはどうなるんだい？　ゴッドノウズが訊く。

知らないわよ。あたしたちだって死んだことないもん。訊く相手、間違ってるよ。とシボが答える。

だな。自分の母ちゃんに訊いてみろ。とバスタード。

殺されて死んだひとは、幽霊になって地上をさまようんだ。安らかに眠れないから。とスティーナが言う。あたしたちはみんな彼のほうを見る。スティーナはそこに立ったまま、お墓から目を離さない。まるでそれが自分のお墓みたいに。

えっと、もしボーンフリーが幽霊になったら、自分を殺した相手を全員見つけ出して焼き殺すだろうね。幽霊は赤く燃える石炭を落とすことができるって、おれ聞いた。ゴッドノウズが言う。

うちのお祖父ちゃんは、あたしたちが生まれる前に死んだ。たぶんお祖父ちゃんは幽霊になって――。だけどあたしが言い終わらないうちに、バスタードが横から割って入って言う。ボーンフリーはおれだ！　殺せ！　と。

あたしたちははじめ、突っ立っている。お墓を見たまま、そこに。まるでお墓がゲームのルールを教えてくれるのを待つみたいに。というのも死人ごっこをしたことはそれまでなかったから。やがてゴッドノウズが低い声でフゥーッと言ったり唸ったりしはじめる。そこであたしたちは彼がトラックの役をしてるんだとわかる。武装した連中がボーンフリーを殺しに来たとき乗っていたトラックだ。その声はどんどんどんおおきくなり、あたしたちは位置に着く。あたしたちはすばやくノブケリーや鉈やナイフや斧を手にしてトラックに乗り込む。スティーナが、キリストならどうする？　って書いたTシャツを脱ぐと掲げて振りはじめる。いまそれは国旗になったから。あたしたちは武器で旗を指し示し、大統領の名前を唱和する。

ゴッドノウズは狂暴なトラックだ。高く低く唸り声をあげ、土煙を巻き起こしてからやっと止まると、あたしたちを降ろす。そこでゴッドノウズは変身してあたしたちのうちのひとりになる。アーセナルFCのTシャツを脱ぎ、空中でその国旗を振る。あたしたちはいまや笑ってて、戦争の歌を声をあわせて歌い、おのおのの武器を振っている。あたしたちは熱気に酔っている。あたしたちは血を欲するケダモノだ。

だけど最初に、あたしたちは踊る。武器を頭上に掲げ、歌ってスローガンを唱えて口笛を吹く。高くジャンプし、地面を踏みつけ、埃を巻きあげる。自分の身体を物みたいに揺らし、空気を武器で叩きのめす。あたしたちの顔はいまゆがんでる。顔を見あわせ、残忍で怒れるほんとうの男たちになる。スティーナの口はあいていて、おおきくあいたその内側にピンクの喉仏が見える。斧を振りたて犬歯でもって何か嚙むような動きをする。そしてあたしは笑う。

踊りのあと、あたしたちはバスタードに飛びかかる。彼はいまボーンフリーだ。その顔に向かって叫びながらあたしたちは彼をぶちのめす。

お前、誰の手下なんだ？

裏切り者！

誰から金をもらってる？　アメリカか？　イギリスか？

アメリカとイギリスに助けてくれって、いまここで叫んだらどうだ？

植民地主義者の仲間め！

白人に国を売ったな！

自分が好きなように投票できるとでも思ってるのか？

ここで投票してみろよ。見せてみろ。売国奴！

変化を求めるっていうんなら、おれたちが変化を見せてやる！

これがお前の民主主義だ、人権だ、これでも喰らえ、喰らえ喰らえ喰らえ！

そしてゴッドノウズが空中にまっすぐの線を描いてハンマーを振りおろし、それはボーンフリーの横から、頭の真後ろに命中してあたしは何かが壊れる音を聞く。シボが斧を振りボーンフリーの頭の真後ろに命中してあたしは何かが壊れる音を聞く。シボが斧を振りボーンフリーの横から、耳の上あたりに叩きつける。次には鉈がボーンフリーを顔面から捉えて、片目からあごのあたりまでまっぷたつに割る。そして全員がいっぺんにかかっていく。叩いて殴って滅多打ちにしてボコボコにする。頭に斧、肋骨に蹴り、脚にも蹴り、身体じゅうにノブケリーの強打。すべての武器がたったひとりのためにすごい音をたてる。まるでみんなして一粒の砂を叩きのめしてるみたい。武器はたくさんたくさんあって、それが互いにぶつかりあう。だけどあたしたちは笑って叩き続ける。叩いて叩いて叩く。そのぜんぶに対して、ボーンフリーはすんとも言わない。

そこらじゅうに血が流れてる。ものすごくたくさんの血。血だらけ。あたしたちは殴るのをやめて誰かが言う。さあ立て。立って失せやがれ。だけどボーンフリーは立つことができない。ボーンフリーは地面を這う。ゆっくり、ゆうぅぅぅぅぅっくり。まるで太った、殺虫剤をまかれたゴキブリみたい。

変化の味はどうだった？

おい、起きろよ。立って投票しなくちゃならねえんだろ？

そんなふうに寝転がって、何にもしないで、どうやって変化をおがめるってんだ。

あたしたちは嘲笑い、大笑いしてからまたボコボコ殴る。

木の上に登れなかったチポは、ボーンフリーのお母さん、デューベおばさんになっていた。彼女は隅っこのほうにいて、地面を転がっている。シボが駆けつけてデューベおばさんを抱きかかえようとするけれど、おばさんはのたうちまわっている。まるで陸にあげられた魚か、物の怪憑きの蛇みたいに、叫んで叫んでのたうちまわる。叫んで叫んで叫んでる。

放してよ！　放してよ！　息子を助けなきゃ！　なぜ誰もあの子を助けてくれないの！　なんでみんなそんなふうに突っ立って見てるのよ！　このろくでなしども、なんで突っ立って連中のさせるままにしとくのよ！　デューベおばさんはたくさんのお墓に向かって叫んでいる。お墓はいま、突っ立って何もせずにいるパラダイスのひとたちの役だ。お願い、デューべおばさん。お願いだからやめて。やつらに殺されたいの？　シボはいま、なだめるような声の優しい女性になっている。

放して！　放してよ！　息子を殺されるくらいなら、あたしが殺されるほうがマシ。あたしが殺されるほうが――。

そしてそのとき、すぐそこで、血が矢のように空中に噴き出してきてあたりいちめんに広がる。デューべおばさんの両手がさっと胸の上に置かれて、彼女はそのまま気を失う。

でも暴行はまだやまない。あたしたちはスローガンを叫んでよりおおきな、やがていちばんおおきな声で歌っている。あたしたちは地面を踏みつけもっともっと埃を巻きあげる。ボーンフリーは半分裸で、いまや血まみれのボロ切れみたいで人間には見えない。彼はひとことも発しない。まるでキリストになろうとしてるみたいに。だけどあたしはキリストならこんなふうにはしてないだろうと思う。だって聖書にはこう書かれてる。「キリストは嘆かれた」

パラダイスのひとたちもやはりひとことも発しない。おおいなる黒い沈黙がそこにある。まるでみんなで聖なる何かを見守っているみたい。だけどあたしたちにはわかる、大人の目のなかには怒りがある。静かだけれど強い怒り。それでも、そんなふうにただ心のなかにしまわれた怒りってなんなんだろ。心臓のなかに、血みたいに、それでなんにもしないなら、それを使って殴ったり、叫んだりすらしないなら、怒りはなんの役に立つの？　そんなのまるで、おおきく狂暴だけれど歯が一本もない犬みたいだ。

そしてそれからようやく、ほんとにようやく、あたしたちはやめる。疲れてる。声が嗄《か》れている。精根尽きた顔をしてる。武器は両手にぶらんと下がり、身体じゅう血まみれだ。服も血まみれ。あたしたちの国の国旗も血まみれ。

やつら、殺しちまった。誰かが囁く。ああ、ボーンフリーは死んじまった。

あたしたちはトラックに乗り込む。ゴッドノウズが高く低く唸りながら走り去る。

これはなんの遊びだい？　背後で誰かが言うのが聞こえる。振り向くと、あのＢＢＣの二人組だ。また戻ってきたんだ。二人は自分たちの道具を持ってあたしたちを見ている。グァバの木のあいだに立っている。カメラが何度かパシャパシャいって、あたしたちの写真を撮る。それから背の高いほう、身体じゅうに毛が生えていて顔がジャングルみたいになってるほうがふたたび訊く。いったい、きみたちはなんの遊びをしてたんだい？　バスタードがシャツを着ながら答える。わからないのか？　これはほんとのことだよ。

# いかに彼らは出ていったか

ごらん、彼らが群れをなして出ていくのを。この土地の子らが。ほら、群れをなして出ていくのをごらん。何も持たない者たちが、国境を越えていく。強い者たちが国境を越える。野心を持つ者が国境を越える。希望を持つ者が国境を越える。失った者が国境を越える。痛みを持つ者が国境を越える。引っ越して、走って、移住して、この地を捨てて、歩いて、手放して、飛んで、逃げていく。いたるところへ、近くへ、遠くへ、聞いたこともない国々へ、名前を発音することもできない国々へ。彼らは群れをなして、出ていく。

この場所が駄目になるとき、土地の子らは散り散りになって逃げていく。燃える空から鳥たちが逃れてゆくように。みじめな自分の土地を離れる。外国の地で飢えがいくらかマシになることを、見知らぬ土地で涙が拭い去られることを、遥かな土地で絶望という傷が癒されることを、風変わりな土地の暗闇でいびつな祈りを呟くことを、思いながら。

ごらん、この土地の子らが群れをなして出ていくのを。身体は傷だらけで血を流し、顔は動揺し、心は血まみれで、胃袋は飢えて足裏は悲しみの跡をつけていく。母親と子どもたちとを残し、へその緒を土のなかに残し、祖先とその骨とを墓に残し、彼らを彼らにしているものすべてを残して、あとに残して出てゆく。なぜなら留まっていることは不可能だから。彼らはもはやおなじではいられない。なぜなら彼らを彼らにしているものすべてを置いてきてしまったら、もう彼ら自身ではなくなってしまう。

ごらん、みんなが群れをなして出ていくのを。知らない土地ではいろんなことが制限されるのを知っているのに――なぜなら彼らはそこに属さないから。そこではお尻の半分でしか座れないのを知っているのに――なぜなら立ちあがって出ていけといつ命じられるかわからず、腰を落ち着けることができないから。しょぼしょぼとした小声でしか喋ることができないのを知っているのに――なぜなら土地のぬしたちの声を自分たちの声で掻き消してはいけないから。つま先立ちで歩かなければならないのを知っているのに――なぜならあたらしい土地に足跡を残してはならないから。その土地を求め奪いに来たのだと勘違いされてはならないから。ごらん、彼らが出ていくのを。喪失とそして失われたものたちと腕を取りあいながら。ごらん、彼らが出ていくのを。群れをなして出ていくのを。

# デストロイド・ミシガン

いまあたしのいるとこに来て、立って窓から外を見ても、ここには満開のジャカランダの木の下でチェッカーゲームをする男たちはいない、バスタードとスティーナとゴッドノウズとチポとシボが、ブダペストに行こうって誘いに来ることもない。物売り女たちの歌うような声が聞こえてくることもないし、国盗りゲームをしてる子たちも、羽蟻を追いかけて遊んでる子たちもここにはいない。いくつかのことはあたしの国でしか起こらない。そしてここはあたしの国じゃない。誰の国だかあたしは知らない。TKって名前のデブの男の子、あたしの従兄だっていうけど、会うのははじめてのその子が言った。ここはアメリカだよ、よう。そんなことしてるアフリカ人なんかここにはいやしないよマザーファッカー。

あたしのいるとこに来て、いまあたしの立ってるとこに立ったら、見えるのは雪だ。葉っぱの落ちた木々に雪。車に雪。道に雪。庭に雪。屋根に雪。雪。何もかもを砂みたいにただ雪だけが覆ってる。きれいな歯みたいに真っ白で、そしてとても、とってもつめたい。それから雪は、欲ばりのモンスターだ。だって見てよ、こんなに何もかも呑み込んでしまってる。地面はどこ？ 花はどこ？ 草は？ 石は？ 葉っぱは？ 蟻は？ ゴミは？ みんなどこ？ 寒さについて言うならば、あたしはこんな寒さは見たことがない。殺そうと襲ってくるみたいな寒さ。その雪でもって脅して、元来た場所へ帰らないと殺すぞ、って言ってくるみたいな寒さだ。

リビングではフォスタリナ叔母さんが、せっせと歩いてる、歩いてる、歩いてる。たった一カ所おなじところで歩き続けるのはすごく変だ。いたるところに積もったあの雪さえなければ、たぶん叔母さんは外を歩くんだと思う。人間はふつうそうするものだ。デューベおばさんもこんなふうに歩いてた。ただ歩いて歩いて歩いて、それでどこに行くってわけでもなかった。息子のボーンフリーが殺されたあと、気が狂いそうになるのを耐えるためだった。だけどフォスタリナ叔母さんのことはわからない。叔母さんがどんな問題を抱えてるのか、あたしは知らない。

歩くとき叔母さんは、腕を前から後ろへ鞭打つみたいに、ムジンゴみたいに振りまわす。同時に数を数える。三、四、五、六。歩く、歩く。TKのお父さん、コジョ叔父さんは、フォスタリナ叔母さんの夫みたいな感じなんだけど、ほんとの夫ってわけじゃなくて、というのも二人がほんとには結婚してないっぽいからなんだけど、このコジョ叔父さんは仕事から帰ってくると叔母さんに言う。フォスタリナ、デトロイト・ライオンズとニューヨーク・ジャイアンツの試合はまだやってるか？　コジョ叔父さんの喋りかたといったら、口のなかから言葉を追って何かが走り出してきて、言葉を驚かせて散り散りにしてしまうみたい。でもフォスタリナ叔母さんは答えない。叔母さんはテレビのなかの女たちについていかなきゃいけない。四、五、六。歩く、歩く。

この写真の、ピンク色のシャツを着てるのはあたし。このときはまだ自分の国に住んでた。あたしを迎えに来たときに、フォスタリナ叔母さんが撮ってくれた。思い出のためにね、と叔母さんは言った。いつか残っているのは写真だけになっちゃうかもしれない、と。これはバスタードでこっちはゴッドノウズでそれからこれがチポでこれがスティーナで、通りかかってるのはゴッドノウズのお姉ちゃんのシバーレ。この写真を撮ったときシボがどこにいたのかわからない。こっちの写真はフォスタリナ叔母さんとうちの母さん。二人は双子の姉妹なんだ。フォスタリナ叔母さんは美人だけど、母さんはもっと美人。母さんがこっちに生まれてたら、モデルかなんかになってたんじゃないかな。だけどこっちに来てから、そんなにきれいじゃないモデルだっているんだと知った。そのひとたちがなんでテレビに出てるのかわかんない。ランウェイを歩く彼女たちを見て、あたしはこころのなかで言う。**もしあたしたちの国に生まれてたら、あんたたちなんてただのひと。ランウェイのかわりに国境沿いを歩いて、うちの母さんみたいに物売りをしてたわ。**

出発するとき、母さんはあたしの手を放そうとしなくて、あたしは手がちぎれるんじゃないかって心配になったほどだ。マザー・オブ・ボーンズはとても優しくあたしを見て、お祖母ちゃんがそんなふうにあたしを見てくれたのははじめてだったんだけど、そして言った。わからないよあたしにゃわからないよこれが最後の別れになっちまうんじゃないかってほんとにわからないよお前さんが帰ってくるときあたしがまだ生きていられるかだけどいったいなんてことなんだろうね誰も彼もが群れをなして外国に行っちまうなんてこの国はがらんどうになっちまうんじゃないかね？　お祖母ちゃんはそう言って、あたしは答えなかった。だってそれが質問だったにもかかわらず、マザー・オブ・ボーンズはやっぱりいつものとおり、ただひとりごとを言ってるだけだったから。

出発する何日か前、母さんはあたしをヴォドローザのところへ連れていった。ひょうたんで作った水パイプから煙を吸わされて、あたしはくしゃみし、くしゃみして、ヴォドローザは笑ってこう言った。お前の守護天使はご先祖さまだ。先祖たちがアメリカまで無事に連れていってくれるだろう。それから煙草の葉を大地に撒いて、あたしの目には見えない誰かに言った。そなたの迷える子牛のために道をひらきたまえ、ヴサマズールーよ、空に道をつけよ、父たちを召喚せよ、ムパバンガよ、ンクァバイェズウェよ、マフラシニよ、力強きそなたの槍を引いて道をあけよ、黒き精霊よりこの子どもを守り、旅を守りたまえ。そなたも、そなたの前にいた者らも、踏むことすら夢にも思わなかった土地へ、この子どもを送り届けたまえ。

そして最後に、虹色の紐にくくりつけられた骨をあたしの腰に結わえ、これがお前の武器だ。アメリカに着いたらこれがあらゆる悪と戦ってくれるだろう。けっして、けっして外してはならないぞ。わかったか？ と言った。だけどアメリカに着くと、空港で犬が吠えて吠えて吠えまくり、くんくんとあたしの匂いを嗅いで、制服を着た女性係員があたしをわきに連れてゆき、棒で身体をなぞっていったらティンティンって音がして、女のひとが、武器を所有してる？ と訊いて、あたしは頷きヴォドローザのくれた骨を見せた。フォスタリナ叔母さんが、なんなのこのガラクタ、って言って、引ったくってゴミ箱にポイと投げ捨てた。だからあたしはこのアメリカで悪と戦う武器がない。

こんなにたくさん雪があって、陽が当たらなくて寒くてぞっとする、この場所はあたしの思ってたアメリカには似てないし、ホンモノだとすら思えない。まるで恐ろしいお話のなかに閉じ込められてるみたい。まるで聖書のあのキチガイみたいなくだり、神がひとびとをその罪のためにせっせと懲らしめてる場面、天災を起こしてみんなを絶望させてる場面みたいだ。たとえば空は、あたしが来て以来ずうっと白いまま。つまり何かが間違ってるってことだ。だって空はふつう青いもんだって、道ばたの小石だって知ってる。あたしの故郷のあの土地で、空はものすごく青くてたとえば漂白剤をスプレーしてキッチンペーパーで拭いても少しも色が落ちないくらい、それくらい青かったみたいに。

それからまだある。あたしがいま立ってるとこからは見えないけど、雪のなかにはトコロシがいるんだ。夜になるとあたしは夢に見る。トコロシたちが雪のなかからやってきて、ヘイ、雪だるまを作らないか？　調子はどうだい？　どこから来たのさ？　ってあたしに言う。それからこんなふうにも。『ハイスクール・ミュージカル』と『レイブン見えちゃってチョー大変！』はどっちが好き？　それからこう。マクドナルドとバーガーキング、どっちが好き？　それから、ジャスティン・ビーバーは好き？　あたしは叫び、トコロシたちに帰ってってって頼む。

コジョ叔父さんはひとつところを歩き続けるフォスタリナ叔母さんを見て胸の前で腕を組み、そして言う。いいかい、なあ。おれはお前がなぜそんなことをするのか、さっぱりわけがわからんのだよ。何をしてるんだい、フォスタリナ、ほんとうのところこれはなんなんだい？　キック、パンチ。そしてキック、パンチ。見てごらん、お前は骨骨骨、骨ばっかりになってしまった。でもなんのために？ お前が真似してる女たち、彼女らはアフリカ人ですらない。そのことからわかるんじゃないか？ 三、四、五、六。そしてキック。そしてパンチ。つまりな、あの太ももも尻も腹もない、背中にもなんの肉もない女たちは、アフリカ人らしいところは少しもない。スクワット。膝を曲げて。スクワット。膝を曲げて。スクワット。

彼は言う、コジョ叔父さんは、彼はこんなふうに言う。この前、くにの母さんに家族写真を送ったよ。そしたら母さん、泣くんだ。ああああああ、息子、わたしの息子、ああお願いお願いお願いだから、奥さんに飯を食わしてやっとくれ、こんな痩せた奥さんをうちに連れてこないでおくれ、みんな動揺しちまうよ。母さんはそう言ったよ、おれの母さんは。スクワット、膝を曲げて。スクワット。膝を曲げて。スクワット。膝を曲げて。左へ一歩、ジャブを二回。そこでアッパーカット。はい、もう一度。

コジョ叔父さんは仕事から帰ってくると、テレビの前に座ってるだけだ。フォスタリナ叔母さんは言う。ねえコジョ、いつ子どもたちと遊んでくれるつもりなの？ あなたはいつも家にいないし、たまさかいたと思えばろくでもないテレビの前に陣取って、ろくでもないフットボールを見てるだけ。この子たちを映画とかショッピング・モールとかに連れてってくれる気はないわけ？ だけどあたしにはわかる。叔母さんがこんなことを言うのは、テレビを自分のものにしたいから。歩いてる女たちを見ていたいからなんだ。コジョ叔父さんはわざわざ耳を傾けたりもしないみたい。叔父さんは、タッチダウンだ！って叫び、ほかの誰にもわからない、自分の母国語で何か言いはじめる。彼はあたしたちの国の出身じゃない。だからあたしたちにその母語はわからないし、叔父さんにもあたしたちの言葉がわからない。叔父さんはガーナから来たんだ。ＴＫもまた自分の父親である叔父さんの母語がわからない。ＴＫはガーナ生まれじゃなくて、お母さんはアメリカ人で、この国で生まれたんだ。

　コジョ叔父さんはＴＫに言う。おい、ちゃんとズボンを穿かんといかんぞって何回言ったらわかるんだ？　そんなふうにずり下げてるんなら、いっそ脱いじまったほうがマシだぞ。いっそパンツ一丁で歩きまわったらどうだ？　それか服なんざぜんぶ捨てちまって裸で外を歩いたらどうだ、ええ？　お前はあの、街角に立って煙草を吹かし、罰当たりな会話を交わしてる、だらしない身なりの連中みたいになりたいんだな？　やつらは馬鹿だから罰なんてすぐに当たるってことがわかっとらん。ああいうのの仲間入りをしたいんだろう、ええ？　ＴＫは口のなかでもごもご言って、ズボンを引きあげると部屋に戻ってしまう。彼はそこで、何時間も何時間もすごしてる。

一度、ＴＫが部屋で何をしてるのか見に行ったことがある。彼はベッドに座ったまま、膝の上に何か乗せてドベドッィン、ドベドッィンってやってて、銃弾と爆弾がそのたびにスクリーンに飛び出した。あたしは訊いた。何してるの？　TKは答えた。ゲームしてるのがわからないのか？　あたしは言った。たったひとりで遊ぶなんてそんなゲームがあるの？　彼は言った。失せろクソガキ。あたしはTKと友達にはなれない。彼はたったひとりでそこに閉じこもってる。まるで自分ひとりだけの国に住んでるみたい。あたしの国の言葉も喋れないし、あたしが喋ってるのを聞いて変だって言う。

もしも自分の国にいたら、こんなふうにぼんやりしてたりしない。雪って呼ばれるものに、外に出て生きることを邪魔されたりしない。あたしとシボとバスタードとチポとゴッドノウズとスティーナは外に出て、ブダペストに行ってグァバを盗む。それかビン・ラディンごっこか国盗りゲームかアンディ・オーバーをやる。だけど食べものが足りていない。アメリカに我慢できるのはその点だけ。こんな雪に我慢してるのはそれが理由。ここには食べものがある。あらゆる種類の、あらゆる種類の食べものが。だけどときどき、どんなにたくさん食べても、食べものはなんの意味もないって思うことがある。まるで故郷を求めて飢えているみたいに。それを埋められるものは何もない。

道の向こう側で黒い車が動こうとして動けないでいる。あたしはずっとそれを見てる。

昨夜のあいだに雪がこっそりと降って、かわいそうな車のタイヤを魔法にかけてしまったんだ。車はとてもがんばってほんの少し動いただけ。ちょっとだけ動いてまた止まる。フンコロガシが牛糞の巨大な玉を転がして坂を登ろうとしてるときみたい。誰だか知らないけど、なかにいるひとはこのつめたい雪に閉じ込められている。

雪は降るとき音をたてない。あたしが見張ってるのはそれが理由。こそこそ、こっそり降ってくるから。朝起きると、もっともっとたくさん積もっている。音なんてぜんぜんしなかったのに。何もかもを覆ってしまうこんなおおきなものが、こんなふうに降りてきて音も聞こえないなんてどういうことだろ？　ほんとに何の音もしない。パチンともペシャンともバタンとも、パタパタともカタカタともなんにもなんにも。素敵なお話を伝えるような音をたてたりはしない。いまやっとあたしは、それが何をしようとしてるのかわかった。あたしが外に出るのを待ち伏せ、覆い隠してしまおうとしてる。でもあたしは扉の外には出ない。フォスタリナ叔母さんは言う、雪に降りこめられてるから、しばらくは家から出ないからねと。あたしは、家のなかにいるよと答える。だって雪が何をしようとするか知っているから。

もしもこの家に暖房がなかったら、いまごろ全員死んでると思う。雪と、その運んでくる寒さに殺されてるだろう。それはありきたりの寒さじゃない。愚痴を言って忘れてしまえるような、そんなような寒さじゃない。ぜんぜん違う。この寒さはそういうんじゃない。生活を止めてしまうような寒さ、身体に切りつけてきて骨まで断ち切るみたいな寒さなんだ。あたしがこっちに来るとき、誰もこの寒さの話をしなかった。もしも誰かがあたしをちょっとわきへ連れてゆき、この寒さと雪の話をきちんと説明してくれてたら、あたしはどうしていたかわからない。あの飛行機に、ほんとうに乗り込んだかどうかわからない。

フォスタリナ叔母さんの従弟のプリンスが昨日あたしたちの国からやってきた。二週間以内にテキサスにいるお兄さんのところへ行き、一緒に住むことになってる。長い長いあいだ飛行機で座っていたものだから、いまはとても疲れて眠っている。プリンスは両腕と背中とにおおきな火傷のあとがある。連中にやられたんだ。プリンスは若いけど、ひどく老けて見える。コジョ叔父さんより年上に見える。故郷にいたムダウィニ、六人の子どものいる男とおなじくらい老けて見える。プリンスの表情は硬くて怖く、目にはひかりがない。雪が彼のなかに入っていって、そのひかりを消してしまったみたいに。

フォスタリナ叔母さんは歩くのを終えると、こんなふうに訊く。ねえ、わたし痩せたかしら？　わたしとダおばさんとどっちが太ってる？　わたしとあなたのお母さんとでは、どっちが太ってるかしら？　叔母さんはそれから巨大なゴムボールの上に座って、それから寝転がる。それから今度は鉄アレイを持ちあげ、わたしフルーツダイエットをはじめるわ、と言う。それからまた起きてまた歩くのをはじめる。前から後ろ、前から後ろへ腕を振る。フォスタリナ叔母さんはがりがりで、まもなくあたしの父さんの骨みたいになるだろう。ベッドのなかに身体を沈め、ただ死ぬのを待ってるだけみたいに。

コジョ叔父さんは仕事から帰ってくるとフォスタリナ叔母さんに言う。おい、お前。おれはほんとうにわからないんだが、なぜこの家にはあったかい食べものがないんだい、フォスタリナ。オレンジを搾っていたフォスタリナ叔母さんは顔をあげて答える。食べものがないですって？　コジョ、それほんと？　だってわたし、昨日スーパーに行ったばかりよ。そこにあるその冷蔵庫、それ、何が詰まってると思ってるの？　煉瓦が詰まってるとでも？　するとコジョ叔父さんは言う。フォスタリナ、お前はその体重をどうこうするってのをはじめてから、まったく料理をしなくなった。この家でまともな夕食を取ったのはいつが最後だったかな？　いいかい、おれの生まれ育った国では、女は夫と子どものために、毎日あったかい料理を作ってた。それだけじゃない。洗濯もしたしアイロンもかけたし、家もつねに掃除してた。何もかもやっていたぞ。

デブのTKがズボンを引きあげて呟く。家父長制ってやつかよマザーファッカー。フォスタリナ叔母さんは搾りかけのオレンジをゴミ箱へ放り投げ、そして言う。そうよね、あなたの国ではね。だけどここは、アメリカよ。ンクサ・ウボンエンガン・ウレボイ・ラファ・マンジウザトチェチェラ・ンゲレザ・ファナミ！　そしてコジョ叔父さんは首を振ってどこかへ行ってしまう。というのも叔父さんにはその言葉がひとこともわからないから。だけどそれでいいと思う。もし叔父さんにフォスタリナ叔母さんの言葉がわかり、フォスタリナ叔母さんがいま何と言ったかわかったら、叔父さんは絶対ぜったい、ものすごくものすごく怒るから。

テレビには、あの素敵なオバマ大統領が出ている。イエス・ウィー・キャン、アメリカ、イエス・ウィー・キャンって言ってた彼が、大統領になろうとしてる。オバマはあたしたちの国の大統領みたいな老人には見えない。あたしたちの国の大統領の息子みたいな歳だ。テレビのなかには白人と黒人と茶色い肌のひとたちが、つまりひとびとが、たくさんたくさん集まっている。幸せそうに、歓声をあげて拍手してる。プリンスはぼろぼろ涙を流して眺めている。あたしの手を握りしめて振っている。まるで壊そうとしてるんじゃないかと思うくらい。そしてプリンスは言う。見ろよ、これが民主主義ってものだよ。おれたちはあの国じゃ、民主主義ってその言葉さえも口にすることができなかった。それから彼は首を振って、笑って笑ってひどく笑って、やがてデブのTKが、このキチガイのマザーファッカー、と言うまでやめない。プリンスはただ自分ひとりで喋ってる。頭のなかにたくさんのひとがいて、そのひとたちにいろんなことを話さないといけないみたいに。

電子レンジがチンと鳴ると、デブのTKはピザを取り出して食べはじめる。電子レンジがまたチンと鳴ると、今度はチキンウィングを取り出す。それからブリトーとホットドッグ。食べる食べる食べる。TKが一日に食べる食べものは、あたしと母さんとマザー・オブ・ボーンズが二日か三日くらいかけて食べてた量とおなじくらいだ。

外では誰かが雪かきしてる。とてもたくさん積もったからだ。雪かきするのはよい考えだと思う。だってあまりに白すぎる。まるで誰かが雪に、そのほかの色はぜんぜんダメ、お話にならないって伝えたみたいに、いたるところ白ばっかり。もしもあれがべつの素敵な色だったら、紫とかピンクとか、それか虹色とかだったら、少なくとも見た目には面白いのにな。外のひとたちは雪を掘っては両側へ放り投げる。雪は汚く山になってゆく。

雪で遊ぶちいさい子どもたちもいる。子どもたちは雪に触り、蹴って、互いに投げあって、まるで雪が遊ぶためにあるみたいに遊んでる。子どもたちは今度は、何か作りはじめる。それはまんまるな人間に似たものだ。それからその頭に帽子をかぶせ、赤いぼろきれを首に巻き、顔のまんなかにニンジンを突き立てる。たぶんあれはアメリカのトコロシなんだ。たぶん夜になると歩きだして、悪いことをはじめるんだ。あたしはどうしたらいいのかわからない。だってあたしは悪と戦えない。あたしの武器は空港で捨てられてしまったから。

リビングではプリンスが木彫りの動物たちを磨いている。彼はこの動物たちを家から持ってきて、まるでちいさな子どもみたいにそれで遊ぶんだ。動物たちはテーブルの上に一列にならべられている。ライオンにゾウにサイにキリン。プリンスは動物たちに話しかける。彼らが聞き耳をたてていて、返事をしてくれるみたいに。プリンスはライオンに言う。シルワネ、ブフベシ、ンクンジ！　そして自分の頬っぺたのとこまでライオンを持ちあげて、ライオンのかわりに吠え声を出す。彼の両目の死んだひかりが、戻ってきそうにさえ見える。

プリンスは今度はゾウを手にして、ンドルヴ、ンタバ、ウムクル！　と言う。それから反対側の頬っぺたのとこへ持ちあげ、ゾウのかわりに雄たけびをあげる。あたしはプリンスに言う。それが木でできた動物でよかったね。ホンモノだったら外に出たがるけど、出たら雪で死んでしまうもの。だけどプリンスには聞こえてないみたいだ。彼はゾウとライオンの額を互いにぶつからせ、犬みたいに歯を剝きだして唸り、動物たちに訊く。ジャングルを制するのは誰だ？　覇者となるのは誰だ？　コジョ叔父さんがプリンスに言う。なあ、お前ほんとうに学校へ行かなくていいのか、プリンス？　お前はアメリカに来たんだぞ。ここではなろうと思えばなんにだってなれるんだ。オバマを見てみろ。するとフォスタリナ叔母さんが、まなざしで切り刻むみたいな勢いで叔父さんを睨みつける。ウェナ・

シリマ、わからないの？　この子はいま、あの国で起きたあらゆることと折り合いをつけようと必死なのよ。

雪はしばらくのあいだ降ってこなくて、地面の上でそれは溶けはじめているようだ。雪はずっと薄くなってて、あちこちに水溜まりができている。木の枝から落ちてきてる。屋根とか道とかも見えるようになった。たぶん雪はもう去っていくことに決めたんだろう。やってきた場所に戻ることに。あたしが見張ってるのに気づいたから。だけどまだ外には出たくない。フォスタリナ叔母さんがあたしに、一緒に出かけるかって訊いたときも首を横に振った。叔母さんはあたしをおいて出かける。無理やり引っ立てたり引っぱたいたり、家にいたとき母さんやマザー・オブ・ボーンズがしたようなことを叔母さんはしない。大人がさせたがることをあたしがしないときに、するようなことをしない。叔母さんはあたしに、どうしたいか訊く――マカロニ・アンド・チーズを食べたい？　もう寝に行きたい？　これとあっちとどっちがいい？　ほんとにそう？　といった具合。まるであたしがホンモノの人間になったかのように扱う。

プリンスはますます自分だけで話すようになってる。まるで頭のなかのひとたちが頭から飛び出してきて、その姿が見えてるみたいに。彼はときどき、怒鳴ったり叫んだり蹴ったりする。まるで誰かに何かされてるみたいに。フォスタリナ叔母さんはプリンスを揺さぶって止めさせるけど、叔母さんの力は強くない。プリンスは火傷のある腕を振りまわしてもがき、今度は助けを求めて叫ぶ。やっと止まると、フォスタリナ叔母さんはその細い腕でプリンスを赤ん坊みたいに抱く。プリンスはおとなしくなって、叔母さんは彼をゆうらりゆらり、ゆうらりゆらりと揺らしてあげる。プリンスがまた喋りはじめそうになると、叔母さんは子守唄を歌ってあげる。プリンスも叔母さんと一緒に歌うけど、それは違う歌だ。彼は頭から血を流したいみたいに、自分の頭をげんこつで叩く。

ソバシイアバフォウェス
サヴカ・サウェラ・クワマンヤアマツウェ
ラフオクンガツィ・コンウバ・ロママ
スランデルインクルレコ——

雪がなくなったら、外に出かけることもできるようになるだろうし、デトロイトがどんなふうか見てまわることもできるだろう。草や花や木々や、鳥やゴミがどんなふうか。たぶんあたしはそこでようやく、見知ったものを見られるだろうし、そしたらこの場所もやっとふつうの場所みたいに思えるようになるだろう。あたしは出かけて空気の匂いを嗅ぎ、バッタを捕まえて、あのおおきな木にはどんな不思議な果物がなるのか探しに行くだろう。地面にマス目を描いて国盗りゲームをする。アッラだってできるかも。これはボーンフリーが教えてくれた遊びで、ちいさかったときよくやったんだそうだ。彼がちいさかったとき、あの国がまだ国のかたちをしてたとき。

スティーナが言うには、国というのはコカ・コーラの瓶みたいなものらしい。床に落ちたら割れてしまって、あたしたちはがっかりする。瓶が割れたら、もう元通りには戻せない。いつだったかあたしたちが、グァバを食べたあと茂みでしゃがみ込んでいたとき、ムコマ・チャーリーがそれを見つけて、こんなふうに言った。お前たちは、この割れた瓶の子どもたちのなかでもいちばん運に恵まれてない。この国がまだ国だったころなら、お前たちも学校に行って、何かちゃんとしたことを勉強し、大人になってひとかどの人物になることもできただろう。だがいまはこれだ。ただ茂みにしゃがんで、グァバの種で肛門が裂けるだけだ。

スティーナは、国を離れることは死ぬこととおなじだとも言った。国を離れて戻ってくるときは、地上に戻ってきた幽霊みたいなもの。うつろなまなざしでただそこいらをさまよっているしかないのだと。あたしは、国に帰るときにそんなふうにはなりたくない。だけど同時に、あたしにはわからない。戻ったとき、パラダイスはまだそこにあるんだろうか？ 母さんとマザー・オブ・ボーンズは、あたしが帰るときもまだそこにいる？ バスタードとゴッドノウズとシボとスティーナとチポは、あたしの友達の全員は、まだそこにいるのかな？ あたしが帰るときも、まだグァバの木はある？ あたしが帰るとき、まだ何もかも元通りにあるのかな？

この場所が楽しいと言っていいかもしれない、ほとんど唯一の時間。それはセムバおじさんとチャーリーおじさんとウェルカムおばさんとチェナイおばさんとほかのおじさんやおばさんがフォスタリナ叔母さんを訪ねてくるときだ。あたしはみんなを、おじさんとかおばさんとか呼んでいるけれど、血縁関係はない。あたしとフォスタリナ叔母さんの関係とは違う。故郷にいたときは、このひとたちのことはぜんぜん知らなかった。チャーリーおじさんにいたっては白人だ。このひとたちがいまここであたしの親戚になってるのは、全員あたしとおなじ国から来たからだと思う。まるで国そのものがホンモノの家族になったみたい。というのもあたしたちがアメリカに、自分の国じゃないとこにいるから。

このひとたちがやってくると、コジョ叔父さんはたいてい、どこかへ出かけてしまう。というのも全員があたしたちの国の言葉で喋るから。大声で笑って喋る。故郷のことを、彼らが子どもだったころそこがどんなふうだったか、何もかもが悪く醜くなる前、そこがどんな場所だったか。コジョ叔父さんがあたしたちの言葉を喋れないことを、みんないつも忘れてしまう。叔父さんはどうしていいのかわからないみたいに、自分の家なのに、見知らぬ国に不法入国したみたいに座っている。

おじさんたちとおばさんたちは、ヤギの内臓を持ってくる。それでエザンガファカシとサザとムブヒダを作る。ときどきマシムビ（モパネの木につく虫を揚げたスナック）を持ってくることもある。これはあたしの大好きなおやつ。それからほかにも乾燥野菜のウムフシワとか、ほかの故郷のいろんな食べものを持ってくる。そしてみんなは食事に没頭する。まるで生まれてこのかたなんにも食べるものがなかったみたいに食べる。スツワラを素手で摑んで引き裂き、急いでまるめて薬味に浸す。一瞬待つあいだに顔を見あわせて、それから口のなかに放り込む。それから注意深く嚙みしめる。首をかしげて、まるで食べものが話しかけてくるみたいに、味に耳を傾ける。やがてその顔がパッと輝く。みんなが郷土料理を作るときは、フォスタリナ叔母さんもフルーツダイエットをしていることを忘れてしまう。

食べもののあとは音楽。マジャイヴァナを流し、ソロモン・スクザを流し、ンドゥクス・マラクスを流し、ミリアム・マケバを、ラッキー・デューベを、ブレンダ・ファッシーを、ポール・マタヴィレを、ヒュー・マセケラを、トマス・マプフモを、オリヴァー・ムトゥクジを——昔の歌を、あたしがちいさかったとき母さんや父さんや大人たちが歌っていたのを憶えてる歌を、流す。あたしの知らない歌もある。チャーリーおじさんが言うには、あたしの生まれる前の歌らしい。みんなが踊るとき、あたしは入り口のところに立って眺めてる。ちょっとした見物だからだ。

それは不思議な踊りだ。手脚を突き出し身体をねじる。種まきでもするみたいに前にのめり、床に沈み込み、ぴゅんと鞭みたいに起きあがって空中を叩く。柵のなかの牛みたいに身を寄せあったかと思えば、ばらばらの骨みたいに散っていく。息をついてから空を見あげる。太陽から顔を隠して、両手で雨を招き寄せる。雨が降らなければ失望して首を振り、船が沈むみたいにどこまでもどこまでも沈み込んでゆく。それから起きて、痛みに苦しむ女のように腹と心臓を摑む。両腕を高くあげて祈り、まるで自分自身を埋葬するみたいに身体を伏せる。それからまた起きる。いきなり立ちあがり、つま先で立って両手を前に伸ばす。まるで遥かな土地を目指していく飛行機のように。

# 結婚式

曲がり角を間違えたのが、そもそも悪かったんだと思う。インディアナ州サウス・ベンドでひらかれるドゥミの結婚式へ向かう途中、あたしたちは道に迷っている。でも迷ったことに全員が気づいてるわけじゃないみたい。フォスタリナ叔母さんは助手席で眠りこけている。一晩じゅう仕事だったから疲れてるんだ。TKはあたしの隣で、いつものように忙しい。iPodを膝に置き、ヘッドフォンから大音量で何かを聴いている。あたしはコジョ叔父さんの真後ろにいて、叔父さんは運転しながらあのヘンテコなガーナ音楽を聴いてる。この音楽は叔父さんに我を忘れさせてしまうみたい。叔父さんの頭には何かがいて、その何かが叔父さんをどこか遠くへ呼び出しているみたい。

家々やお店ははるか後ろに遠ざかり、あたしたちはいま、どこまでもどこまでも続くトウモロコシ畑のなかを進んでいる。そんな景色を見ていると、身体を二つに曲げて鍬を振るい、畑を耕しているひととか、牛に耕耘機を引かせ、牛たちを誘導する少年とか、そういうものが見えてくるんじゃないかとあたしは期待してしまう。彼らの口笛や、空を切る鞭の音、大地を叩く鍬の音、歌で互いを励ましあう女たちの声なんかが聞こえてくるんじゃないかと思う。こういうことは、いつだって起こりうる。なんでもなさそうなところにいきなり、故郷の懐かしいものたちを思い出させる何かがあらわれる。まるで幽霊みたいに。

アメリカのトウモロコシ畑がどんなに緑色をしていても、これはホンモノじゃない。ここではそれは、コーンと呼ばれる。育ってもおなじものにはならない。ちいさいし、甘いし軟らかい。あたしはもう、これには惑わされない。食べるとほんとうにがっかりするから。自分の歯が馬鹿にされてるみたいな気がする。終わりなく続く畑を眺めているうちに、あたしはだんだん不安になる。というのも、次に何があらわれるか想像もつかないからだ。深い森かもしれない。ライオンがいてトラがいて、サルが枝からぶら下がってるみたいな森が、あらわれないとも限らない。誰にもわからない。

ええええっと、これはちょっとカーナビを使ったほうがいいんじゃないかな、コジョ叔父さん。とあたしは、身体を前に乗り出しながら叔父さんの耳へ話しかける。叔父さんがひとに指図されるのが嫌いなことは知ってるんだけど。あたしが何も言わなかったかのように、叔父さんはただ音楽に首を振り続けてるだけだけど、べつに驚くことじゃない。だいぶ前、車が高速から降りたとき、叔父さんはカーナビに自分の母語で悪態をつきはじめた。というのもカーナビが、計算をし直しています、右へ曲がってください、右へ曲がってください、計算をし直しています、と言い続けていたからだ。あたしたちは長い一本道を走っていて、どこにも曲がるとこなんかなかったのに。コジョ叔父さんはとうとうカーナビを引っ剝がして、肩越しにあたしに渡した。そしてラジオの音量をあげて、自分の音楽を聴きはじめた。

終わりのないトウモロコシ畑と叔父さんの後ろ頭を見ているのに飽きたので、あたしはハンドバッグからハローキティのケースを引っ張り出すと、手鏡とリップグロスを手に取る。今日の自分の顔はちょっと好きだ。なんだか変な感じはするけど。というのもフォスタリナ叔母さんが結婚式のためにお化粧してくれたからだ。あたしももうティーンエージャーだからって。もしあたしが自分の外に出て、この顔を見たら、これ誰？　って言うだろう。というのも最初は自分だってわからないだろうから。でもけっこう面白いし、あたしはなかなか気に入ってる。ひとつ残念なのは、いまが夏休みで学校が閉まってること。だからこの顔をみんなに見せびらかせない。だけど秋になったらこの顔で、ワシントン・アカデミーに通うって決めたんだ。

はじめてワシントン・アカデミーに行ったとき、あたしは死にたい気分になった。ほかの子どもたちが、あたしの名前をからかい、あたしの発音を、あたしの髪を、あたしの話しかたや何か言ったりする様子を、あたしの服装を、あたしの笑いかたをからかったからだった。どこかをからかわれると、はじめはその部分を直して、もうからかわれないようにしようとする。だけどクレイジーな子どもたちは、あたしの何もかもをからかった。自分で変えようもないところまで。それはどんどん続いてひどくなって、あたしはしまいに、あたしの肌もあたしの身体もあたしの服もあたしの言葉も、あたしの頭も何もかも間違ってるんじゃないかって気がしはじめた。フォスタリナ叔母さんにこのことを話すと、叔母さんは自分が故郷で寄宿学校に行ってたとき、いじめっ子がほかの子たちの食べものを食べたり、みんなをこき使ったりしていたこと――服を洗濯させたり掃除をさせたりなんだりしていたことを話した。叔母さんはこんなふうに、何かとまともに向きあいたくないとき、奇妙なことにいつも故郷での自分の話をするのだった――あの国で子どもだったときは、あたらしい服をもらえるのはクリスマスだけだったわ。故郷のあの国では年長者に対してそんな口の利き方をするなんて想像もできなかったでしょうよ。あの国ではね、故郷ではねって、いつも言う。

いじめがやんだのはトムが教室に仲間入りしたときだ。どこの出身かはわからないけど、トムの歯は曲がっていて、髪は長くてべとついていて、おおきな眼鏡をかけてひどいどもり癖があった。トムのおかげでなぜかみんなはあたしのことを忘れたらしく、あたしはトムに感謝したくなったくらいだった。子どもたちは彼のことを、あたしのときより容赦なくからかった。たぶん男だったからだろう。いつも喧嘩をけしかけて、彼をフリークと呼んだ。あたしはその言葉を聞いたことがなかったから、グーグルで検索した。アメリカの言葉や物事で知らないことがまだたくさんあって、あたしは学んでる途中だった。

子どもたちが**フリーク**って言うときの様子をよく憶えている。あたしはその言いかたを聞いて意味を調べたくなったのだ。エフを発音するとき彼らは、上の歯で下唇を破るみたいに嚙んで、それから残りの部分を一気に、口から爆発させるみたいに言う。あたしは部屋でひとりになってから、グーグル検索したのを憶えている。その言葉を検索して、それから〝画像〟ってとこをクリックした。クレイジーな写真で埋めつくされた画面にあたしは目を凝らし、そしてトムはどんな気持ちがするんだろうと考えた。だけど間もなくそれを知ることになる。あたしも、ほかの子どもたちも。それからほんの一週間後、学校のロッカーがならんでるそばでトムが首を吊ってるのが見つかった。彼の背後のロッカーには、太い赤マジックで**フリーク！**って言葉が殴り書きしてあった。

おおきな建物がないか見ておくんだ。きっと、このあたりにあるはずなんだ。とコジョ叔父さんが言う。

ここに？ こんな畑のまんなかに？ とあたしは答えるけど、その途端に申し訳なくなる。というのもまるでコジョ叔父さんが何かおかしなことを言って、耳を疑ったみたいな答えかたになってしまったから。叔父さんは何も言わない。だからあたしはリップグロスを塗り終えて、上下の唇を打ちあわせる。フォスタリナ叔母さんがそんなふうにするのを見たことがあるから。それからリップグロスと手鏡を片付け、ハンドバッグを叔父さんの座るシートの下、カーナビの隣に押し込む。靴が窮屈になってきたから蹴るようにしてそれを脱ぐ。

こら、いいか。お前の歳ではな、化粧のことなんかは忘れて学校に打ち込むのが先決なんだ。大人になったら何になるか、そういうことを考えねばならん。とコジョ叔父さんが言う。叔父さんがラジオの音量を下げたので、あたしはくるりと目をまわす。次に何が来るか知ってるからだ。

わかってるのか、いったいどれだけの若い女性たちがこの国に勉強に来たがっているか？ いったいどれだけの若い女性が、お前のいまいる場所に——死ぬ思いで来たがっているのかわかってるのか？

コジョ叔父さんはすっかり興奮していて、あたしはすっかり参ってしまう。というのもあたしが何か悪いことをしたってわけじゃないからだ。それに学校ではすべての科目で優をもらってる。大嫌いな算数や理科でさえもそうなんだ。だってアメリカの学校はとても簡単だから、ロバだって及第できるだろう。コジョ叔父さんがあたしにどうして欲しいのかよくわからない。これ以上何をしたらいいのか。叔父さんはバックミラーのなかからあたしを見てて、その目には失望の色があって、でもあたしはそんな目で見られる筋合いはない。あたしはTKの言葉を借りて、頭のなかだけでこんなふうに言う。**ほっといてよ、このマザーファッカー**。

たぶんコジョ叔父さんがそんな目であたしを見てたときのことだと思う。一頭の鹿が車の前に飛び出してきた。次に何かのぶつかる音がして、車は路肩へよろめいていき、あたしたち全員が強く揺さぶられた。後続の車があたしたちへ向かってきながらおおきくクラクションを鳴らす。コジョ叔父さんは叔父さんの国の言葉で何か叫び、フォスタリナ叔母さんも目を覚ましてあたしたちの言葉で叫ぶ。TKが言う。ホワット・ザ・ファック？そしてあたしは悲鳴をあげる。コジョ叔父さんが車を車線に戻し、ブレーキを思い切り踏み込むときには、鹿はもう片脚を引きずるようにして跳ねながら茂みに戻っていくところだ。脇腹におおきな血の染みができてる。あたしは鹿のことが心配になるけど、同時に感謝もしてる。コジョ叔父さんがやっとあたしのことを忘れてくれたからだ。

いったいぜんたい、何やってるのよ、ジェイムソン。あたしたちを殺したいわけ？　フォスタリナ叔母さんが言う。その声は眠そうで、同時にショックでパニックも起こしてる。コジョ叔父さんは叔母さんを無視して、ぶつぶつ呟きながら車を降りる。しばらくそこに立ち、ポケットに手を突っ込んだまま首を振っている。それからしゃがんで車体の右側をじっくりと観察する。

ジーザス、もう三時三十五分よ。結婚式に間に合わない！　なんでこんなことになったのよ！　フォスタリナ叔母さんが言って、その声にはさっきとは違うパニックが聞き取れる。まるでこっちの問題のほうが、いましがた起きかけた事故よりもずっと深刻みたいに。いったい、ここはどこなの？　叔母さんは言って、ＴＫとあたしとを振り返る。あたしたちはそれに沈黙で答える。

もう一時間半も前に結婚式場に着いてなくちゃいけないのに。一時間半よ、一時間半！　あたしのカーナビはどこ？　どこへやったのよ？　と叔母さんが言って、あたしはすばやくカーナビを叔父さんのシートの下から取り出して手渡す。叔母さんはそれを引ったくる。叔母さんはかんかんに怒っていて、電話をかけて方角を尋ねてる。コジョ叔父さんが車のなかに戻ってくる。そして言う。あの鹿のやつ、右のライトを壊していきやがった。交換しなければならん。つい先週、排気管を直したばかりだってのに！

コジョ叔父さんが車を方向転換して、ふたたび九四号線へ戻っていこうとするとき、TKが、クソッ、すぐ後ろに警察が来てるぞ。たぶんいまのを見られた。と言う。

警察だと？　おいほんとうに警察なのか？　コジョ叔父さんは言って、その声は高くてパニックでかすれてる。叔父さんが喋ってるんじゃなくて恐がりのちいさな男の子が喋ってるみたいに聞こえる。**警察**って言葉を、まるでそれが魔女か怪物であるかのように発音する。

振り返っちゃ駄目だよ。警察はそうされるのがほんとに嫌いなんだから。とTKは言う。車は右へ向かいながら速度を落とし、道を逸れて止まる準備をする。コジョ叔父さんはぶつぶつ言ってて、どうやらお祈りをしてるみたいだ。あたしは肩越しにそっと見るけど警察の姿なんかどこにもなくて、口のとこに拳をあててくすくす笑ってしまう。隣ではTKも、笑いをこらえるのに死にそうだ。やがてコジョ叔父さんにあたしたちの声が聞こえて、叔父さんも振り返って見る。そしてTKに自分の母語で怒鳴りつける。その声は低くて怒っていて、いつもの叔父さんに戻ってる。このジョークは叔父さんには面白くなかったみたい。

ようやく結婚式の会場に着くころには、式のいちばん大事な部分はもう終わってしまってるとわかる。あたしはちっとも気にしない。だってドゥミのこと、結婚しようとしてる男性のことをよく知らないから。でもフォスタリナ叔母さんはそうじゃない。叔母さんはかんかんに怒ってる。だってこの数週間というもの、叔母さんはまるで自分が結婚するみたいに式の話ばっかりしてたんだ。叔母さんは車から降りると叩きつけるようにドアを閉め、嵐のように去っていく。まるであたしたちのことなんて他人みたいに。

三週間くらい前のこと、あたしとフォスタリナ叔母さんはJ・C・ペニーへ、叔母さんが結婚式で着るドレスを買いに行った。何時間も何時間もかけて、あれやこれやのドレスを試着し、そしてあたしがもうJ・C・ペニーから走って逃げだしたくなったころ、叔母さんはとうとう自分のほんとうに欲しいドレスを見つけた。裾が長くて肩紐のない、身体にぴったりくっつくクリーム色のドレスだ。ファスナーは閉まらなかったけど、にもかかわらずそれを買った。つまりこのために体重を減らさなきゃならないってことだった。だけど今朝、叔母さんがあたしの部屋に来てファスナーをあげて欲しいと言ったとき、それはなんの苦もなく閉まった。まるで自分の身体をそのなかに流し込んだかのようだった。

素敵よ、フォスタリナ叔母さん。とあたしは言った。だってほんとにきれいだったし、叔母さんはそういうふうに言われるのが好きだからだ。

ほんと？　ほんとにそう思う？　と叔母さんは言って、くるりとまわった。それからやっと鏡の前に立った。鏡に映ると、その顔は少しだけ疲れて見えた。

ねえ、誰にも言っちゃ駄目よ。わたしと新郎はね、付き合ってたことがあるの。でもずうっと前のこと、まだ国で大学に通っていたころよ。彼がアメリカに来ることになって、終わったの。でもいまは過去の話よ。わたしはただ、奥さんになるのがどんなひとか見たいだけ。それだけよ。フォスタリナ叔母さんはそう言って、いたずらっぽく笑って見せた。そんな表情を見るのははじめてだったし、あたしに話しかけてるのか、ひとりごとなのか、鏡のなかの自分に話しかけてるのかもわからなかった。

式場に入ってまず気づくのは、白人がいることだ。いろんなアメリカ人がいるなかで、アフリカ人のことをいちばん愛してるのは白人だってことは知ってる。だけど結婚式にこんなにたくさん白人がいるのを見て、あたしはこう思わずにはいられない。**これはただの愛なんてもんじゃない**。花嫁の姿を見たとき、やっとあたしはなんでこんなに白人がいるのか合点がいく。花嫁が白人だからだ。それだけじゃない、花嫁はこれでもかってくらいの肉のかたまりだ。あたしは凝視せずにはいられない。そしてこう思わずにはいられない。**これはただ太ってるなんてもんじゃない**、って。

アメリカでは、太るってのはあたしが国で見慣れてたような太りかたとは違う。あたしの国では太るってのはおおきくなるっていうことで、ただのふつうの、理解できる太りかただった。それはそのひとがちゃんと食べられてるってことで、太るのは羨ましいことでさえあった。身体を損なうような太りかたじゃない。首はちゃんと首のままだし、お腹はお腹で、腕は腕で、お尻はお尻だ。でもこのアメリカの太りかたときたら、まったく次元の違うことだ。身体は何か違うものになってしまう。首は太ももに、お腹は蟻塚に、腕は得体の知れないものに、お尻にいたってはもう何と言うべきかわからない。

背の高い新郎、ドゥミは、白いスーツを来て花嫁の隣に座っている。笑顔を浮かべていて、それは消えることがない。毛染めを施したドレッドロックスが肩のところまで垂れている。新妻にくらべると彼の身体はまるで棒みたいだ。あたしは彫刻されたみたいなその笑顔を見ながら、なんのために笑ってるのかなって思う。だってそれは、見てください、これがぼくの美しい妻ですよ、って笑顔じゃないはずだ。ほかの女たちが見て、ひどく嫉妬してその美しさのために彼女を殺したくなったり、あるいは憎んだりするような奥さんじゃないからだ。フォスタリナ叔母さんを見ると、二人を眺めて満面の笑みを浮かべている。こんなに幸せそうなのは、ドゥミの奥さんになるひとがデブで醜いからなんだってわかる。

国から届いたメッセージが読みあげられるあいだ、あたしたちは座っている。マイクを持った司会者が、ドゥミの両親と家族はビザが取れず、結婚式に来られないこと、そのかわりにメッセージを書いたこと、それは電子メールで送られてきたことを述べる。ドゥミの友達が、彼はムサって名前だと自己紹介したんだけど、そのひとがメッセージを朗読し、べつの友達のシザってひとが、白人のために通訳をする。

最初のメッセージはドゥミのお祖母さんから。お祖母さんはまずドゥミを、彼のトーテムで呼びかけている。年を取ったひとはそうするのを好む。その響きはまるで、なだれ落ちてくる詩のようだ。トーテムは。あたしたちの言葉で読みあげられるそれは美しく耳に響く。お祖母さんは初孫である彼を祝福し、彼が健康で美しく、立派で、地に足のついた妻を娶《めと》ったであろうことを祈っている。そして彼女が強い息子たちを産んで、自分たちの美しい文化を教え、この国へ来て、祖先から受け継いだ家屋敷をよみがえらせることを祈っている。はじめての義理の孫娘として相応しいように。自分の立場をわきまえた妻、夫の言葉を聞き、付き従う妻、夫を男のなかの男として支えてくれる妻。足取りはきびきびと、手先は器用さにめぐまれて、働き者で純粋で信心深い妻を娶ってくれていることを。

花嫁は笑顔で頷きつづけている。まるであたしたちの言葉がわかるかのように。でもこの、意味もなく微笑むっていうのは白人の習慣だって知ってる。だからあたしは驚かない。だけど通訳が通訳するとき、祖先から受け継いだ家屋敷をよみがえらせるってとこと、自分たちの美しい文化を教えるってとこと、足取りはきびきび、働き者で夫に付き従うってとこを飛ばしたのがわかる。メッセージが次から次と、まるで聖書の詩篇みたいに読みあげられていく。あたしは席を立ち、トイレを探すことにする。

二つの声が、あたしたちの言葉で話すのが聞こえてきたとき、あたしはちょうどおしっこをしてる最中だった。声の調子は低く、くぐもっている。噂話をするときはそうしなきゃならない。だけどあたしは聞き取れる。おしっこを止めて、耳をすます。

ほんとになんて図々しいのかしら！ あれ、たぶん花嫁の妹よね。アフリカ人男性はふくよかな女性が好きだなんて語ったりして！ わたしほんとに、笑い出すとこだった。

まあ、あなたはそうかもしれないけど。こっちはあの女、引っぱたきたくなったわよ。あんたいったいアフリカの何を知ってるっていうの？ ってさ。それにいつから、ふくよかとデブがおなじ意味になったの？

ねえ《ガール》、あれはデブなんてもんですらないわ。

同感。肥満って言うべきよね。彼女、まるで山みたいじゃない！

ここで弾けるような笑い声。個室のなかであたしもくすくす笑い、おしっこが二滴落ちてしまう。そこで忍び笑いはやめて、また集中して我慢する。

とにかくわたしに言えるのは、彼は勇気があるってこと。つまり、勇気じゃないとしたら、なんて言うべきかしら。そうねえ、愚かさかな？

ああ、ほんとうにもったいない。あんな立派な、わたしたちのブラザーを。

でもほら、みんながあの書類のためにすることといったら、ねえ。シスター、まったく。

二人目の声が、とたんに調子を変えたことにびっくりする。それは急に憐みの調子を帯びる。話してる二人の姿が、ほとんど目に浮かぶようだ。声の言うような娘《ガール》さんではなくて、とてもとても年を取った、穏やかな表情の老婆たちだ。白くなったその頭を、たぶん悲しげに振っている。蛇口から水がほとばしり出て、止まる。ハイヒールの靴音がして、いいわ、ここまでよ。誰か来るわ。という声が聞こえる。

そうね、もう戻ったほうがいいわね。すっかりお腹がすいちゃった。あのデブの花嫁みたいに。

さらにハイヒールの音がして、たぶん噂をしてた二人の歩く音だ。それから、こんにちは、って声。そして最初に聞こえてきた声が、今度は朗らかな調子で、それ、とっても素敵なドレスですね、って言うのが聞こえるけど、きっと本心じゃない。あたしはおしっこをすませて拭く。トイレは自動で流れる。

手を洗いながら自分の面白い顔に見とれてたとき、べつの声が、あなたアフリカから来たの？と言う。

鏡のなかを覗くと、青いドレスを着た女性がそこに立ち、あたしに微笑みかけている。

彼女の香水の甘い匂いが生きものみたいにそこらじゅうに満ちているのに気づく。あたしも微笑みを返す。ちゃんとした微笑みの微笑みってわけじゃなく、ただ軽く歯を剝きだしただけ。これがアメリカでの作法なんだ。知らないひとに向かって微笑む。好きでもないひとに向かって微笑む。何の理由もなく微笑む。あたしは頷き、向きを変える。そしてうるさいドライヤーの下で手を乾かしはじめる。振り返ると女のひとは、あたしのことを待っている。まるであたしたちがあの国の目抜き通りにいて、彼女は安い卵の行商人であるかのように待っている。

あなたの国の言葉で何か言ってくれない？　と彼女は言う。あたしはちいさく笑う。だって何を言えっていうんだろう？　でも女のひとは期待に満ちたまなざしであたしのことをじっと見てる。ふざけてるんじゃないらしい。そこであたしは答える。

わかりません。何を言って欲しいですか？

なんでもいいのよ、ほんと。

あたしは胸のうちでため息をつく。だってすごく馬鹿げてるから。だけど笑顔でいなくちゃと思い出す。そこであたしは、**サ・リ・ボ・ナ・ニ**、とゆっくり言ってみせる。もう一度言ってと頼まれないように。彼女は頼まない。

とっても美しいわ。そうでしょ？　と彼女は言う。まるであたしが奇跡みたいに、あたしのことを見つめている。あたしが魔法でも使ったみたいに。

それは何語なの？ と尋ねる。あたしは教え、彼女はまたもや美しいわと言って、あたしはありがとうと言う。そして彼女はあたしに、どこの国から来たのかと尋ねる。あたしは答える。

とっても美しい場所ね、そうでしょ？ と彼女は言って、あたしは頷く。なぜ頷いてるのかわからないけど。ただそうする。きっとこの女性にとっては、なんだって美しいんだろう。

アフリカは美しいわね。と彼女は言う。お気に入りの言葉を繰り返す。だけどコンゴで起きていることは恐ろしいわ。そうじゃない？ まったくひどいわ。

彼女は今度はあたしを、傷ついたような表情で見る。どうしたらいいか、何を言ったらいいか、あたしにはわからない。沈黙を埋めるために、嘘の、長い咳をする。あたしの頭はばらばらで、フェンスを跳び越えようとするみたいに、コンゴで何が起きてたか正確に思い出そうとする。というのもあたしはコンゴとほかの国を混同してるからだ。だけど女のひとの目のなかには、それはとても深刻だし重要だし当然知っていてしかるべきだってことが見て取れる。そこであたしはやっとのことで、そうですね、とても恐ろしいです。コンゴで起きていることは。と答える。

あたしは手のひらにハンドソープをひねりだして、もう一度最初から手を洗いはじめる。女のひとに背を向けて。だけど彼女はあたしをほっといてくれない。扉のそばにあった椅子を引き寄せて、そこに座ってしまう。なんでトイレなんかに椅子が置いてあるのか、あたしにはわからない。

ねえ、教えてくれないかしら。ああ、レイプとか殺人とか！　そういうあらゆることが、なぜ起きてしまうの？　と彼女は言う。あたしにはそれがほんとの、質問らしい質問なのか、それとも答える必要のない質問なのか、よくわからない。だけど最後にはこう答えてしまう。そうですね、あたしにもよくわかりません、と。それからドライヤーで手を乾かす。

ねえ、つまり、――わたしにはまったく理解できないのよ。可哀そうな女性たち、そして子どもたち。昨夜CNNを見ていたの。ちいさな女の子が出ていて、その子は、とても、とても愛らしかった。彼女は言い、そしてその両目は濡れて、まぶたを伏せている。カウンターの端に置かれたティッシュ・ペーパーをあたしはちらりと見る。それを取って彼女に渡してやるべきかどうか思案する。

とても心が痛んだのよ、わかるでしょう。と彼女は言う。その声は詰まっている。それから、まるで大事なことを思い出したみたいに顔をあげる。

そうだわ、リサよ、あそこにいる、わたしの姪。花嫁付添人のひとり。背が高くて痩せてる、赤い髪の――彼女、ルワンダへ援助に行くのよ。平和部隊に入ってるの。ねえ、彼らはアフリカで素晴らしい事業をしてる。ほんとに偉大な仕事。と彼女は言う。あたしは頷く。この女のひとが何の話をしてるのか、よくわからないのだけど。でも彼女の顔は、さっきよりずっとずっとマシに見える。まるでさっき感じていた痛みは、どこかへ行ってしまったみたい。

それに去年の夏、あの子、南アフリカのカエリチャに行ったのよ。孤児院で教えるために。ねえ聞いてちょうだい、わたしたちすっかり寄贈したの。衣類もペンも薬も、クレヨンもキャンディーも、可哀そうなアフリカの子どもたちに。彼女はここで片手を心臓の上に置き、しばらくのあいだ目を閉じる。たぶん自分の優しさがそこで脈打つのを聞いてるんだろう。あたしは彼女の、**カエリチャ**って言うときの発音に驚く。まるで自分の母語みたいに上手に発音したから。

それからね、ああ、あの子とっても素敵な写真を撮ってきたのよ。ねえ、あの子どもたちの顔を見せてあげたい！　と彼女は言い、その顔がいまわずかに上向いているのをあたしは見る。照明を受けて輝いている。そしてその表情から、子どもたちの顔がどんなふうだったかわかる気がする。いまの彼女の笑顔みたいに、笑顔で写ってたんだろう。それからあたしは、この女性の顔にあたし自身の顔を見る。まだ故郷でパラダイスにいたとき、NGOのひとたちが写真を撮ったときのあたしの顔。

とっても可愛いのよ、わかるでしょう。と彼女は言う。あたしたちはいまや顔を見あわせ、さっきよりおおきな笑顔で笑いあっている。まるでほんとの友達になったみたいに。クリーム色のタイルが張られ、明るい明るい照明があり、オレンジ色の椅子が置いてあるこのトイレの手洗い場で。

ああ、それからね、聞いて。あの子はそこにいるあいだに、テーブルマウンテンとロベン島にも行って写真を撮ってきたの。オー・マイ・ゴッド、テーブルマウンテンは、とおおおおおっても素晴らしいの。美しいのひとこと。いい？　わたしはね、その写真を見て、ぜったいここに行こうって思ったわ。こんな景色は見たことなかったもの。たぶん来年、クリストファーとわたしの結婚記念日に。あらら、そう言えばもう戻らなくっちゃ。と彼女は言い、立ちあがって出口へ向かっていく。扉をあけて、あっという間に消えてしまう。まるではじめからそこにいなかったみたいに。

ふたたび会場へあがっていくと、ひとびとは輪になって立っている。チャカ・ズールーが民族歌謡を歌うのを聴いている。チャカ・ズールーは年老いて身体じゅう皺だらけだけど、色鮮やかな動物の革を使った膝丈のスカートを穿いていて、雄々しく美しく見える。

彼の首には尖った骨で作ったネックレスが巻かれていて、耳には輪っかのかたちのイヤリングがぶら下がっている。頭には毛皮で作った帽子。痩せた両腕にはお揃いの腕輪を着けている。片方の手に持った盾は、白地に黒い点々が散らばった模様がついている。

あたしはTKの隣に立つ。彼はブラックベリーでこの演《だ》し物を撮影してる。たぶんフェイスブックでシェアするんだろう。周囲ではほかのひとたちもおんなじことをしてる。スマートフォンとカメラだらけだ。チャカ・ズールーは声をとどろかせ、あたしは黙示の預言者ビッチントン・ムボロを思い出す。花嫁が座ってる目の前で、まるで高速道路の事故で死んだひとのためみたいに歌う。花嫁はこんなに素敵な歌は聞いたことないみたいに微笑んでいる。歌が終わると全員が拍手し、チャカ・ズールーは誇らしさに輝いている。あたしたちの国から来たひとが結婚披露宴をひらくとき、いつでも彼は呼ばれて歌う。こんなふうな姿を見てると、チャカ・ズールーがシェイディブルック療養ホームの患者だとは誰も夢にも思わないだろう。

お腹はすいてるけど、歓談とお食事の時間になってもあたしはあまり食べない。だってとてもたくさん練習したのに、フォークとナイフで食べるやりかたがいまだに身につかないからだ。そこらじゅうに食べものを零してしまうし、肉は切ろうとすると滑って逃げる。

みんながあたしのことを見ていて、こっそり笑ってるんじゃないかって気になる。だから大勢の前で食事するときには自意識過剰になってしまう。たいていのとき、たとえばいまみたいなとき、あたしはお腹なんてすいてないってふりをする。だけど練習はしてるんだ。それでもなかなか上手くならないのは、家では手で食べているから。それがまあ、本来の食べかただと思う。

フォスタリナ叔母さんはあたしの隣でサラダを食べている。コジョ叔父さんとTKは、生まれてこのかた飢えっぱなしだと言わんばかりに、お皿に食べものを山盛りにしてる。コジョ叔父さんは隣のテーブルに移動し、自分の国から来た男のひとと話してる。コジョ叔父さんとその男はそっくりっていうわけじゃないけど、たっぷりとして色鮮やかな、刺繍を施されたその衣装はよく似通っていて、二人がそうしてならんでるのはなかなか面白い。少し前、べつの男のひとがそのテーブルに来て、写真を撮ってもいいかと訊いていた。あたしはコジョ叔父さんを観察してる。叔父さんはおなじ国から来たひとといると、何もかもがすっかり違って見える——笑いかたも、話しかたも、食べかたも——まるで何かが叔父さんを切りひらいて、その内側の誰だか知らないけどべつの人間を明るみに出したみたいな感じがする。

そのあとで、ドゥミがあたしたちのテーブルへやってくる。たっぷりとした髪の毛の、かわいい男の子を腕に抱えている。あたしはホンモノの笑顔を向けてあげたけど、その子は睨み返すだけだ。ゴムでできたとげとげのある白いボールを摑んでいる。ドゥミは背が高く、ジムに通ってそうな体格をしている。すごくハンサムってわけじゃないけど、コジョ叔父さんよりはずっと見た目がいい。あのドレッドロックスさえなかったらな。ドレッドはドゥミに似合っていない。

あたしはフォスタリナ叔母さんが、ドゥミと付き合っていたことがあると言ってたのを思い出す。そこで二人のやり取りのなかに、面白いところがないか観察する。二人がなんでもないようなこと——誰それに最後に会ったのはいつ？とか、いまはどんな仕事をしてるの？とかを話すのに聞き耳をたててみる。故郷ではいまどんな具合か。けっして死のうとしない大統領のおかげで、あたらしい指導者を持てないこと。深くて低いドゥミの声は少しかすれていて、まるではるか遠くからアメリカまで歩いてきたあとでくたびれ果てているみたいに聞こえる。

彼はフォスタリナ叔母さんに、素敵だよとは言わない。ほかのひとたちはしばしばそう言うのに。彼は叔母さんに、まるで朝陽のようだね、と言う。きみはまるで朝陽のようだね、フィー。ドゥミはそんなふうに言う。あたしたちの国の言葉で。フォスタリナ叔母さんがフィーと呼ばれるのを聞くのははじめてだ。叔母さんは微笑む。あたしは叔母さんの笑顔を見つめる。なぜってその表情といったら、まるで音楽を聴いていて、こころの内側でそれにあわせて踊ってるみたいな笑顔だから。

二人はしばらく黙っている。まるで言葉が尽きてしまったみたいに。あたしたちの国の言葉も英語もどちらも充分でないみたいに。沈黙はあたしを落ち着かなくさせて、どうしていいかわからなくて、右手にフォークを、左手にナイフを持つと、とうとう皿の料理に挑みかかっていく。あたしは肉を一切れ切ってみる。肉は踊りだしたりしなくて、そこであたしは勇気づけられもうひとつ、またもうひとつと切ってみる。それで時間が潰せるようにに。だけど沈黙はまだそこにある。まるで二人がその沈黙でもって会話をしているかのように。広間の反対側で、花嫁はずっと動かずにそこにいる。花嫁付添人の娘たちや、黄色いシャツを着た背の高い男性と話している。

コジョ叔父さんがあたしたちのテーブルのほうを見渡す。手には鶏のすね肉を持っている。そして新郎の姿をみとめると、頷き、鶏のすね肉をまるでグラスのように、乾杯でもするみたいに持ちあげる。ドゥミもまた頷き返す。腕のなかの男の子がゴムボールについたとげとげを齧りはじめる。

こんにちは。坊や。お名前は？　フォスタリナ叔母さんが男の子に言う。長い沈黙がやっと破られる。男の子はくすくす笑い、片手で目を隠してみせる。

とっても可愛いお子さんね。と彼女はドゥミに言い、老いたご婦人がよく見せるような的外れな微笑を浮かべてみせる。マンドラはボールをひったくり、あたしたちのテーブルへと歩いて戻ってくる。楽しんでるのはあきらかだ。彼があたしを見あげたので、あたしは真面目な目つきを返す。こんなふうに言ってる目つき。あんたはやりすぎよ。もう馬鹿な真似はやめなさい。たいへんなことになる前にね。だけどマンドラがにやりと笑ったので、伝わってないんだとわかる。まなざしや表情を読むってことを、誰もこの子に教えてこなかったみたい。

ほら、もういいだろ。ボールを渡しなさい。とドゥミが言い、膝を曲げてマンドラの目線の高さまで降りていくと、両手をまるめて差し出す。マンドラは数歩下がって首を振る。

お父さんが抱っこしてあげようか？　とドゥミ。

イヤ！　お父さんじゃないもん！　マンドラが叫ぶ。耳をつんざくような声。あたしは紙ナプキンで口を拭う。何人かのひとが振り返ってこちらを見るけど、間もなくもとの会話と食事に戻っていく。マンドラは立ったままドゥミを見てる。まるで何かをけしかけるみたいに。ドゥミはただ首を振るだけだ。その表情からドゥミがすっかり困惑していて、もうこれ以上どうしたらいいのかわからずにいるのが伝わってくる。

さっきキャンディーを食べすぎたんだよ。とドゥミは言う。弁解するような口調だ。あたしは笑いそうになってしまう。だってこの甘やかされた子どもの態度に、キャンディーが何の関係があるんだろう？

　そのときだ。マンドラがあたしにボールを投げた。見るか見ないかのあいだに、あっという間にそれはあたしの右目に当たる。とげとげのひとつが目に入る。痛いけどそれはべつの問題だ。あたしはここが結婚式の場だってこと、会場の半分がひとで埋まってること、そして何よりここがアメリカだってことを一瞬忘れる。フォスタリナ叔母さんがあたしに座ってるようにと鋭く警告するその前に、あたしはこのちいさなクソガキを引っ摑まえてパンパンパンとすばやい平手打ちを三度食らわせる。指の関節で額を二度小突く。

　ふたたび席に戻って座ったとき、まわりを見まわしようやく自分が何をしたのか気づく。白人たちは息を呑み、衝撃を受けた声がオーマイゴッドと言うのが聞こえる。首を振り、瞳は信じられないというようにおおきく見ひらかれている。両手で口もとを覆うひとたち。すでに沈黙があたりを領している。それはまるで染みのように空中に残り、それからおおきくとどろく声が、それはチャカ・ズールーの声だとすぐにわかるんだけど、近くの扉からこんなふうに叫ぶ。

　怖がらないで。わたしたちの文化では、聞き分けのない子どもはこんなふうに躾けるんです。たいしたことではありません。落ち着いてください。どうか。チャカ・ズールーは笑いながらそう言う。だけどほかのひとは誰も笑わない。沈黙は熱を持ち、燃えるようだ。まなざしが燃やせるなら、あたしはいまごろ床で灰の山になってるだろう。あたしは自分が、何かしてはいけないこと、タブーを犯したんだってわかる。あたしを見ている顔たちを、これらの表情をけっして忘れないだろうってこともわかる。それからこんな顔をされるなら、もう金輪際子どもを叩いたりしない、ってことも。その子がどんなに悪いことをしても、ぜったい叩かないだろう。

ドゥミはマンドラを抱え去ろうとしている。子どもはいまや、自分が注目の的だってことを知っていて、まるでそれでお金を稼いでるみたいにせっせと叫んでいる。新郎新婦席から母親が、山のような巨体を揺すって首を伸ばし、自分の息子に何が起きたのか見きわめようとしている。あたしは彼女が太っていてよかったと感謝する。もしあんなに太ってなかったら、きっと立ちあがって駆けつけてきたに違いないから。あたしはナイフを手に取ると、料理に集中してるふりをする。

お子さんは大丈夫ですか？　ドゥミの後ろから呼びかける少年の声。あたしはその少年を睨みつけてやりたくなったけど、振り返る勇気はない。ドゥミがマンドラを抱えてお手洗いへ続く扉を出ていったので、あたしはほっとする。マンドラの金切り声がようやく聞こえなくなると、みんな食事に戻っていく。でもまだ動揺してるのが伝わってくる。左隣に座った老人が、あたしのことをすごい目つきで睨みつけている。まるであたしがこのひとのケーキを食べちゃったみたいな目で。あたりを駆けまわっていたほかの子どもたちは、まるでテロリストに遭ったあとのように、お母さんのそばにぴったり座っている。

もうやっちゃ駄目よ。いつも言ってるけど、ここはアメリカなんだから。フォスタリナ叔母さんが言う。声に怒っている様子はなくて、あたしはほっとする。もしも花嫁が美しかったら、叔母さんは機嫌が悪かっただろう。そして叔母さんの機嫌が悪いとき、あたしはマンドラよりもっとひどい目に、あの怪我を負った鹿よりずっとひどい目にあわされることになるのだ。あたしは頷き、ナイフを皿に戻す。そしてグラスに入ったコカ・コーラに手を伸ばす。そのコーラはホンモノらしい味がしない。

# アンゲル

あたしはフォスタリナ叔母さんに、少しのあいだ国に帰りたい、ほんの少しだけでいい、友達や母さんやマザー・オブ・ボーンズに会って、様子を見てきたい、と頼む。フォスタリナ叔母さんははじめ、あたしの言葉が聞こえなかったかのように何も言わない。あたしたちはリビングに座り、あたしはストローでカプリサンを飲んでる。フォスタリナ叔母さんはソファに寝そべり、ヴィクトリアズ・シークレットの素敵な下着を身につけた女たちの写真を眺めてる。叔母さんの隣には雑誌の山、正面のガラスでできたコーヒー・テーブルにも雑誌の山、それから足もとにも雑誌の山。

あたしはカプリサンを飲み終えて、背後の戸棚に手を伸ばすとグァバの実をひとつ取る。あたしはその実を、まるでグァバを見たことがないひとみたいに見る。それから鼻先へ持っていく。匂いはあたしの大切なところに触れる。心とその内側が、優しくこじあけられていくのを感じる。あたしは首を振り、両手でグァバを擦り、ひとくち齧る。笑う。

食べすぎて便秘を起こしても、まだ笑ってられるかしらね。フォスタリナ叔母さんは言って、雑誌のページをめくる。あたしはグァバを噛みしめてる。叔母さんにどうしてわかるだろう？　あたしがグァバを、ひとくち齧るごとに、この家とカラマズーとミシガンを離れ、アメリカって国をすっかり離れて、あのパラダイスに、ブダペストに行けるんだってことが。

先週、メッセンジャーがアメリカに亡命してきた。そのときに意外な贈りものを持ってきてくれた。ちょうど誕生日の数日前だったから、あたしはあけるのをしばらく我慢した。ちゃちな包み紙に包まれていた。あたしはくすくす笑いながら、黒い荷造り紐をハサミで切った。透明なビニールをはがすと、中国の雑誌が何層にも入っていた。あたしたちの国から生野菜や果物を持ち出すのは禁止されている。国境で見つかったら、没収され、捨てられてしまう。だからあたしのグァバが無事だったと知って、とても嬉しかった。包みをすっかりあけてしまう前から、グァバの香りがそこらじゅうに広がって、うっとりして目眩がしそうだった。あたしは目を閉じて、思い切り吸った。まるで何年も息をしてなかったみたいに。

あたしはもう長いこと、バスタードやスティーナやゴッドノウズやチポやシボと連絡を取っていなかった。出発するときは、いつまでも消息を知らせるって約束したのに。

手紙を書くよ。アメリカには紙とかペンとかがいくらでもあるんだから。いつだって手紙を書くよ。自分がそう言ったのを憶えてる。フォスタリナ叔母さんに連れられてムズィリカズィ通りで車に乗る直前のことだ。

約束ね？　とチポが訊いた。

うん、約束。とあたしは答えた。

誓ってよ。とシボが言った。

神に誓って約束します。とあたしは言った。

書きたくなかったらどうするんだ？　とゴッドノウズが訊いた。

どうして書きたくないなんてことがあるの？　とあたしは訊き返した。

だってお前は向こうで、素敵な白人の友達を作って、おれたちのことを忘れてしまうからさ。と彼は答えた。

素敵な白人の友達は作るけど、でもだからって忘れたりしないよ。とあたしは言った。

去る者は日々に疎し。とスティーナが言った。

馬鹿言わないで。あたしはぜったい、忘れない。

さあ、どうなるかな。とバスタードは言って、その顔は何かあたしの知らないことが見えてるみたいな表情だった。車に乗り込んで走り出すとき、あたしは手のひらにキスをして、振った。NGOの女性が以前、そうやってたのを真似したんだ。手紙、書くから。ずうっとずうっと、ずうっと書くから！

はじめのうち、到着してから数カ月は、あたしは確かに手紙を書いた。アメリカのこと、あたしの食べてるもの、着ている服、聴いてる音楽とかセレブとかのことを書いた。でも同時に、いくつかのことは注意深く避けるようにした。たとえば天候は最悪だってこと。いつもどこかがおかしくて、ものすごく暑いかものすごく寒い。あとハリケーンとかもある。それからあたしたちの住んでいる家も、ちいさいときテレビで見たような家じゃない。煉瓦じゃなくて板でできてる。アメリカなのに板でできた家。雨が降ると板に黴が生え、嫌な臭いがする。

それから夏の夜になると、ときどき近所で、バン、バン、バンッて銃声が響くことも書かなかった。外に出るのが怖いから、あたしは家のなかにいる。一度なんかはうちから数軒離れただけのところに住んでる女性が、子どもたちをバスタブに沈めて溺死させたこともある。子ども四人ともぜんぶ殺したんだ。それから道には貧しいひとたちが住みついてるってことも。彼らはお金をくださいって看板をかかげてる。こういうことはすべて書かなかった。ほかにもいろんなたくさんのことを避けた。というのもこういうことはあたしを戸惑わせたし、アメリカをあたしのアメリカじゃないみたいに感じさせたから。あたしがパラダイスで夢に見ていたアメリカって国じゃないみたいに。

　ときが経つにつれて、手紙を書くことそのものをやめてしまった。あたしは先延ばしにしはじめた。明日書こう、って自分に言い訳をする。来週、それか二週間後。一ヵ月以内には書こう。そのうち書こう。そしてそんなふうにして、あたしはいつか連絡が途切れてしまったことを知った。でもだからといって、みんなを忘れてしまったわけじゃない。あたしはみんなが恋しかった。とてもとても恋しかった。ときどき、何かべつのことをしているときでも、とてつもない罪悪感に駆られる。連絡を取ってないって罪悪感。あたしはブダペストのことも恋しかったし、ファンベキ教会も恋しかったし、パラダイスも恋しかったし、母さんのこともマザー・オブ・ボーンズのこともマザー・ラブのことも恋しかった。みんなが恋しかった。黙示の預言者ビッチントン・ムボロのことさえ、そのキチガイ沙汰のことさえ恋しかった。何もかもが恋しかった。そしてこの数年を経てから仲間たちがメッセンジャーに託したグァバ。そのグァバを受け取ったとき、みんなもあたしのことを憶えてくれてるんだってわかってよかったと思った。

　フォスタリナ叔母さん、とあたしは、注意を引こうと呼びかける。だけど叔母さんの頭は糊づけされたみたいに雑誌から動かない。このごろではファッション雑誌がエクササイズに取って代わってる。というのも叔母さんはとても忙しくてエクササイズをやる体力がないからだ。叔母さんはいま、病院と老人ホームの仕事を掛け持ちしてる。せっせと働いてるそのわけは、叔母さんがうちの母さんとマザー・オブ・ボーンズのためにブダペストに買ってあげたばかりの家の代金を払わなければならないからだ。その家の写真を見せてもらった。おおきくて素敵なプール付きの家で、かつてグァバを盗みに襲撃した家々みたいだった。ここアメリカであたしたちの住んでる家よりずっと素敵で、それはおかしなことだと思う。だって故郷にいたときあたしは、アメリカでは何もかもがここよりいいんだって聞かされてたから。

フォスタリナ叔母さんはときどき雑誌から顔をあげてテレビをちらりと見る。そこに出ている女性は美人だけれど、その顔は何かが変な気もする。女性は十日で十ポンド痩せる方法について話し、テレビの前のひとたちに、いますぐ電話して人生を変えましょうと呼びかけている。

たった二週間帰るだけでいいの、そしたらまた戻ってくるから。とあたしは言う。フォスタリナ叔母さんが無視し続けているにもかかわらず。

ダーリン、まだ時期じゃないわ。そのときが来たら、帰ればいい。やっとのことで叔母さんは言って、雑誌のページをめくる。

だけど以前は、あたしが十四歳になったらって言ってた――。

いい？　あなたはオバマ大統領がお父さんで、エアフォースワンを持ってたりなんかするわけじゃないんですからね。帰るにはお金がかかるのよ。それにあなたは観光ビザで入国してて、それはもう期限が切れてるの。いったん外に出たら、アメリカにキスして永遠にさようならよ。とフォスタリナ叔母さん。

だけどなんで戻ってきちゃいけないの？　ビザは更新すればいいじゃん。とあたし。

ダーリン、ほっといてくれないかしら？　それともわたしが出入国管理官か何かに見える？　叔母さんはいまやあたしたちの国の母語で喋っている。つまり会話はもう終わりってこと。フォスタリナ叔母さんがこんなふうに言葉を切り替えるとき、それが何についての話だったとしても、会話はおしまいってしるしなんだ。

テレビ画面はいま、二つに分割されていて、女のひとの写真が二つ映っている。一枚はビフォアで、こっちの女性はよりふくよかでホンモノの人間っぽく見える。もう一枚はアフター。こっちは痩せてて何かきれいなモノみたいに見える。

ちょっとそこの電話、取って。それからわたしの部屋へ行って、青い財布を持ってきてちょうだい。この寄せあげブラを注文しなくちゃ。とフォスタリナ叔母さんは言う。

二階へ昇ると、あたしはフォスタリナ叔母さんの寝室の窓から外を見る。道の向こうに墓地が見える。最初に気がつくのはその装飾だ。まるで死というのは美しいんだと言わんばかりに飾りたててある。入り口にはおおきなコンクリートのかたまりが立っていて、あたしには読めない言葉で何か書いてある。てっぺんには横たわった女性の像があり、頭を片側に休ませている。彼女は片手で顔を隠してる。人生にはあまりに多くの陽射しが降り注いでいるかのように。あるいは誰にも邪魔されたくないと言わんばかりに。

墓地にはいたるところに天使の美しい彫像がある。空を見あげている天使、石板の上で眠る天使、一羽のハトを抱く天使、片手を胸にあてる天使、泉の前にひざまずく天使。こんなふうな様子を見てると、まるで天使がほんとうの人生においてもありふれたものみたいに思えてくる。猫とか犬とか車とかゴキブリみたいにありふれたものに。墓場そのものは緑色の芝生に覆われている。あちらこちらに樹木があって、昼間は長い影を投げかけている。それから墓石。ちいさな家みたいな墓石もあれば、お城みたいな墓石もある。なんだかわからない奇妙なのも。でもどれもみんな面白い。

墓地を眺めるときはいつでも、父さんのことを思い出す。ヘヴンウェイの土の下にみんなで埋めた。父さんのお墓はただの赤い盛り土にすぎない。父さんもどこか美しい場所に埋めてもらったらよかったのに、と思いそうになる。死んだひとを埋めるときに、安らかに眠れ、って書くのも納得できるような場所に。デトロイトからこの場所に引っ越してきて墓地を見たとき、これが死者を埋めた場所だとは、はじめあたしはわからなかった。何かの博物館だと思った。何か面白いことが起こる、面白い場所に違いないと。墓地とあたしたちの家を隔てる道はなめらかな帯のようで、あたしはいつも不思議に思う。この道をずっとたどっていったら、いったいどこで終わるんだろうと。アメリカでは、道はまるで悪魔の手のようだ。それか神の愛のようだ。あらゆるところに延びている。ただ悲しいことに、道はあたしを故郷に連れていってはくれない。

あたしの頭には二つの家がある。パラダイス前の家と、パラダイスの家だ。家1と家2。家1がいちばんよい家。ホンモノの家だ。父さんと母さんにも立派な仕事があった。食べものもたっぷりあった。着る服も。土曜日にはラジオの音量をあげて、みんなで踊った。だってすることはパーティーしかなかったし、楽しむ以外になかったから。そしてそのあとが、家2。パラダイス。ブリキのブリキのブリキだけの家。

母さんやフォスタリナ叔母さんの頭には、三つの家がある。独立前の家、つまりあたしが生まれる前の家。黒人たちと白人たちが国じゅうで戦ってたころだ。それから独立後の家。つまり黒人が国を勝ち取ったあとの家。そしてそれから何もかもが崩壊してしまったあとの家。その崩壊のせいでフォスタリナ叔母さんは、国を離れてここに来たんだ。家1、家2、そして家3。マザー・オブ・ボーンズの頭には、四つの家がある。白人たちがやってきて国を盗み取る前、王さまが統治してたころの家。それから白人たちがやってきて国を盗み、戦争があったころの家。それから黒人たちが盗まれた国を奪回し、独立を果たしたあとの家。そしていまの家。家1、家2、家3、家4。誰かが家について話すときは、だから気をつけて聞かなきゃならない。そのひとがどの家のことを言ってるか、間違えてしまわないように。

二日前、BBCニュースの途中であたしたちの国の大統領がテレビに映った。大統領は拳を振りあげ、話していた。あたしたちのあたらしい国が、黒人の国であること。もう二度と植民地にはならないとかなんとか、そんなこと。フォスタリナ叔母さんはコーヒー・テーブルの上のリモコンを引ったくると、テレビに狙いを定めて銃みたいに撃った。全員が振り返って見た。叔母さんは震えて座っていた。顔は突然、まるで棘のある木を噛んでるみたいにゆがんでいた。TKが、彼はこのごろウェイトリフティングをはじめてからデブではなくなって、モハメド・アリの映画に出てくるウィル・スミスみたいになってるんだけど、そのTKが笑い出した。でもすぐにやめた。たぶんフォスタリナ叔母さんの表情が尋常じゃなかったからだろう。

コジョ叔父さんがリモコンを摑み、チャンネルをもとに戻した。フォスタリナ叔母さんはしばらく叔父さんをすごい形相で睨んでたけど、やがて立ちあがり、何も言わずに部屋を出ていった。テレビのなかでは大統領が、ちょうどフォスタリナ叔母さんが出ていったすぐあとで、まるで叔母さんが出ていくのを待っていてあたしたちにだけ秘密を打ち明けるみたいに、こんなことを言った。我々はヨーロッパからの制裁措置、我々を締め出すという措置を恐れない。我々はヨーロッパ人ではないからだ。するとコジョ叔父さんが両手を拳にして宙に突き出し、激しく上下させた。そしてTKに向かって祝杯をあげ、こう叫んだ。言ってやれ、大統領さんよ、あのクソッタレの植民者どもに言ってやりゃあいいんだ！　そしてにやりと笑ってまずTKを、それからあたしを見た。

見ろ、子どもたち、あれがおれたちの大陸で、たったひとりの肝っ玉のあるマザーファッカーだ。アフリカを導く指導者だ！　と叔父さんは言った。あたしとTKは、よくわからなくて顔を見あわせた。だけどそこから笑顔になって、やがていっぺんに笑い出した。それはだってコジョ叔父さんがマザーファッカーって言葉を使うのははじめて聞いたし、それは面白くて美しくさえ聞こえたから。リビングを出て部屋への階段を昇っていくときも、TKはまだ笑っていた。あとでフェイスブックにログインすると、TKはこの話を投稿していて、そこにはとてもたくさんの〝いいね！〟と（笑）がついていた。

あたしはいま、三個目のカプリサンを飲んでいて、あたしのお腹はグァバと液体でいまにも弾けそうに膨れてる。ちょうど最後のグァバを食べてしまったところで、あたしはすでに悲しくなってる。次にグァバを食べられるのはいつか、何年も先かもしれないと、その時間の長さを思ってる。フォスタリナ叔母さんは電話越しに寄せあげブラを注文するのに忙しい。そして叔母さんと誰だか知らないけど叔母さんの話してる相手が、いま問題を抱えてるのが聞き取れる。それは英語の問題だ。英語を喋るときは、ただ口をあけて言葉を発するってわけにはいかない――まず最初に、何を言いたいのか考えなければならない。次に頭のなかで注意深く言葉をならべなきゃならない。それからその言葉を、声に出さずに言ってみて、それで大丈夫か確かめねばならない。それからようやく最後のステップ。つまり声に出してその言葉を言う。正しく聞こえるよう発音する。

けれども、こういうのをぜんぶやらなきゃならないから、最後の段階に来るとなんだかおかしなことが起きる。酔っ払いが歩くみたいな喋りかたをしてしまうのだ。そして躓いて転ぶみたいな喋りかたになるものだから、まるで頭が悪いみたいに見える。ほんとのところただの言葉の問題で、その手順が混乱してるだけにすぎないのに。さらに、英語しか喋らないひとたちにも問題があって、このひとたちは聞くってことを知らない。話してるひとの転ぶ様子にばかり気を取られてしまい、言っている内容のほうにはちっとも注意を払わない。

こういうことを解決するには、アメリカ人みたいに聞こえるようにするしかないと思った。どうしたらいいかテレビが教えてくれた。とても簡単なことだった。『ドーラといっしょに大冒険』や『ザ・シンプソンズ』、『スポンジ・ボブ』、『スクービー・ドゥー』なんかのアニメを見てればいいだけだ。その先は『レイブン 見えちゃってチョー大変！』、『グリー』、『フレンズ』、『ゴールデン・ガールズ』といったドラマに進む。ただ聞いて、発音を真似してればいいだけ。うまくなれば、自分でも気がつかないうちに、言ったことを繰り返してくれとは言われないようになってる。あたしはそれから、アメリカの言葉を一揃い舌の裏に隠し持っている。まるで護符みたいに。いつでも使えるように。プリティー・グッド、ペイン・イン・ジ・アス、フォー・リアル、オウサム、トータリー、スキニー、デュード、フリーキング、ビザール、サイクト、メスト・アップ、ライク、トリッピング、マザーファッカー、クリアランス、アロウワンス、ドゥーシュ・バッグ、ユア・ウエルカム、アクティング・アップ、ヤイクス。テレビはこんなことも教えてくれた。誰かに話しかけるときは、まっすぐ目を見なくちゃいけないこと。たとえ相手が大人であっても、たとえ失礼なことであってもだ。

フォスタリナ叔母さんがなぜ、こんなふうにしてアメリカ流の喋りかたを学ぼうと思いつかないのかわからない。そうすれば生活はかなり楽になる。いま叔母さんが味わってるみたいな苦労をしなくてすむのに。

アンゲル・コレクション、って言ったのよ。とフォスタリナ叔母さんは喋ってる。テレビは消音にして、携帯電話の音量をあげたから相手方の声まで聞こえてくる。電話の向こうにいるのは退屈した若い女の子みたい。

すみませんが、なんですって？　あの、よく聞き取れなかったんです。回線の問題かもしれませんが。女の子が首をかしげて、集中しようとして顔をしかめている様子が浮かぶ。

アンゲル、アンゲル、アンゲル。フォスタリナ叔母さんはさらに声をおおきくする。

沈黙がある。まるで女の子が祈りを捧げようとしてるみたい。

アアア・ンゲエ・ル。とフォスタリナ叔母さんは、音節のひとつひとつを引き伸ばしながら付け加える。あたしは声に出さずに口を動かす——エンジェル、エンジェルだ。女の子がちいさく溜め息をつくのが聞こえる。

申し訳ありませんが、なんのことだかわかりません、マダム。とうとう女の子が言う。その声から、彼女が理解しようとすることに疲れてきているのがわかる。

どういうこと？　わたしの言うことがわからないって？　こんなにかんたんな単語なのに！　とフォスタリナ叔母さんが言う。いまや叔母さんは両手と頭を使って喋っている。こんがらかったその表情から、女の子がすみやかに理解してくれなければまずいことになるとわかる。あたしは咳払いをして、ここに、部屋のなかにいることを知らせる。かわりに喋って欲しいとあたしに頼むこともできるのだと。でも叔母さんはそうしない。エンジェルって単語を雑誌のページいっぱいに走り書きしてる。ブラジャーと下着以外裸だった女たちは、いまや黒色のインクの服を着せられてる。その文字は、たくさんのちいさな怒れる虫たちのようだ。

マダム、ほんとうに申し訳ないんですが、わたくしどもはこの——こういうことが難しいんです。だけどウェブサイトがありますので、もしよければ——。電話の向こうの女の子はそんな提案をはじめる。声がとたんに軽くなる。ウェブサイトのことを思い出せて嬉しいみたいだ。すべては解決するだろう。あたしもまたほっとしてる。二階へ走っていって、マックブックを取ってきて叔母さんに使ってもらうのがいいかも。あたしはカウチから起きあがる。

いいえ、わたしは、ウェブサイトからなんて、注文、しません、からね。フォスタリナ叔母さんは断固として答える。単語のひとつひとつを区切っている。これはぜんぜんよい兆候じゃない。あたしはまたカウチに沈み込む。ひとことひとことを発音しながら、叔母さんはボールペンの先で、ヴィクトリアズ・シークレットの女たちの顔をぶすぶすと刺す。ウェブサイトからは注文しません。わたしは英語を話してるのよ。つまりそうしてる限りは——。

ええと、じゃあ綴りを言ってくれますか？　女の子はいらいらしてきたみたいだ。まるで頭のなかで強烈な罵倒の言葉を吐いてるみたい。口に出してはぜったい言えない言葉を吐いてるみたいだ。

ふううううむ、綴りを言って欲しいって？　とフォスタリナ叔母さん。彼女はあたしを、信じられないわね、っていうふうに見る。女の子が信じがたいことを言ったかのように。だけどあたしは目を逸らしてテレビを見る。さっきの女性はいなくなってる。べつの女性がエクササイズ・ボールに座ってる。あたしは叔母さんが、電話の向こうの女の子を怒鳴りつけるのを待っている。叔母さんの口調といったら、いまにもそうしそうだからだ。でもなぜか気が変わったらしく、叔母さんは綴りを言いはじめる。

最初はAよ。とフォスタリナ叔母さん。その声は少しだけ落ち着いている。叔母さんは雑誌にその綴りを書いておく。念には念を入れるみたいに。

わかりました。アップルのAですね。

違う、アップルじゃない。肛門《アヌス》のAよ。発音が違うんだから。それからノーのN。ゴッドのG。イートのE。リビアのL。それでぜんぶよ。さあ。アンゲル。アンゲル、アンゲル。とフォスタリナ叔母さん。

しばしの沈黙がある。まるで女の子が、自分の書いたものを解読しようとしてるみたいな。それから。ああ、エンジェルのことですか！

そうよ、アンゲルよ。さっきからずっとそう言ってるじゃないの。赤いやつが欲しいんだけど。とフォスタリナ叔母さんは、レッドのｒをせいいっぱい巻き舌にしながら発音する。何かが口の内側で震えてるみたいな音がする。あたしは今後ぜったいあんなふうには発音しないと心に決める。

ヴィクトリアズ・シークレットの女の子との電話を切ってしまうと、フォスタリナ叔母さんはどこかに電話する。話し中だったみたいで、すぐに切る。即座にべつの番号にかけてしばらく受話器を握ってるけど、まもなくあたしたちの国の言葉で留守電にメッセージを残す。かけ直してくれるようにと。叔母さんが電話をかけているのは、このヴィクトリアズ・シークレットの顚末を誰かに話して聞かせねばならないからだ。アメリカでこういうことが起きたときには、そうしなければならないから。誰か理解してくれるひとに話さねばならない。自分の言ってることを正確に聞いて理解してくれる誰かに。悪いのは自分じゃなくて相手なんだってわかってくれるひとに。英語っていうのは巨大な鉄の扉で、その鍵をあたしたちはなくしてばかりいることを、わかってくれている誰かに。

メッセージを残してしまうと、フォスタリナ叔母さんはそこに座っている。まるで何か重要なことが叔母さんの内側で起こっていて、それが出てきてくれるのを待ってるみたいに。それが出てきて、叔母さんの前に膝をつき、この件はもうおしまいです、べつの仕事をしに行ってもいいでしょうかって言うのを待ってるみたいに。叔母さんはある表情を浮かべている――あたしはその表情を何度も見たことがあるけど、それを痛みと呼ぶべきか、怒りと呼ぶべきか悲しみと呼ぶべきか、そもそも名前があるのかどうかいまだにわからない。あたしは叔母さんと目をあわせないよう気をつける。叔母さんはカードを財布に戻し、それから立ちあがって歩いていって地下への階段を降りてゆく。扉を入ってばたんと閉める。

軋む階段を降りながら、叔母さんは灯りをつけるだろう。まるで地下には怖いものがあるみたいに、小刻みな足取りで降りてゆき、そして最後まで降りきってしまうと壁いちめんを覆う鏡の前に立ち、そこに映るものを眺めるだろう。痩せた自分の身体ではなく自分の口を眺めるのだ。叔母さんはそこに立ったまま会話を最初から繰り返す。おおきな声で、英語に気をつけて、言おうとしたことぜんぶを繰り返す。電話の向こうのあの女の子に言ってやるべきだったこと、だけど言葉が見つからず言えなかったこと。鏡の前でフォスタリナ叔母さんの発音が明瞭なこと、英語が舌の上で生きていること、まるで口のなかで燃えてるみたいに、毒みたいに、それを吐き出すこと。叔母さんの唯一知ってる言葉みたいに吐き出すということが、あたしにはわかるのだ。

# この動画には不快な表現が含まれています

マリーナはナイジェリア出身で、自分をアフリカの王女さまだと思ってる。お祖父さんがどこかの族長だったからって理由でだ。色とりどりの伝統衣装を身にまとってるけど、それがちっとも似合ってなくて、彼女をオバサン臭く見せてるってことは気にしちゃいけない。クリスタルはあたしたちに化粧の仕方を教えて、髪もエクステをつけてるから、マリーナやあたしより自分のほうが上等なんだと思ってる。でも実際はたった一文でさえ正しい英語を書くことができなくて、だからほんとのアメリカ人じゃないってわかってしまう。二人はあたしとおなじ通りに住んでて、ワシントン・アカデミーの八学年目を一緒に終えようとしてて、だからあたしの友達だ。いまあたしたちは三人で、うちの地下でだらだらしてるとこ。

このごろあたしたちは学校が終わると、急いで帰ってきて動画を見る。見るのはいつもあたしの家で、というのも午後には誰もいないから。フォスタリナ叔母さんとコジョ叔父さんはいつも仕事に出てるし、TKは家に帰っても寝るだけで、ほとんどホテルがわりみたいなもの。あたしたちは学校から帰ると、学習鞄を玄関に放り出し、まっすぐ地下のパソコンのとこへ降りていく。以前はXチューブをよく見てたけど、このごろレッド・チューブっていうのを見つけた。こっちのほうがちょっと高級な感じで、ウイルスもあまり多くない。

あたしたちは動画をアルファベット順に見てる。おなじものを二度見てしまわないように。これまでのとこあたしたちは、素人《アマチュア》を見て、肛門《アナル》を見て、それは単純に気持ち悪かったんだけど、それからアジア人を見て、それは敬意に値した。巨乳《ビッグ・ティッツ》と金髪《ブロンド》とフェラチオ《ブロウ・ジョブ》を見た。緊縛《ボンデージ》を見たけどぞわぞわ落ち着かなかった。膣内射精《クリームパイ》と口内射精《カムショット》を見たけどどっちも汚らしかった。二本挿し《ダブルペネトレーション》を見たけど怖かった。黒人《エボニー》を見たけど当惑した。顔射《フェイシャル》を見たけど不潔だった。フェティッシュを見たけど奇妙だった。輪姦《ギャングバング》を見たけど犯罪的だった。ゲイは不安だったので見ずに飛ばした。乱交《グループ》を見たけど汚かった。ヘンタイを見たけどわくわくした。日本人《ジャパニーズ》を見たけど静かだった。レズビアンを見たけど興味深かった。今日は熟女《ミルフ》を見る日になってて、クリスタルの番だから、彼女が動画を選んで再生をクリックする。

動画はスキー用の目出し帽をかぶった男が家に押し入るところからはじまる。あたしは即座に上の玄関の鍵をかけたか心配になる。学校から帰ったらやりなさいと、フォスタリナ叔母さんがいつも注意すること。かけたかどうか思い出せないけど、行って確かめてくるのが嫌だから、あたしはかけたに違いないと自分に言い聞かせる。動画のなかで押し込み強盗は時間を無駄にしてる。ぶらぶらと歩きまわり、窓からなかを覗いたりしてるけど、やがてポケットから道具を取り出し窓をこじあける。それからしばらくよじ登ろうとして手間取ってる。身体の半分がやっと入ったとこで、マリーナが何やってんのよって言って、パソコンに手を伸ばして早送りする。

マリーナがふたたび再生を押したときには、男はすでに女のなかに入っている。そこであたしたちはちょっと巻き戻す。そして女のひとが膝立ちになって、まるで砂糖でも食べたあとみたいに唇を舐めるとこで止める。男のほうはじつは少年みたいに若かったことがわかるんだけど、でもアソコは大人みたいに立派だ。女のほうはずっと年上で、彼のお母さんくらいの年齢っぽい。彼女はおおきなリビングを二つに区切る手すりのとこへ歩いていく。油を塗ったその肌は照明の下でつやつやひかる。赤と緑の花のタトゥーをしていて、それは彼女の垂れた左尻のとこからはじまって、太もものまわりをくるりとまわってる。

女のひとは手すりまで行くと、金属製の何かの上に片脚をひょいとあげる。それから両手でポールを持って身体を支える。血のような赤に塗った爪が白い金属に絡みつく。紫色のハイヒールの靴を見て、あたしはよくこんなので立って歩けるなあと思う。少年が彼女の後ろから近づく。身体の正面でアソコが蛇みたいに首をもたげてる。あたしは身を乗り出して消音をクリックする。行為そのものがはじまると、自分たちで動画に吹き替えをして遊ぶからだ。

あたしたちは声の出しかたを覚えた。少年が女のなかで動き出すと、あたしたちはよがって唸って唸って、彼が一突き貫くごとに、声はどんどん激しくなって、まるであたしたちは動画のなかの女であの男の子のアレを自分のなかに感じて引き裂かれてるみたいな具合だ。女性が手すりから脚を降ろして、手はまだポールを掴みながら身体を半分に折ったとき、あたしたちはちょっと停止する。少年は突きまくりこすりつけ思いっきり押し込んでいる。彼が炎だって想像して、あたしたちはまるで地獄で焼かれてるみたいに悲鳴をあげる。たいていいつも、声の高いクリスタルがいちばんうるさいんだけど、今日はマリーナがダントツだ。

もっかい再生しちゃい、とクリスタルが、短い動画の最後まで見たところで言う。あたしたちは座って画面を凝視してる。クリスタルの声は低くて、まるで喉が渇いて死にそうに聞こえる。彼女はすでにパソコンに身を乗り出している。

男のひとがトイレに座っておおきいほうをするとき、アレはどうしてるのかな？　とマリーナが言う。

　ぶら下がって水につい ちゃいそうだよね。とあたしが答える。

　こんなふうにして脚を閉じてるんだと思わない？　とマリーナが言って、両膝どうしをくっつけて、太ももに赤ちゃんを乗せるような姿勢を取る。それから片手を両の太ももが合わさるところに乗せて、男性のアレに見立てる。

　ほら、こんなふうにしておけば大丈夫じゃない？　と彼女は言う。

　一階で電話が鳴る。動画がはじまったので、あたしは行って取りたくなくて、無視してる。

　電話に出なよ、それであのうるさいの終わりして、クソッ。とクリスタルが言う。あたしは、ここが誰の家だか忘れないでよ、って言いたくなったけど、そのかわりにこんなふうに言う。すぐ戻ってくるから、あたし抜きではじめないでよ。

　発信者番号が011‐263って出てるのを見て、誰かが国からかけてきてるんだとわかって、心配になる。このごろいろんなことが起こってるから、国からの番号を見るといつでも震えあがってしまうんだ。何の電話か知れたものじゃない。先週、フォスタリナ叔母さんの友達、デュマネおばさんが電話してきて、新聞社で働いているその旦那さんが真夜中に警察に連行されたんだって言った。彼が書いた記事のせいでだ。警察は扉をどんどん叩いて、様子を見に出てきた旦那さんを捕まえてそのまま連れていっちゃった。パンツしか穿いてなかったのに。それ以来、彼を見たひとも消息を聞いたひともいない。

それからべつのときにはフォスタリナ叔母さんの従妹ナサンディが電話をかけてきて、あたしとおない年のその息子ツェパンが、南アフリカへ行くためリンポポ河を渡ろうとして、ワニに食べられてしまったと言った。あたしはまだ憶えてる。ちいさかったころ、クリスマスの日にツェパンと遊んだこと。父さんが黄色いモトクロス用自転車を買ってくれた年だった。あたしとツェパンはかわりばんこにその自転車に乗って近所を走りまわったけど、ツェパンが乗ってるとき茨の茂みにまっすぐ突っ込んでしまった。喉が嗄れて声が出なくなるまで、ツェパンは泣き続けたっけ。

みんなは電話で、そんな話をするのでなければ、食べものを買うためにアメリカ・ドルを送ってくれと頼んできた。というのもいまや、代金はアメリカ・ドルか南アフリカのランドで支払われるから。フォスタリナ叔母さんがいちばん恐れてるのはこの種の電話だ。あんまり怖がって、このごろではもう電話に出ないくらい。電話はあとからあとからかかってくる。まるでフォスタリナ叔母さんがバンク・オブ・アメリカと結婚したとでも聞いたみたいに。

今日電話してきたのは母さんだった。母さんの声が聞けて嬉しくて、あたしはにこにこしてしまう。母さんがあまりに恋しくて、ときどき目眩がするほどだけど、でもどうしようもない。母さんの口調から、悪い知らせじゃないとわかってほっとする。

うまく落ちてきた？　と母さんが言う。

落ちる？　とあたし。何を言おうとしてるのか、脳が痛くなるぐらい考える。

落ちるって、どこから？　とあたしは訊く。

空から落ちてきたってこと。だってどう考えてもあなたを産んだのはわたしじゃありませんからね。たぶん天使が産んだんでしょう。だってそうでもなければ、あなたは実際母親がいるってわかるだろうし、そうすればその母さんが何をしてるかって、もっと頻繁に電話をかけて訊くでしょうからね。と母さんは言う。あたしは何も答えない。だって何と言うのが正しいのかわからないからだ。前回母さんと話したのは、たぶん二週間か三週間前。四週間前かも。思い出せない。

ダーリン。わたし、あなたに話してるんじゃないのかしら？

ずっと忙しかったの。とあたし。

そうね、あなたはずっと忙しかったのよ、だっていまや仕事があって妻と子どもの世話もしなくちゃいけませんからね。それにアメリカがあなたに自分の母親と英語で喋ることを教えたんだってこともわかるわよ。そんなふうな発音でね。ひっひっひっ、いま白人みたいに話そうとしてる！　と母さんは言ってヒステリックに笑い、真面目なのか冗談なのか見きわめるのが難しい。あたしは母さんに、クレイジーって言いそうになるけど我慢する。それはアメリカの習慣のなかでもやりたくないことだと自分に言い聞かせる。かわりに目をくるくるとまわしておく。『モーリー・ポヴィッチ・ショー』とか『ジェリー・スプリンガー・ショー』とかのバラエティ番組で、若者たちが母親にクレイジーとかビッチとか売女とか言うのを目にする。そういう言葉を練習はするけど、声に出して母さんやほかの大人に言うことはけっしてしないつもりだ。

フォスタリナ叔母さんに伝言してくれた？　と母さんが言う。

うん。とあたしは答える。心臓の鼓動が速くなるけど、声の高さは変わってないから、きっと母さんには嘘だとわからない。衛星放送のパラボラアンテナを買うお金を送ってくれないか、検討して欲しいとフォスタリナ叔母さんに伝えてくれるよう母さんは言った。アンテナは、近所に住んでるひとの息子が中国から輸入してるんだそうだ。

あたしはフォスタリナ叔母さんに伝えるつもりだった。でも叔母さんが夜、二つ目の仕事から帰ってきたとき、その身体は砂袋みたいで、リクライニングチェアに倒れ込んで疲れ切ったため息をついたから、あたしは言う勇気が出なかった。

ふうん、じゃあもう一度伝えてちょうだい。いいわね。わたしたちアンテナを買わなくちゃいけないの。あなたたちだけアメリカにいて、いい思いを独り占めしたいなんて、どういうことなのよ？　と母さんが言う。まあとにかく、ここに友達が来てるわよ。

友達？　とあたしは返す。

そうよ。このあたりをうろついてるのを見つけたから、家に入れてあげたの。うろついて何をしようとしてたんだか。ちょっと待ってなさいね。

やがて電話の背後に懐かしい声たちが、そのお喋りが聞こえてくるのがわかる。ゴッドノウズとシボの声がとくに聞き取れる。みんなの話し声を聞いたら鳥肌が立ってきた。あたしは奇妙な感覚に襲われ、目眩がして、座らなくちゃいけない。まるで映画のなかにいるみたいに時間は溶けてゆき、あたしはまるで電話のなかに入って、回線を通って家に帰ってゆくみたい。あたしは出国なんてしなくてあたしはもう一度十歳で、あたしたちは国盗りゲームやビン・ラディンごっこやアンディ・オーバーをして遊んでる。ゴッドノウズの穴あきズボンのお尻をからかって、喧嘩を見物し、教会に行く信者たちのまねっこをして、死んだひとが埋葬されるところを見てる。あたしたちは空腹だけどみんな一緒、あたしたちは故郷にいて、すべてはどんなお菓子より甘い。

そこにいるの？　とあたしが訊くと、なにしてるの？　とシボの声。

なんにも。とあたしは答える。

なんにも？　ぜんぜんなんにも、なあんにも？

えっと――。

アメリカにいてなんにもしてねえって、どういうことだよ？　おかしくねえか？　ゴッドノウズが背後で言うのが聞こえる。

ええとね、学校から帰ってきたとこ。あたしは言う。イラッとしそうになるのを我慢する。

学校から帰ってきたとこだって？　ねえ、ダーリンったら学校から帰ってきたとこなんだって。こっちはそろそろ夕方だよ。はははは。とシボが、半分はあたしに、半分は電話の向こうのみんなに言う。みんなの笑うのが聞こえる。だけどなんで笑ってるのかあたしはわからない。時差のこと？　なんなんだろ。

ねえ、ヴィクトリア・ベッカムは見た？　キム・カーダシアンは？　レディ・ガガは？　オプラは？　ニューヨークへは行った？　ハリウッドは？　いまどんな服着てるの？　白人の友達はできた？　なんて名前の友達？　シボが質問ばっかりしてくる。だけど何もかもがいっぺんに、ラップの歌詞みたいに転がり出てくるから、どこから答えていいかわからない。ありがたいことに、ゴッドノウズが電話を奪ったみたい。シボが返せと抗議してる。それから母さんの声が、電話は玩具じゃありませんと大声で告げるのが聞こえる。

ようワサップ、ダーリン、元気にやってる？　調子どうよ？　ってゴッドノウズが言う。あたしは答えようとするけれど、すでに向こうが喋りはじめてる。アメリカではお前らこういう喋りなんだろ。ユー・ノー・ワーム・セイイン、ニガー？　そっちのマザーファッカーと売女はどんなふうなんだい？　ニューヨークはどうだい？　おれのオバマはどうしてる？と彼は言って、あたしは笑ってしまう。どう反応したらいいかわからないから。それから気まずい沈黙。相手の出方を待つ沈黙がある。

えーとだな、うん、おれ、あと二、三カ月もしたらドバイに住むんだ。ロンドンにいた叔父さんがとうとう引っ越して、いまドバイで働いてる。迎えに来てくれるんだ。このろくでもない国から、おれも抜け出すんだぜ。とゴッドノウズが、ちょうどいまこのことを思い出したっていうふうに話す。声の調子から、顔じゅうで笑ってるのがわかる。

よかったね、ゴッドノウズ。とあたしは言う。

うん、よかった。と彼も言う。

また沈黙。だけどそれは今度は地下からの、長く尾を引く悲鳴によって破られる。くすくす笑う声があとに続く。クリスタルとマリーナがまだいるのを忘れるとこだった。二人があたし抜きで動画を見はじめたのがわかって、ムッとする。ゴッドノウズがいつ電話を渡したのかわからなかったけど、気づくとあたしはいきなりバスタードと喋ってる。

デストロイド・ミシガンはどうだ？　とバスタードが言う。彼の声は割れて、奇妙に聞こえる。まるで知らない相手と話してるみたいだ。

破壊《デストロイド》された？　何？　ああ、デトロイト！　いい街よ、でももうそこには住んでないの。いまはカラマズーに住んでる。デトロイトに着いてから、そう間をおかずに引っ越したの。

追い出されたのか？

違うよ、そういうわけじゃない。ただ出てきたの。

ダーリン、わかるか。お前は運がいい。少し間をおいてバスタードが言う。その声は疲れていて、あたしはなんて答えていいかわからなくて黙っている。

ねえレディ・ガガのＴシャツとｉＰｏｄを送ってくれない？　後ろでシボが叫ぶのが聞こえる。

そこでは何が起きてる？　チポが電話に出たとき、彼女は言った。

何が起きてるって？　とあたしは答える。階下からまた悲鳴が聞こえる。よく肥えた蝿がリビングを横切って飛んできて、誰かの食べ残したピザに止まる。あたしは蝿を叩こうと新聞紙を掴むけど、見るとどこかへ逃げてしまってる。

そう。外では何が起きてる？　外を見たら、どんなものが見える？　誰かいる？　そのひとたち、何をしてる？　とチポは言う。

あたしはレースのカーテン越しに外を見る。通りはがらんとしてて、マーサ・スチュワートがさっきまでそこにいて何もかも掃除してしまったみたい。何も起きてないよ、ってチポに言おうとしたそのとき、パトカーの一団が騒々しく通りを走っていく。ライトを輝かせてけたたましくサイレンを鳴らしてる。数えたら七台いる。

いまちょうどパトカーが道を走っていった。とあたし。

パトカーはどこへ行くの？　誰かを逮捕しに行くの？　どこかに犯罪者がいるの？　犯罪者は何をしたの？　ダーリンも外へ様子を見に行く？　とチポは言う。後ろでゴッドノウズが尋ねてる。何が起きてんだ？　マザーファッカーどもはアメリカで何をしてるんだ？

あたしは電話を片耳からもう片方の耳へ移す。頭と肩のあいだに挟む。あたしはちょっぴり疲れている。こういうクレイジーな質問に、なんて答えていいのかわからない。あたしはガラスのテーブルへ身を乗り出して、手紙の束をもてあそぶ。**米軍に入ろう**、って書いてあるTK宛ての葉書。ヴィクトリアズ・シークレットのピンク色の封筒。J・C・ペニーの赤い封筒。ピザハットから来てる何か。外側にプラスチックの鍵が張りつけてある封筒。バンク・オブ・アメリカの封筒。クレジット会社ディスカバー・カードの封筒。

そうね、こっちで何が起きてるかっていうと、あなたのお母さんがイストシュワラとマシムビを料理し終わったとこ。シボがすぐ隣に立って、グァバを齧りながらその様子を見てる。チポがそう教えてくれたとき、あたしは心臓に奇妙な痛みを感じる。喉が渇いて口のなかには唾が溢れてくる。そういう食べものの味がよみがえってくる。だけど思い出すことと食べることとは違って、だからそれは苦しくて、あたしは目に涙が溢れるのがわかるけど拭ってしまいたくない。チポはその先を続ける。

——それからね、外では黄色いドレスとつばのある白い帽子をかぶった女のひとが通りを歩いてくる。まるで芋虫が歩いてるみたい。そのひと、太ってるから。いま彼女、バイクに乗った物売りを止めてトウモロコシを買ってる。よく育ったトウモロコシよ。それからいま、ああなんてこと、たったいまつむじ風が起こった。そんなにおおきくはないけど、それでもつむじ風はつむじ風だわ。埃とガラクタを巻きあげてる。物干しロープで洗濯物が踊りまくってる。あはは、さっきの女のひと、ドレスの裾が捲れあがってて、両手で押さえようとがんばってる。茶色いおおきな太ももと、緑色のパラシュートみたいな下着が見える。わたしの娘も風と一緒に飛ぼうとしてる。ちょっと外に出て捕まえてくるわ。じゃあね。

幼い子どもだったころあたしたちも、つむじ風が起きるとそれで遊んだものだった。外に出て風にぶつかった。両手を翼みたいに広げて。つま先立ちでバランスを取り、空に向かって届こうとした。風に連れていって欲しいと願った。そしてそれが無理だとわかると、くるくるまわって輪を描いて、目眩を起こしながら歌った。**ロンドンへ連れてって、ベイビー。おじさんのところへ、ベイビー。赤ちゃん《ベイビー》のいるおじさんのとこへ、ベイビー。女の赤ちゃん《ベイビー》だよ、ベイビー。ウーゥ、ベイビー！**　スティーナが話しかけてきたとき、あたしはこの歌を歌ってるとこだった。スティーナの声は、まるで木の上から話しかけてるみたいに、遠かった。

不思議だな。それとまったくおなじ歌を、いまチポがダーリンを連れに外へ出ていくときに歌ってた。ちょっとした挨拶の言葉のあとでスティーナが言ったのがそれだ。ダーリンというのはチポの娘だ。チポに女の子が生まれたとき、みんなはあたしの名前をつけると言ってきかなかった。アメリカであたしの身に何かあったとき、ダーリンがいなくならないために。それはきゅんとすることだったけど、でもどう思っていいかわからなかったのも確か。だってあたしの名前をほかの誰かにつけるなんて、まるであたしがもう死んででもいるみたい。

いつ帰ってくる予定なの？　長い沈黙のあとでスティーナが言う。あたしは口をあけるけれど、フォスタリナ叔母さんの声が頭のなかに響く。いつ帰れるかわからないってことを、どうやってスティーナに伝えたらいいのかわからない。窓の外には背の高い郵便配達員が、敷地内の車道を歩いて家のほうへやってくるのが見える。あたしはそのひとが玄関チャイムを鳴らすのを待ってから、スティーナにちょっと待っててねと言って電話を下ろす。でもたぶんもう会話に戻らないのを知っている。うまく説明できそうにない。この感覚。二人のあたしがいるみたい。片方は友達を求めてやまない。でももう片方は、もはや彼らとどのように接していいかわからないのだ。まるで一度も会ったことのない他人を相手にするみたいに。ちょっとした罪悪感を覚えるけれど、それを振り払おうとする。

小包を受け取ると、あたしは扉を閉め、トラックへと戻っていく配達員の後ろ姿を見てる。背が高くて強そうで、受け取りのサインを求められたとき彼の目をまっすぐ見られなかったなあと思う。だけどあたしのほうへかぶさるような姿勢になったとき、立派な体毛が腕や脚を覆ってたのはちゃんと見てた。制服を脱いだとしたら、このひとのアレはどんなふうかなとあたしは思ってた。配達のトラックが行ってしまうのを見送ると、あたしは台所のテーブルにその小包を置く。ヴィクトリアズ・シークレットからの荷物で、フォスタリナ叔母さん宛てだ。きっと寄せあげブラだろう。宛て名の綴りをよく見ると、**フォスターライン**になっている。

地下に戻ると、クリスタルとマリーナはべつのものを見ている。

それいったい何よ。とあたしは訊く。

シーメール。とクリスタルが答える。

シーメールって何？　なんで一気に飛ばしてSまで行っちゃったの？　とあたしは言う。

どうだもいいじゃん。とクリスタルは言う。誰かがヤッてるってとこはおなじじゃん。でしょ？　そうして身体を横にずらし、場所をあける。だけどあたしは両手を腰に当てて立ったまま、座ったものか背を向けて上に行ってしまったものかと考えている。階段をどすどす昇り、怒ってるってアピールしたほうがいいのかも。

画面には背の高い、美人だけれどもペニスのある若い女性が映っている。Lの列で見たレズビアンの動画みたいな、作りもののペニスじゃない。ホンモノだ。これまで見てきたいろんな動画のなかで、これがいちばん度肝を抜いた。あたしは頭がこんがらかってぐるぐるまわるのを感じる。髪が長くてかわいい顔で、喉仏と豊かな乳房とおおきなペニスがぜんぶ、ひとつの身体におさまってる。あたしたちのしてる悪いことのうえに、これはさらなる罪悪感を加える。あたしは言う。途中を飛ばすべきじゃなかったよ。

そうだね。じゃあ戻ろっか。とマリーナが慌てて言い、その声の調子から、彼女もまたシーメールを見る心の準備ができてないんだとわかる。あたしは安堵のため息をつき、そこに座る。マリーナが身を乗り出して戻るボタンを押す。

そうだ、友達のアレクシスがクールなリンク送ってくれたんだ。それ、見たい？　とクリスタルが言う。

どんなやつ？ とあたし。

なんであたしが知るかよ？ うちのコンピュータはめっちゃ遅いんだ。イエス・キリストでもダウンロードせようとしとるのかと思う。

ええっと、でもいま、クールなリンクって言ったよね？ だからもう見たんだと思ったんだけど。とマリーナ。

だから何？ ちょっとずれてよ。とクリスタルは言って、キーボードに手を伸ばす。

最初に目に入るのは、**この動画には不快な表現が含まれていますっ**ていう警告だ。あたしはクリスタルを見て、次にマリーナを見る。二人がどう思ってるか知りたい。というのもこの警告はホラー映画を思い出させるからで、あたしはホラー映画は観たくない。クリスタルは髪のエクステを手櫛で梳いていて、マリーナは膝の上でドラムロールの真似をしてる。あたしは仕方なく肩をすくめて、マリーナのドラムに声で伴奏する。だけど次の瞬間、狂気じみた悲鳴が飛び出してきて、あたしたちは全員していたことをやめてすくみあがる。

悲鳴はまるでこの世のあらゆる苦痛を掻き集めたようで、そして最後は喉を締めつけられたみたいにかすれてる。悲鳴はまるで生きてるみたいにそこに宙づりになっている。あたしはなんでそれを知ってるみたいに、聞き覚えがあるみたいに思うのか考える。だけどどこで、誰の口から聞いたのか思い出せない。あたしは消音ボタンを押したくてたまらない。あたしたち全員、押したくてたまらないのがわかる。身の毛がよだつような悲鳴だから。でも誰もマウスに触らない。それからカメラは遠景に引いていって、その女性が床に横たわってるのがわかる。手のひらを拳に握り、頭は後ろへ投げ出され、口はおおきくひらいて歯がすっかり見えてる。白い花模様のある黄色いドレスを着て、国盗りゲームをするのにうってつけみたいな、長くてすらりとした脚をしてる。一歩が長く、どこまでも走っていけそうな脚だ。

それからひとりの女がカメラのなかに入ってきて、若い女性の脚を摑む。摑まれた彼女はまるで悪魔が内側にいるみたいに、ひどく蹴りつける。それから女たちの集団が入ってきて、彼女を組み伏せ床に押さえつけてしまう。女たちの動きから、あたしは思い出す。故郷でヤギを屠《ほふ》るとき、押さえつけていた男たちの動き。またはあの山の上で、黙示の預言者ビッチントン・ムボロと伝道者たちが美人の女性を押さえつけ、悪魔祓いをしたときの動きを。いま動画のなかで女性はしきりと叫んでいて、あたしにその言語は理解できないけど、交わされる声の熱量から、女たちが彼女に叫んだり蹴ったりするのをやめておとなしくするよう命じてるのがわかる。

この拘束の動きに加わらない女がひとりだけいて、それは彼女が長いナイフを手にしているからだ。背が高く、体格のいい女で、腕は太くて首はキリンみたい。顔はまるい。美人といってもいい。楕円形の目。豊かな乳房。長いスカートは秋の紅葉の色でブラウスも赤色だ。黄色い輪っか状のイヤリングに腕には色とりどりの腕輪、指には指輪をしている。片手に汚れたボロ布を、反対の手にナイフを持ってる。あたしはこのひとがあのナイフで何をするのか訊きたかったけど、口をあけても言葉なんて出てこないことがわかってる。それから隅っこに、とてもとても年老いた、使い古した革みたいな肌の女がいる。この老女は細い目の奥から一部始終を見ている。頷いて、また頷いてを繰り返し、両手は杖を握りしめている。

ナイフを持った女はそのナイフをボロ布で拭いはじめる。あたしは震えあがる。女はその作業をとてもゆっくり念入りに行う。まるであたしたちが見てるのを知ってるみたいに、集中して眉根を寄せている。ナイフの刃に唾を吐き、拭い、唾を吐き拭う。気がすむまで繰り返すとボロ布を投げ捨てる。あたしは両足をぴったりと閉じて押しつけている。クリスタルとマリーナを見やると、二人もおなじ姿勢を取っている。

そしてナイフ女が若い女性に屈み込み、歯を剝きだして下唇を嚙みながら太い指でナイフを握りしめる。ナイフの先が彼女に接近していくときマリーナが立ちあがり、そのまま階段を駆けあがっていくのが音でわかる。あたしも立ちあがって逃げたいけれど太ももは固まったままで重く、あたしはカウチに沈み込んだまま両腕で目だけを覆い、女性の悲鳴を聞いている。悲鳴はいまや鋭くなって、まるで誰かがその声をパラフィン紙に包んで火をつけたかのようだ。

ふたたび目をあけると、床には多量の血が流れている。若い女性は隅っこに移動させられている。ドレスの裾は脚の上にきちんと揃えられている。ほんの二、三分前に何が起きたか、これを見てもわからないだろう。もう叫んだり蹴ったりしない。彼女の内側で荒れ狂っていたものは、それがなんであれ翼を広げてどこかへ飛んでいってしまった。彼女ひとりをそこに、地面から根こそぎ引っこ抜かれた花みたいに残したまま。クリスタルとあたしは座ってる。動かず、両目を見ひらいて。あたしたちが顔を見あわせることはなく、だからいましがた見たものについて、語りあうことはないってわかる。

# クロスロード襲撃

クリスタルは運転免許を取るには幼すぎるけど、だからって車の運転ができないわけじゃない。そんなわけであたしたちは、いまクロスロード・ショッピング・モールへ向かってる。車はマリーナのお母さんので、あたしたちはこれを拝借した。というのもマリーナのお母さんはボージェス病院で夜勤をしていて、昼のあいだはフクロウみたいに眠り、夕方五時まで起きないからだ。だからあたしたちにはモールまで行って帰ってくるのに充分な時間がある。マリーナが言うにはお母さんは死人みたいに眠ってて、仮にトイレに起きるとしても、目はつむったままよろよろ歩いて、首を切り落とした鶏みたいに物にぶつかったりしてる。仮に外へ出たとしても、何も見えないだろう。

こんなことをするのははじめてで、マリーナとあたしも半信半疑だったから、ぎりぎりまでやめようかと思ってた。だけどクリスタルが敷地内で車をバックさせ、ほんの片手で元あった場所へ入れたから、あたしたちはちょっと大胆になり、車に飛び乗りシートベルトを締めて、くすくす笑う。出発する準備ができたとき、だけどハリス氏の姿が目に入る。ハリス氏はマリーナの隣の家に住んでて、車をのろのろ運転しながら家に帰ってくるところだ。あたしたちはサッと頭を引っ込めて、車が隣の家の車庫に駐車して、扉がバタンと閉まるのを耳で確かめるまでじっとしてる。あたしたちは頭をほんの少しあげ、ハリス氏が郵便受けまでもたもた歩き、それからやっと家に入るのを見ている。その動作に十年以上かけられたら、賞でももらえるんだってくらいに、遅い。

マリーナは助手席に座ってる。彼女のお母さんの車だから。そしてあたしはクリスタルの真後ろ、後部座席にいる。それで満足だ。車が正面衝突なんかしたら嫌だからね。最初の数分は身を乗り出して、ハンドルに置かれたクリスタルの華奢な手を眺めていた。あたし自身の手はクリスタルの座るシートを後ろから摑んでいて、まるでそれを運転してるみたい。マリーナは黙ってる。つまり彼女も怖がっていて、まるでこれはちょっとふざけただけであり、車を戻してクロスロードへ行くのはやめちゃおうって提案しようか迷ってでもいるみたい。ひっきりなしに喋ってるのはクリスタル。だけどあたしはろくに聞いていない。あたしはこれがいったいどうなるか、どんな成り行きになるか、ただ見守っている。

車はある箇所で左に逸れ、あたしは鋭く息を吸い込み叫びそうになる。だけどほかの誰ひとり叫ばないから我慢する。あたしたちはしばらく黙って進む。クリスタルがパターソン通りを走り終え、コブ通りを何の問題もなく左へ曲がったとき、あたしはようやく安心してお尻をちゃんとシートに落ち着ける。ウェストネッジ通りへ突入するころには窓をすっかり開け放し、肘を外へ突き出している。まるでこれが自分たちのお金で買った車で、道路にもお金を払ってるみたいな態度。

今日は中等学校の最後の日だったんだけど、ひとりの男の子が教室に弾を装塡した銃を持ち込んで、それでワシントン・アカデミーは休校になり、生徒たちは全員手紙を持たされ帰宅させられた。その様子を見てた子どもたちによると、その男の子は撃ち殺したいひとたちをリストにして持ってたらしい。実弾を込めた銃はたまたま彼のリュックサックから床に落ち、暴発したんだそうだ。守衛さんが男の子を組み伏せて、誰も殺されずにすんだ。

あたしはその場にいなかったけど、バン、バン、バンッていう銃声がカフェテリアから聞こえてきて、生徒や先生たちが悲鳴をあげて鶏みたいにあちらこちらを逃げまどっていた。廊下に詰めかけ、いちどきに逃げようとして必死だった。あたしは故郷の街の、いろんなことが崩壊しはじめて店という店から品物が消えたとき、ひとびとが通りへ押し寄せて死に物狂いでトラックを追いかけてたときのことを思い出した。そのトラックには碾き割りトウモロコシや砂糖、食用油やパンや石鹼や、ありとあらゆるものが積まれていた。

車は教会を通りすぎ、右手に酒屋を左手に中国人の理髪店を、自動車修理場を見ながら走っていく。左手にシェル石油のガソリンスタンド、右手にはスピードウェイ。タトゥー・ショップを、銀行を、ホリデイ・インを、スターバックスを、お金持ちの私立高校を通りすぎる。秋になったらマリーナはそこへ入学し、クリスタルとあたしはセントラル高校へ行くことになる。中華料理屋をインド料理屋を、ウォルグリーンをマクドナルドをバーガーキングを通りすぎる。今日はあたしたちの好きなところへ行けるし、あたしたちが主導権を握ってる。だから街なかのドライブだっていつもと違うみたい。目にするものすべてが自分のものみたい。自分でそれを建てたみたい。あたしは風のなかに五指を広げて、ときどき建物を摑んではまた放り投げる仕草をして遊ぶ。

あたしたちはすいすい進んでいく。そしてこの馬鹿みたいなリアーナの歌を聞かされている。みんなは学校でこの歌を、まるで国歌か何かみたいに流してる。歌そのものが馬鹿みたいなわけじゃない。リアーナにまつわるあらゆることにあたしはうんざりしてるのだ。彼女がニュースに出たりなんだりするようなことぜんぶ。頭のおかしいその彼氏に、リアーナがめちゃめちゃに殴られたことは知ってる。でもだからってまるで人類の危機みたいに、そこらじゅうに写真が出る必要はないと思うんだ。スーダンとかどっかの危機みたいに。車が走ってるあいだ、リアーナが甘ったれた声で歌っていて、あたしはラジオを引っ摑んで窓から放り出したくなる。大人のおもちゃを売る店を右手に通りすぎようとしたあたりで、尾を引くようなサイレンの音が聞こえてきて、あたしたちはパトカーに追いかけられてることを知る。お楽しみはこれまで。ぜんぶおしまい。まるでバケツに入った水を、誰かが躓いて零してしまったみたいに、パアだ。

前回警察に止められたのは、コジョ叔父さんとフォスタリナ叔母さんと車に乗ってたときだった。高速道路を走ってたときで、どこからの帰りだったか思い出せない。警察はコジョ叔父さんを連行しようとしたんだけど、フォスタリナ叔母さんが頼み込んで頼み込んで、なんとか免れ、その場で違反チケットの料金を払っただけですんだ。マリーナは母さんに殺されるとかなんとかそんなことを喋ってて、クリスタルはべつのことを喋ってて、だけどあたしはどちらも聞いてない。捕まったらどうなるか考えるのに精いっぱいだったから。アメリカじゃ監獄に入れられるのは、大人やほんとの犯罪者だけじゃないんだから。

クリスタルが車をわきに寄せて止める。振り返って後ろを見ると、フラッシュライトの青いひかりとサイレンの音が溢れてる。あたしはドアを開けて走って走って逃げてしまおうかと考える。でもすぐに、警察は相手が黒人だと、そんなふうなちょっとしたことでも銃をぶっ放すんだと思い出し、おとなしく座ってることにする。あたしはひとりごとを言う。車なんかで来るべきじゃなかった、いったいどうしたらいいの？　フォスタリナ叔母さんはなんて言うだろう？

パトカーの群れがすごい音を響かせて過ぎ去って、それからだいぶ経ってからもまだあたしたちは、そこで顔を見あわせたままでいる。長いこと暗闇に座ってたあとで、急に誰かが部屋の電気をつけたときみたいに。警察はあたしたちを追ってきたわけじゃなくて、どこかべつのところへ向かっていて、たまたまここへ来あわせただけだってことにだんだん気づく。恐怖がだんだんあたしたちの表情から消えてゆき、あたしたちはそこに座って笑う。おそるおそる、神経質に、それからだんだん大胆さを取り戻して声にも張りが戻ってきて、あたしたちはほんとに笑ってる。笑ってるみたいに笑っている。まるで声だけでこの車を運転できるみたいに笑う。

あたしたちはふたたび車を発進させ、馬に乗った兵士の像のところで赤信号で停車したとき、あたしはあんまり楽しくて、逮捕されなかったことが嬉しくてとても楽しくて、あたしはひとりでに歌を、幼かったころ学校でよく歌った歌を歌い出している。

インド航路を発見したのは誰？

バスコ・ダ・ガマ！　バスコ・ダ・ガマ！

バスコ・ダ・ガマ！　バスコ・ダ・ガマ！

あたしはもはや盗んだ車にクリスタルやマリーナと乗ってるわけじゃなく、あたしはもはやアメリカにいてショッピング・モールに行く途中じゃなくて、あたしは声を高く高くリアーナよりも高く響かせる。あたしはいまや故郷にいて、自分のほんとの街で、友達と一緒に学校にいてあたしたちはみんな黄色い襟のある茶色い制服を着て、クイーン・エリザベス小学校の肩章を着けている。肩章には昇る太陽の絵の下に、**知は力なり**っていう赤い筆記体の言葉が書かれている。あたしたちはインドに行くとこだ。バスコ・ダ・ガマの足跡をたどって、行進して白い靴下と黒い靴を履いて。ここがあたしのいるとこだから、ここでは歌を、まるで内側で燃える何かのように歌うことができるから、あたしは歌い、やがてマリーナがあたしの名前を大声で呼び、クリスタルがラジオを消して、なんなんだよ、静かにしないかよ、って言うまで気がつかない。

なによ、そっちだって大音量でラジオを聞いてたじゃない。その馬鹿みたいな歌。あたしは文句言わなかったでしょ？　とあたしは言い返す。

はん。だけど少なくとも、こっちの聞いてたのは民族音楽じゃあないよ。とクリスタルが言って角を曲がる。あたしはそれが冗談だかなんなんだかわからない。このごろクリスタルは、まるでアメリカ全土に授乳できるんじゃないかってくらい胸がおおきく膨らんできて、それと一緒に我が物顔に振る舞うようになってきた。まるで誰かに女王さまにでもしてもらったみたいに。

とにかくほっといてよね。とあたし。それに、言っときますけど、あたしは英語で歌ってたよ。

いいや、ちげうね。とクリスタル。マリーナがくすくす笑う。車は工事現場にさしかかり、二つの車線が合わさって一本になっている。左手にはドラム缶がならんでる。

なんでわかるのよ？　そもそも自分が英語、喋れないのに。とあたしは言う。

何、言ってたる？　とクリスタル。いまどんな顔をしてるか、彼女が振り返らなくてもわかる。ぜんぶその声からわかる。唇をゆがめて目を細め、眉根を寄せてるのが。何、言ってたる？

だってほんとのことだよ。みんな知ってる。クリスタルがまともな英語を喋れないってこと。ほらいまだって、言ってたる、っていったい何？　とあたしは言って、マリーナが嘘の咳払いをする。それからナアミーンって何？　ナアムセイインて？　アイム・フィンナ・ゴーって？　あんたの英語めちゃくちゃよ。アイ・ベグ・ユア・パードゥンとか、少なくともホワット・ディド・ユー・セイとかユー・ノウ・ホワット・アイ・ミーンとかユー・ノウ・ホワット・アイム・セイイングとか、アイム・ゴーイング・トゥ・ゴーとか言えないの？

何言った？とクリスタルが言う。その声の調子から、すごい形相をしてるのがわかる。

だけどあたしは取り消さない。

ほんとのことだよ。ねえ、はじめてあんたに会ったとき、あたし何言ってるのかぜんぜんわからなかった。ひとっことも、まるっきり。なのにあんたときたら、自分はアメリカ人で英語を喋ってるって言うんだもん！

あたしはどんどん早口になってって、ゆっくり喋るよう気をつけなきゃって思う。興奮すると我を忘れて、アメリカ式の発音が吹っ飛んでしまうからだ。それでもあたしはクリスタルにきっぱりわからせてやったんだと思う。だって彼女はしばらく無言で、ただ前方の道路を凝視し、ひとことも言い返さなかったから。マリーナが振り返ってあたしとハイタッチする。そのとき急に、タールか何かが燃えるような臭いが窓から入ってくる。ひどい悪臭だ。

うわーっ、とマリーナが言い、両手で鼻を覆うけれど、たぶん役には立たない。

あんた何も知らないないよ。としばらくしてクリスタルが言う。振り返ってあたしを、まるで車に立ちこめる異臭の原因があたしであるかのように見る。

第一に、これはエボニックス（アフリカ系アメリカ人で英語を母語としない人々の言葉）と呼ばれてる、言語システム。

だけど独自で、つまり、というのもうちらは気取ったりすることしない。

なんとおっしゃいました？　とあたし。

あっは、なんとおっしゃいましたと来たね。ひー。バカの白人みたく聞こえましょい。

は？　なんですって？

聞こえただろ。クソ。とクリスタルは言って、車は少し速度を落とす。

違うわよ、クリスタル。ダーリンの喋ったのはふつうの英語よ。とマリーナが言う。

誰もあんたに言ってないよバカ。とクリスタルがマリーナのほうを向く。それにあんたにゃ言う資格ないね。ナイジェリアの映画観たけど、誰ひとり話せませんでした。まる。

その映画は字幕がついてた。なんでだと思う？　とクリスタルが言う。笑うつもりはなかったけど、あたしはやっぱり笑ってしまう。

ふむ。ここには真実がある。つまりあんたの映画を観るとき、字幕を読まないと駄目だった。英語で喋ってる映画だったんだけど。

それはそっちの頭が悪いからでしょ。それにあんたの映画、って何よ。わたしが映画に出てたとでも言うわけ？　とマリーナが、険のある声で答える。クリスタルが笑って、あたしは窓の外の犬を見る。その犬は隣を走る車の後部座席に座ってて、まっすぐ前を見つめてる。運転手が間違ったほうへ曲がらないか見張ってるみたいに。方向の番をしてるみたいに。工事現場はそこで途切れて、車線はふたたび二本に戻る。

あと頭がいい悪いで言ったら、あんたたちの国民全員、超かしこいって言わないと。さもなきゃあの419のクソなんかひねり出せねえ。とクリスタルがマリーナに言い、車は車線を変更する。

419のクソって何？　とマリーナ。

迷惑メールのこと言ってるんだよ。知らないふりしても駄目だよ。とあたし。ほらこういうの。ミス・ダーリンさまへ、あなたの助けが必要なのです、この闇金を洗うお手伝いをしてくれたら、百万ドルが稼げますよ、とか。ほかにはたとえば、わたしはどこどこ銀行の頭取です、こちらの裕福なお客さまが飛行機事故に遭われまして、相続人がいらっしゃらないのであなたさまに二千万ドル差しあげたいのですがいかがですか？　とか。こういう頭のおかしい電子メール。いまも迷惑フォルダにゴマンと入ってるけど、送信元はぜんぶナイジェリアなんだよね。とあたしは言う。

なんの話だかさっぱりわからないわ。そんなメール、受け取ったことないもの。とマリーナが言う。

はん。そりゃあんたたちが自分で送ってるからさ。とクリスタルが言って、あたしは拍手しクリスタルと二人して大笑いする。

ちっとも可笑しくないわよ。とマリーナ。その言葉にはすごく棘があったので、あたしとクリスタルはおとなしくなる。だって車はマリーナのお母さんのだから。

制限速度、何キロか知ったひとは？　とクリスタル。

知るわけないよ。どっかに標識か何か出てないの？　とあたしは答える。

鉄道線路を渡ろうとしたとき、信号が点滅してあの棒みたいなやつが降りてきた。クリスタルは電車に先駆けて渡ってしまおうとしたけれど、速度が足りない。最後の最後でやめて急ブレーキを踏み、あたしたちはがくんと揺さぶられておおきく前へのめる。あたしはクリスタルの座席の背もたれにしがみつかなきゃならない。さもなければそこへ激突してる。

悪い、悪い。とクリスタルが言う。

気をつけてよ。うちの母さんの車なんだからね。とマリーナ。

怒るなよ、もう。悪いって言ったじゃん。とクリスタル。

あたしたちはそこに停まって電車が通りすぎるのを見てる。青い電車なら、三分かそこら待ってればまた通れるようになる。だけどこれは茶色い、長い電車で、永遠みたいに時間がかかる。神がこの世界を創ったときでも、こんなにはかからなかっただろう。

見て見て。とマリーナが言う。左手を見ると赤い車を運転してるやつが、身を乗り出してこっちの車を覗き込んでいる。まるであたしたちのこと知ってるみたいに。彼が長い舌を出してそれを揺らしたので、マリーナが歓声をあげる。

わ、最悪。あんな頭の悪いの、相手にするなよ。とクリスタル。でもあたしはこっそり覗いてる。男の子たちがあんなふうに舌を出すとき、あたしは怖いと思うけれど面白いとも思う。目の前では電車が唸りをあげてる。車両のあとにまた車両のあとにまた車両のあとにまた車両。落書きしてある車両もあるけど、何が書かれてるかまではわからない。それからようやく電車が通りすぎ、棒みたいなやつがあがって、あたしたちも動けるようになる。

車をボーダーズのわきに停めて駐車場から歩いて出る。まさにそのとき、黒いワゴン車の隣にあたしは自分の車を見つける。あたしは躊躇ったりしない。走っていって呼びかける。あたしのランボルギーニ、ランボルギーニ、ランボルギーニ・レヴェントン！　取り乱して見えたのかなんだか知らないけど、マリーナが車からあたしを引っぺがして、何ごとなの、って尋ねる。

あの車がいったいいくらするか、知ってるの？　と、駐車場を後にしながらマリーナが言う。

いくらするの？　とあたし。

二百万ドル近くはするね。とマリーナ。

嘘だね。二百万ドル？　あんなちいさい車に？　とあたし。

へーえ。とクリスタル。

グーグルで検索したらいいわ。ちいさいけど世界一高い車なんだから。とマリーナ。

そっか。とあたしは答え、それ以上踏み込まない。車がやってきたので足を止め、少し待ってから道を渡ってショッピング・モールに入っていく。自分の口からはどうしても言いたくなかったんだ。その車がそんなに高いなら、つまりあたしにはぜったいに所有できないってことで、所有できないってことはつまり、あたしは貧乏だってことになるんだろうか。だとすれば、アメリカに来た意味っていったいなんだろう？

振り返って駐車場を見る。だけどたくさんの車に紛れて、ランボルギーニは見つからない。あたしはあちこちに首を長く伸ばしてみるけど車はどこかへ行ってしまった。まるで夢みたい。夢を見たってことはわかるけど、どんな夢だったか思い出せない、そんな夢みたいだと思う。クリスタルとマリーナの後ろを、あたしはちょっと遅れてついていく。何度も何度も振り返って、振り返って見られるように。もしもバスタードとスティーナとチポとゴッドノウズとシボがここに一緒にいたら、みんな叫んでからかって、吼えて笑って死ぬほど笑い転げてるだろう。

ボーダーズに入ると赤いベストを来てあちこちにバッジを着けた年寄りの女のひとが、わざとらしい笑みを浮かべて扉のところであたしたちを出迎える。何かお探しですか、お嬢さんがた？ あたしたちはそよ風みたいに素通りする。クリスタルが先頭、次にマリーナ、そしてあたしが続く。あたらしい本の匂いがそこらじゅうに満ちている。だけど止まって眺めたりしない。あたしは本は嫌いじゃないから、ちょっと見たかったんだけど。それでも面白い本はしばらく読んでない。いつもパソコンやテレビに気を取られてるから。最後に読んだのは『ジェーン・エア』で、一文一文はうざったらしく長いし、何もかもあたしには退屈だった。ジェーンときたらいつでも馬鹿な決断をしててムカつくし、物語は間が抜けていて本を放り出したくなった。でも我慢して読み通した。英語の授業でレポートを書かなきゃならなかったから。

まだ午前の早い時間で、ショッピング・モールはだいぶ静かだ。あたしの国にあったら、この時間には人混みで地鳴りがしてるだろう——向こうのエスカレーターには、天国にでも連れていってもらうみたいに、高層ビルみたいな高い声を響かせる子どもたち。三階のヴィクトリアズ・シークレットにいてもその声は聞こえてくるだろう。一階には噂話をしてては笑う母親たち。順繰りに顔をあげては子どもたちを注意して、身体は絶え間なく動きまわる。女のひとはいつでも何かすることがあり、じっと立ってることができないのだ。ペイレスの外のベンチのあたりには何かしてる男たち。キングスゲートの煙草をまわし飲みするかもしれないし、新聞をみんなで眺めて、サッカーのヨーロッパ戦の得点について、あるいはイラク戦争について議論してるかもしれない。男たちの声は深く、女たちや子どもたちの声みたいに高く響いてくることがない。男はいつも声を低く落としておかねばならないから。それから広場には、糸を使った顔脱毛をするインド人の若い女性と、ハウス音楽にあわせて踊る若者たち。ＤＪスブとＤＪジンレ、そしてボジョ・ムジョの音楽。無謀なほどに身体を捻じ曲げる、まるで自分の身体じゃないから壊れたって構わないような踊りかた。それからエレベーター付近のマッサージ・チェアのところには、日向ぼっこをするトカゲみたいに手足を伸ばす歯の抜けた老人たち。よぼよぼの身体をマッサージの機械が動いていくたび、喉から声を出す。それからキャンドル屋さん近くの公衆電話の前には、長いひとの列。シカゴとかケープタウンとかパリとかアムステルダムとかリロングウェとかジャマイカとかチュニスとかの親戚にかけようと、苛立たしげに待つひとたち。そして空中では、朝食の食べもののくらくらするような匂いが、メイシーズから漂ってくる香水の匂いを切り刻む。それからフット・ロッカーの外のちいさな広場では、たぶん作りものの木の下で誰かが聖書を説く。その周囲にできたちいさな群衆はきっと信じるべきか信じないべきか迷っている。そのひとたちの足もとにもモールのなかにもゴミが散らかっていて、住んでるひとがいるってわかる。

奇妙な感覚があたしを襲う。マリーナが上階からあたしの名前を叫んでいる。そしてあたしは自分が空想に入り込んでしまってたこと、二人があたしをピアス屋さんの外へ残して上へ行ってしまったことに気づく。あたしはエスカレーターに飛び乗り、上の階に向かっていく。反対側の下りエスカレーターには、髪を後ろに撫でつけた小柄な男性が乗っていて、ゴミの入ったおおきな袋を二つ抱えている。名札には**ジーザス**と書いてある。あたしたちは顔を見あわせて笑う。そうするべきなんだと知っている。すれ違うとき彼は、ブエノス・ディアス、セニョリータってスペイン語で言う。あたしはますます笑顔になって、ブエノス・ディアスって返す。

ベスト・バイのなかでクリスタルが、ヘッドフォンを頭につけて激しく首を振っている。マリーナはｉＰｏｄをじっと見ていて、買おうか迷っているみたい。あたしはポスター売り場で立ち止まるけど、素通りしてＤＶＤのとこへ行く。『ソルト』ってタイトルの、アンジェリーナ・ジョリーがカバーになってるＤＶＤを手に取る。アンジェリーナ・ジョリーの映画をあたしは観たことがないけど、彼女は世界じゅうどこだって行けるし、望むならどこでだって赤ちゃんを手に入れられるって知ってる。彼女がエチオピアでちいさなかわいい女の子を養子にしたと聞いたとき、あたしは嫉妬した。あたしの国に来てくれてたら、そしてあたしがちいさいときに養子にしてくれてたらよかったのに。そしたらいまごろ、ダーリン・ジョリー＝ピットになって、豪邸に住んで自家用ジェットであちこち飛びまわってたのに。でもそれでもやっぱり、彼女はきっとシボを選んでいただろう。シボは美人だから。

ひとりの男がネルソン・マンデラに扮して映ってるDVDを見つけると、あたしはアンジェリーナを棚に戻してそっちを手に取る。『インビクタス』って書いてある。この映画は観たことないけど話題になってるのは聞いた。フォスタリナ叔母さんにブロックバスターで借りてきてもらうか、TKにネットフリックスで手に入れてもらえるか頼もう。

何しとるん？　とクリスタルが、音楽の売り場からこっちへ来る。ガムの包み紙をひらいてる。あたしが手を出すと、クリスタルはくるりと目をまわしてから、それをあたしの手のひらに載せて、自分はもうひとつ剝きはじめる。

『インビクタス』を見てたの、ほら。とあたしは、その映画はもう観たようなふりをする。ガムを口に放り込む。スペアミント。

このひと誰だか知ってる？　あたしはDVDを掲げてカバーをクリスタルに見せる。

ぷぷっ、モーガン・フリーマンを知らないやつなんている？

そうじゃなくて。あたしの訊いてるのは、彼が誰の役をしてるかってこと。

誰?

ネルソン・マンデラだよ。とあたしは答え、その声が誇らしげなのに自分でびっくりする。まるで知り合いの話をしてるみたい、まるであたしがマンデラと国盗りゲームやなんかをして遊んだことがあるみたい。

ああ、そだね。あのTシャツにプリントされてるおじいさん。うちはJ・C・ペニーに行こう。みんなも。とクリスタルは言って、もうベスト・バイから出て歩きはじめてる。

店を出るとマリーナは、宝石屋さんの、腕時計を売ってるあたりで足を止める。あたしも止まるけど、クリスタルはJ・C・ペニー目指して歩き続ける。腕時計は美しく、そしてとても価値が高そうだ。あたしは両手を腰に当てて笑う。

何笑ってるの? とマリーナが言う。

だって、この値段おかしいんだもん。三千ドルもする腕時計なんて、誰が買うのよ? とあたしは答える。

うーん。わたしなら、買えるだけのお金があったら買うと思う。質のいいものを欲しいと思うのは、ぜんぜんおかしなことじゃないわ。とマリーナは言う。

どうでもいいけど。ってあたしは言って、ガムをふくらませて、マリーナの耳のそばで破裂させる。嫌がらせだ。それから隣のショーケースのダイヤモンドの指輪に移る。指輪もやっぱり高価で、だけどあたしは世界じゅうのお金を持ってたとしても、こういうものは買わないだろうと思う。それから、ほかのとはどこか違って見える指輪に目をとめる。輪の部分がねじってあって、芥子粒みたいなダイヤモンドを集めて作った飾りがついてる。値札を見ると二万二千五十ドル。そこであたしはこの店はまったくクレイジーだとマリーナに言おうとするけど、そのとき歯がガムを逃してしまい唇の内側を嚙んでしまう。痛みが走り、あたしは目を閉じ片手で口を押さえつける。しょっぱくて金属っぽい血の味が舌に広がってゆく。

J・C・ペニーに入ると、まっすぐジュニア服の区画へ向かう。あたしたちはジーンズを、Tシャツを、ドレスをセーターを手に取り、好きなものを片っ端から手に取り手に取りしていく。あたしたちはあんまり話さない。誰かがあとをついてきて、なぜ学校へ行かずにここにいるのかとか、母親はどこにいるのかとか質問をするのが嫌だからだ。ときどき互いを見失うけど、すぐにまた出くわすことになる。というのもくるくる輪を描いて動いているからだ。両腕がいっぱいになると、試着室へ向かっていく。一度の試着は五着か六着までという店もあるけれど、J・C・ペニーはそういうんじゃない。ここなら好きなだけ、山のように持って入っても構わないし、誰にも文句は言われない。

パーティーのドレスアップね。とマリーナが試着室のなかから叫ぶ。

しーっ、あんまりおおきな声出さない。とクリスタル。

どんなパーティー？　とあたし。

スウィート・シックスティーン。とマリーナが、声をひそめて言う。

試着室から出てみると、マリーナは肩紐なしの黒いドレスを着ていて、きらきらひかる何かが胸からお腹までずっと縫いつけてある。スカートの部分はレースっぽいもので覆われている。クリスタルはフリルのついた赤いドレス。袖はなくて襟ぐりが深く、おおきなおっぱいがこっちの顔に迫ってくる。クリスタルの好み通り。そのうえ胸をぐいっと突き出してるからおっぱいがさらに強調される。そしてあたしは、床まで引きずる長いクリーム色のドレス。あたしたちはモデルみたいに立って、鏡に映る姿を眺める。

そういうストラップレスを着るには、おっぱいが足りないね。とクリスタルが、鏡のなかのマリーナを見ながら言う。あたしはくすくす笑うけれど、笑いすぎないよう気をつける。だってあたしのおっぱいときたら、ちいさいちいさいやつだもん。ときどき、ブラジャーなんて要らないんじゃないかと思うくらい。

ほっといてよ。とマリーナは言い、くるりと目をまわして見せる。

ベスト・ドレスはクリスタルだってことで意見が一致して、ふたたび試着室に戻ると、今度はダンス・パーティーのコーディネートをする。出てきてみると、みんな娼婦みたいだ。短いスカートはしゃがむとぜったいパンティーが見えそうだし、ぴったりしたトップスは息もできないくらい。あたしたちはあまり長く鏡の前にいない。たぶんちょっと恥ずかしいから。急いで試着室へ戻ると、今度はガールズ・ナイトのコーデ。あたしたちはお互いを見て笑ってしまう。だって全員おんなじような細身のジーンズを穿いてるし、マリーナとクリスタルにいたっては、まったくおなじレースの袖なしシャツを着てるんだもん。違うのを着てるのはあたしだけ。お腹のところにフランス国旗がついてるVネック。この回はあたしの勝ちだ。だけど試着室へ戻ろうとすると、マリーナが言う。アフリカの旗がついてる服を着たってよかったわね、と。

プロムのコーデ。教会へ行くコーデ。レッド・カーペットのコーデ。ブラインド・デートのコーデ。あたしたちは着替えて着替えて、そのたびごとに出てきて褒めたり較べたり。フットボールの試合に行くコーデに着替えたところで、小柄な、医療用のスクラブを着た女性が二、三枚の服を抱えてやってくる。彼女はあたしたちを見ても何も言わず、ただ通りすぎて障害者用の試着室へ入っていく。クリスタルがとくに理由なく笑う。だけど女のひとが扉を閉めてしまうと、マリーナが、わたしもう着替えて家に帰る。と言う。あたしが、なんで？　と訊くのと、クリスタルが、マジで？　と言うのと同時だ。

あたしたちはもとの服に着替えて、ぜんぶをぐちゃぐちゃの山のまま放置する。

誰が走らずにいちばん早く車まで行けるか、競争しようよ。とあたしが言う。そしてスタート。体重を減らそうとしてるひとみたいな競歩の足取りで、J・C・ペニーを出て宝石屋さんとダイヤモンドを通りすぎ、エスカレーターを降りて売り場の小店舗を通りすぎ、マッサージ・チェアに座る老人たちを通りすぎる。あたしは先頭を歩いてたけど振り返るとマリーナが危うくも迫っていて、あたしはせっせと両腕を振り、四、五、六を数えて、歩く、歩く。ボーダーズを突っ切って、外への扉にたどりつくころにはもう我慢できなくなって、両手でドアを押しあけると一目散に走りだす。クリスタルが追い抜いて先に車に着いてしまう。背後でマリーナが叫ぶのが聞こえる。ずるい、あんたたち、ずるいわよ。ルール違反！

車のなかは悪魔が罪人を火あぶりにしてるみたいな暑さで、窓を下ろして腕を投げ出す。彼女が目に入ったのはそのときだ。あたしたちの真正面に停まった車のなかで、黒いヒジャブを着けた女のひとが、ハンドルの向こうに座ってハンドバッグを掻きまわしている。たぶん鍵を探してるんだろう。彼女はあたしたちを見てちょっと微笑むと、またハンドバッグへ戻っていく。だけどあたしたちは彼女を見続ける。まるで動物園にいるみたいに。三人とも何も言わないけど、あたしたちが見つめてるのは彼女の着ているもののせい、テレビで見るようなその格好のせいなんだとわかってる。女のひとの服装がジーンズとかそういうのだったら、あたしたちは見向きもしないだろう。

クリスタルが車のエンジンをかける。だけど運転の仕方を忘れたみたいに、そのままそこへ座ってる。

母さんの車、故障でもした？　とマリーナが言う。あたしは身体を乗り出して、二つの座席のあいだに首を突っ込み、何が起こってるのか見ようとする。

ねえ、ジョージのことなんだけど。とクリスタル。

ジョージって誰？　とマリーナ。

学校に銃を持ってきたあのマザーファッカーの小僧だよ。とクリスタル。

その子がどうしたの？　とあたしは言って、向かいの車の女のひとが手を振ってきたから振り返す。たぶんあたしたちがじっと見てたから手を振ったんだ。それからマリーナも手を振って、女のひとが車を発進させて行ってしまうまで振り続ける。

なんでもない。とクリスタルが言う。そして車をバックさせはじめる。

家に帰ると、フォスタリナ叔母さんがちょうど敷地から車を出そうとしてるとこだ。叔母さんは窓ガラスを下げて、これからシェイディブルックに行くんだと言う。そこであたしも車に乗り込み、学習鞄を後部座席へ放る。叔母さんはシェイディブルック療養ホームからしょっちゅう呼び出される。チャカ・ズールーを宥《なだ》めるためだ。チャカ・ズールーは狂気がはじまると、ほかの患者やスタッフを脅す。部屋のどこかに隠してあるという長槍《アセガイ》を持ち出すと言って脅すんだ。先の尖ったそのアフリカの槍はあたしも見たことがある。だけどそれはほんとのことじゃない。ある日見せてくれたのは、ただの絵に描いた槍だった。チャカ・ズールーはそれを折りたたみ、ほかの写真のあいだに隠している。彼が幼かったころ、故郷の国にいたころに撮ってもらった写真だ。

チャカ・ズールーの狂気というのは、いつも飲んでる薬の効き目が切れるとあらわれてくる。そうなると英語を話そうとしない。療養ホーム所長のクラウディーンは、物静かできれいな女性なんだけど、そんなときフォスタリナ叔母さんを電話で呼び出し、チャカ・ズールーに故郷の言葉で話しかけて欲しいと頼むのだ。それだけが唯一、効き目のある対処法なのだという。だけどフォスタリナ叔母さんにわかったのは、チャカ・ズールーが狂気に陥ってるとされるとき、彼がほんとに求めてるのは宥められることじゃなくて、話を聞いてもらうことらしい。その狂気は彼をひっきりなしに喋らせる類いのもののようだ。だから叔母さんはあたしを連れていく。叔母さんはすぐ、聞くことに飽きてしまうから。

今日はあたしたちは車を静かな通りに駐車して、煮えたつ毛布みたいな空気のなかをシエイディブルックまで走っていく。呼び鈴を鳴らす前に扉があいて、金髪のにやにや笑いの狂気のひとがそこに立っている。彼の名はアンドリュー。頭のどこかに問題があるんだけど、同時にとても賢くもある。たとえば二ヵ月前、警察が彼を逮捕しにやってきた。どこかのウェブサイトをハッキングして、彼自身の猥雑な写真を貼りつけ、訴えられたというのだ。フォスタリナ叔母さんはアンドリューの横をそよ風みたいにすり抜けて、チャカ・ズールーの部屋のある地下へと降りてゆく。

こんにちは。とあたしはアンドリューに挨拶する。というのもあたしは、誰かのそばをまるでそのひとがいないみたいに通り抜けるのが苦手だからだ。そのひとの頭がおかしかったとしても。シェイディブルックはいつ来ても病院の匂いがする。あたしはすでに胃が痛みはじめてる。

やあ、ピーター。とアンドリューはあたしに言う。煙草持ってない？　彼はいつだってそう尋ねる。あたしは首を横に振る。これもいつものこと。彼にピーターと呼ばれても、もう訂正するのはやめてしまった。集いの部屋に、見たことのない女のひとがいるから手を振る。彼女は歩行器の横に座り、物憂げに宙を眺めている。まるで何かを待つように。まるで天使がやってきて祝福してくれるのを待つように。かたわらではテレビがつけっぱなしだ。あたしはすばやく目を逸らす。病気のひとのそばにいると、いつも申し訳なくなる。あたしにしてあげられることはないからだ。

チャカ・ズールーは伝統的な民族衣装を着て、ベッドの上に立っている。クラウディーンが腕を組んだりほどいたりしながら地下を行ったり来たりしている。

来てくれてほんとうに助かるわ。と彼女はフォスタリナ叔母さんに小声で言う。いつまでこれに対応できるのか、わたしわからない。と続ける。

大丈夫よ、連絡もらってすぐに来たの。あなたは少し休んでて。とフォスタリナ叔母さんが答える。

チャカ・ズールーは盾を手にすると、白髪交じりの頭の上にかざして、こう叫ぶ。バイエセ、この住まい《クラール》へそなたを歓迎するぞ。わしの長槍を見たいか? あたしは笑いをこらえるのに必死だ。いまチャカ・ズールーは正気を失ってるんだってわかってるけど、でもそれとこれとはべつの話。彼がほんとうには危険じゃないってところは救いだった。チャカ・ズールーはベッドから降りると、木でできた丸椅子へ進み出る。故郷で年老いたひとが使ってたような丸椅子だ。そして上半身裸のマサイ族の女の子が写ったポスターの下に座る。彼女は全身に狂ったみたいにビーズをまとっている。

チャカ・ズールーの部屋にいると、記念博物館とかそういうとこにいるような気分になる。壁がそういうもので埋め尽くされている。ネルソン・マンデラについての、刑務所から出てきたときとかの記事の切り抜き。あたしたちの国の大統領が、はじめて大統領になったときの写真。このときはまだ髪がすっかり残ってる。クワメ・エンクルマやコフィ・アナンの写真。デズモンド・ツツのおおきな写真。ミリアム・マケバの、ブレンダ・ファッシーの、ヒュー・マセケラの、ラッキー・デューベの写真。クレド・ムトワの記事の切り抜き。ベベ・マンガの、レレッティ・クマロの、ワンガリ・マータイの額縁入りの写真。などなど。

家族の写真は分けて飾られていて、壁一枚をまるまる占めている。チャカ・ズールーが正気を保ってる日には、写真をひとつひとつ案内し、息子たちや娘たち、姪たち甥たち孫たちを指し示してくれる。彼らがどんな仕事をしているか、何が好きか、どこに住んでるか、誰と結婚してるか教えてくれる。あんまり細かく憶えてるので、あたしはいつも驚いてしまう。まるで彼らといまも一緒に暮らしているかのようだ。チャカ・ズールーは子どもたちと孫たち全員に名前を付けた。ゲゼフィ、シサ、ノクトゥラ、ネネ、ニコラス、マコシ、オフィーリア、ダグラス、サキレ、エデン、デイヴィ、イアンといった名前を与えた。どの名前も念入りに考えたすえ、電話越しに伝えられた。

わしはそうやってこの子たちに触れる。チャカ・ズールーはあるとき、あたしと一緒に名前をたどっていたときにそう言った。

いいか。この子たちがその名を呼ばれて応えるたびに、わしは見えない手になってひとりひとりに触れながら、わしの一族なのだと呼びかける。彼はそんなふうに言った。チャカ・ズールーのわずらってる狂気がなんなのか、あたしは正確には知らない。一度フォスタリナ叔母さんが病名を教えてくれたけど、ややこしい名前だったから忘れてしまった。だけどあたしが見てきたひとたちよりずっとマシだと思う。いつかブダペストを襲撃して帰る途中、あたしたちは頭のおかしい半裸の男に、家までずっと追いかけられたことがある。それから、パラダイスへ移ってくる前だけど、とある結婚式で花婿がいきなり立ちあがり、丸太を持ってひとびとを殴りはじめたこともある。自分の花嫁も含めてだ。花婿はその後も回復せず、彼のゆくところ、ひとびとは命が惜しくて逃げまわっている。

# いかに彼らは暮らしたか

そしてどこから来たのと訊かれると、あたしたちはただまなざしを交わして恥ずかしげに微笑んだ。まるで幼い花嫁のように。アフリカから？　と彼らは訊いた。あたしたちは首を縦に振った。アフリカのどこから？　あたしたちは微笑んだ。子どもたちが飢えて死ぬのをハゲタカが狙ってる国？　あたしたちは微笑んだ。平均寿命が三十五歳の国？　あたしたちは微笑んだ。反体制派が女たちの脚のあいだにＡＫ47を突っ込む国？　あたしたちは微笑んだ。ひとびとが裸で逃げまどう国？　あたしたちは微笑んだ。互いに虐殺しあってる国？　あたしたちは微笑んだ。年取った大統領が選挙を不正操作して、国民は拷問を受けて殺され、大量に監獄にぶち込まれたあの国？　みんながコレラでばたばた死んでく——オーマイゴッド、そうだ、きみたちの国は知ってる。ずっとニュースで流れてた。

そしてこうした言葉が彼らの唇から割れた煉瓦のように零れ落ちると、あたしたちはふたたびまなざしを交わし、その目は濡れていくのだった。微笑みは消えゆく影のように溶け、あたしたちは啜り泣いた。あたしたちは啜り泣いた。祝福されたあたしたちの、惨めなあたしたちの国のために。啜り泣いて啜り泣いた。彼らはあたしたちを哀れんで、そして言った。大丈夫、大丈夫だよ——きみはもう、アメリカにいるんだから。それでも啜り泣き啜り泣き啜り泣き、すると彼らはあたしたちにふわふわしたちっちゃなものをくれた。ほら、ここにティッシュがあるよ。あたしたちはそのふわふわを手に取り、ポケットのなかにしまった。あとでじっくり見るためだ。そしてあたしたちはまだ啜り泣き、啜り泣いた。まるで寡婦のように。まるで孤児のように。

アメリカであたしたちは、生まれてこのかた見たぜんぶをあわせたよりたくさんの食べものを見た。あたしたちはあまりに嬉しくて、自分たちの魂のゴミ捨て場を引っ掻きまわし、染みだらけのこなごなになった神を拾いあげた。ずっと以前、故郷にいたころ神をそこへ捨ててしまったのだ。絶望したときに捨ててしまった。空腹のあまり目眩がしたとき神を捨ててしまった。神はなぜ我々に情けをかけてくださらないのか？ なぜ？ と考えた。なぜ我々の祈りを聞き入れてくださらないのか？ と考えた。こんなに懇願して懇願して懇願したというのに、たったひとくちぶんの食糧さえ恵まれないのはどういうことか？ と考えた。そして怒りのあまり盲目になって神を投げ捨て、言った。神なんか要らない。こんな暮らしをしてるなら神なんか要らない。けっして与えられないもののために祈るくらいなら神なんていないほうがマシだ。

だけどアメリカへやってきたとき、このたくさんの食べものを見てあたしたちは息を呑み、考えた。待てよ、神はいるのかもしれない。喜びと感謝のあまり、打ち捨てられた神のかけらを見つけてふたたび組み立て、ダラーショップで九十九セントで買ったクレイジー・グルーで貼りあわせ、そして言った。いま我々は、神を信じます。神がほんとにいることを信じます。そしてふたたび祈りはじめた。マクドナルドであたしたちはビッグマックをがつがつと食べ、ポテトをむさぼりスーパーサイズのコーラをごくごくと飲んだ。バーガーキングであたしたちはワッパーの信者となった。KFCでバケット・チキンをひと呑みにした。中華料理の食堂に行き食べられるだけ食べた――チャーハン、鶏肉、牛肉、エビ。そしてメニューが読めなくて名前のわからない料理については、指さしてこう言った。あれが食べたい！　と。

あたしたちは豚のように、狼のように、政府高官のように食べた。ハゲタカみたいに野良犬みたいに怪物みたいに食べた。王侯貴族みたいに食べた。飢え続けた過去のぶんまで、両親や兄弟や姉妹や親戚や友達のぶんまで食べた。まだあの国にいるひとたちのぶんまで。口いっぱい頬張る途中にそのひとたちの名前を呟き、お腹をすかせた顔とひび割れた唇を思い出した――あたしたちと一緒にここに来て、自分で食べられないひとたちのために食べてあげた。そしてお腹がいっぱいになると、ゾウみたいな威厳をもって、中身の詰まった身体を運んだ――アメリカにいるあたしたちを見せてやりたい、自分たちの国じゃない場所で王さまみたいに食べてるあたしたちを、故郷の国に見せたいと思った。

アメリカは最初あたしたちをずいぶん驚かせたものだ。自分の身体が気に入らないなら医者に行ってこんなふうに言ってもいい。先生、わたしは間違った身体に生まれてしまったんです。正しい身体に変えてください。先生、この鼻嫌いなんです。この胸、この唇嫌いなんです。年老いた両親を遠くへ追いやり、赤の他人に世話させるひとびとをあたしたちは見た。我が子を引っぱたくことを許されない親たちをあたしたちは見た。こうした奇妙な物事を、これまでの人生では見たこともなかったようなことをあたしたちは見て、そして言った。ここはいったいどういう国なんだ。いったいどういうところなんだ？

あたしたちは自分の国にいるわけじゃないから自分たちの言葉は使えなかった。だからあたしたちが話すとき、喉を通って出てくる声は傷ついていた。あたしたちが喋るとき、舌は口腔をむちゃくちゃに鞭打ち、酔っ払いみたいに躓いた。あたしたちが使ってるのは自分の言葉じゃなかったから、言おうと思ったのとはべつのことを言ってしまった。ほんとうに言いたかったことは内側に折りたたまれ仕舞われたまま。アメリカであたしたちにはいつも言葉があったわけじゃない。自分たちだけでいるとき、ほんとの自分たちの声で話すときだけ言葉はあたしたちとともにあった。ひとりでいるときあたしたちは言葉の馬を呼び出して、その背中に乗ってギャロップして摩天楼まで駆けあがった。そこから降りて帰るのはいつも気の進まないことだった。

アメリカにたどりつくのはたいへんなことだった――縫い針の肛門を通り抜けるよりたいへんなことだった。ビザとパスポートのために、あたしたちは懇願し、自棄になり、嘘をつき、平伏し、約束し、色仕掛けをし、賄賂を使い――あの国を出るためならなんだってした。パスポートと旅費のために、チャカ・ズールーは父親から受け継いだ雌牛を、故人の遺志に反してすべて売ってしまった。パーシヴィアランスは妹のネトサイを中途退学させねばならなかった。ンクォはボツワナの畑で九カ月働いた。ノツィフォやプリムローズやシセロクーレやマイデイは、旅券事務所のデブの黒ブタ、バニイレ・コーザと寝た。娘たちは横たわり、脚のあいだにバニイレを許し、心はアメリカを想っていた。

あたしたちをちゃんと送り出すために、年長者たちは乾いた大地に煙草を撒いて祖先の霊を呼び出した。あたしたちを守ってもらうために。遠く過ぎ去った日々とは違い、精霊たちは足もとの地面から躍り出てきたりはしなかった。彼らは這いあがり、立ち尽くした。彼らは腹をすかせていた。彼らは血を肉をキビ酒を欲した。供物を欲し、贈りものを欲した。そしてあたしたちにはほんの少しの煙草しかあげられるものはなかった。すると精霊たちは心配で乾き衰えた目であたしたちを見た。互いにこう囁き交わした。このものたちはあのメリカとやらでどうやって欠けるところなく生きていけるだろう。祖先の墓からそんなにも遠く離れたところで？

メリカでひとは邪悪の恐怖におびえているのではないのか？

メリカに行くのは墓に入るようなものだと言われているではないか？　そんなところに行けばもうおのれの一族に会えなくなるから、自分を埋葬するようなものだ。

メリカは悲惨な土地なのではないか？　それはずっとずっと以前、黒人の息子ら娘らが略奪され連れていかれた場所ではないか？

あたしたちはそれを聞いたけど、その囁きは右耳から入って左耳から抜けてしまうのだった。あたしたちは聞こえないふりをした。あたしたちは頑固だった。あたしたちは聞き入れず、あたしたちはアメリカに行くのだった。略奪された黒人の息子ら娘らの足取りをたどり、あたしたちは行くのだった。そう、あたしたちは行くのだ。そしてアメリカに着いたとき、あたしたちはかつて抱いていた夢を取り出した。心のなかから取り出して、まるで生まれたばかりの赤ん坊を見るように愛しげにそれを眺め、そして捨てた。あたしたちはもはや夢を追わなかった。あたしたちがかつてなりたかったものになることはけっしてない。医者に弁護士に教師に技術者になることはけっしてない。あたしたちのビザは学生ビザだがあたしたちのための学校はない。そもそも学校に行くお金なんてないことは百も承知だったけど、学生ビザを申請した。それが唯一あの国から抜け出す手段だったから。学校に行くかわりに働いた。あたしたちは働いた。ソーシャル・セキュリティ・カードには、**移民帰化局の許可を得た労働に対してのみ有効**と書かれている。だけどあたしたちは歯を食いしばって、法を破って働いた。ほかにどうしようがあっただろう？　あたしたちにどうしようがあっただろう。誰にどうしようがあっただろう？　そしてあたしたちは法を破り、恥ずかしさに顔を伏せていた。あたしたちはかつて一度も法を破ったことがなかった。あたしたちは顔を伏せていた。だってあたしたちはもう人間じゃなくて違法者だったから。

違法者をどう取り締まるかひとびとが議論しているとき、あたしたちは呼吸を止め、笑いを止め、すべてを止めて耳をすました。あたしたちは聞いた。アメリカの輸出、国境破り、中産階級へ仕掛けられた戦争、侵略、国外退去、違法、違法、違法。あたしたちは舌を噛み、血の味がするまで舌を噛んで身を硬くして座っていた。尻の片方だけつけて。だって両方のお尻で座るのは怖かった。明日の身も知れないときになぜゆっくり座ってられるだろう？

そしてあたしたちは違法者で発見されるのを恐れてたから、あたしたちはたいていのときあたしたちだけで固まって、同類とだけ一緒にいて自分たちと違うひとたちからは距離を取って避けていた。ほかのひとたちにどう思われるかわからなかった。ほかのひとたちにどう扱われるかわからなかった。ほかのひとたちを激怒させたくなかったし、ほかのひとたちの好奇の的になるのも、注目されるのも嫌だった。あたしたちは目をあわせず、あたしたちは視線を避けた。ほんとうの名前を隠し、訊かれたら偽名を答えた。あたしたちは彼らとあたしたちのあいだに山脈を作りあげ、川を掘り、茨の林を植えた——アメリカに来るためにとてもたくさんの犠牲を払った。手放すつもりはみじんもなかった。

そして雇いぬしが労働者の身元を調べるという噂が広がると、あたしたちは気が滅入った。あとに残してきたあの国を、米ドルやほかの外貨によってかろうじて崩壊を免れている、ボロ切れみたいなあの国のことを思い出し、血も凍る思いがした。そして仕事中に身分証を見せるように言われると、あたしたちは不意を食らった雌鶏の群れのように右往左往し、逃げ出してほかのひとたちがやりたがらない仕事へ向かった。そこには仲間が、たくさんのあたしたちの仲間がいた。神話のような名前の、謎かけみたいな名前の、聞いたこともないような名前の仲間たちだった。ヴィルジリオ、バラムグンタン、ファヒーム、アブドゥルラフマン、アジズ、バアコ、デヒョン、オスマン、キマツ。そんなたくさんの不思議な名前を発音するのが難しくて、あたしたちはただ彼らを、その国の名前で呼ぶことにした。

で、これいったいどうやってやるんだ、スリランカ？

メキシコ、お前も来るのかい？

アメリカへ来るために腎臓を片方売ったってほんとかよ、インド？

なあみんな、チャカ・ズールーにはちょっと休んでもらおうぜ。もうずいぶん歳なんだからさ、ほんと。

あんたがこの仕事を軽蔑するのはわかるぜ、スーダン。だけど仕事は仕事だ、ちゃんとやろう。

よし、エチオピア、行け、そのまま行け。イスラエル、カザフスタン、ニジェール、野郎どももみんな行くぞ！

仲間たちはあたしたちの知らなかった言葉を話し、あたしたちと違う神を信じて、あたしたちが触れたくもないようなものを食べた。だけどあたしたちとおなじように、彼らも故郷をあとにしてきた。彼らは財布をぱかっとひらき、色褪せた母親の写真を出して見せた。その顔には心労のために皺が刻まれていて、あたしたちの母親とまったくおなじだった。兄弟たちの目は寒々としてうつろで、叶わなかった夢を抱いていて、それもあたしたちの兄弟とおなじで、父親たちは孤独で打ちひしがれていて、あたしたちの父親とおなじだった。彼らの国に行ったことはないけれど、その写真に写ってるものは何もかも知っていた。あたしたちはまったくの他人どうしってわけじゃなかった。

そしてあたしたちの仕事。まったく——まったく——まったく、あたしたちの仕事ときたら。低賃金の仕事。骨の折れる仕事。あたしたちの尊厳を骨まで齧り取り、肉をむさぼり脊髄までしゃぶり尽くしていく仕事。あたしたちは焼けたアイロンを手にして自分の誇りをぺしゃんこになるまでアイロンがけした。あたしたちはトイレを掃除した。あたしたちは燃える太陽の下で煙草を果物を収穫し、からからに喉が渇いて道に迷った猟犬みたいに舌を出し荒い息をついた。あたしたちは動物を食肉処理した。喉を掻き切り大量の血を流した。

あたしたちは危ない機械を操作した。水に潜ったワニのように息を止め、お金のことだけを考え、命のことは考えないようにした。アダムーはケダモノのような機械に殺された。その機械はスーダンの左手指を三本食べていた。あたしたちは精肉の機械で自分の肉を切ってしまった。あたしたちは皮膚病になった。あたしたちは悪い空気を吸って、肺は雷みたいな音をたてるようになった。エクアドルは屋根の上で働いていて四十階の高さから落下し背骨がぐちゃぐちゃになってしまった。落ちながら彼は、息子《ミ・イホ》よ、息子《ミ・イホ》よ、と叫んでいた。あたしたちは病気になり、けれども病院には行けなかった。あらゆる苦痛を、まるで苦い良薬であるかのように呑みこみ、あらゆる恐怖をまるで媚薬であるかのように飲んだ。そしてあたしたちは働いた。そしてあたしたちは働いた。

二週間ごとにあたしたちは給料の支払小切手を受け取った。そしてウェスタンユニオンやマネーグラム社を通して故郷へ送金した。あとに残してきた家族のために、食料や衣類を買った。子どもたちのためには学費を払った。あたしたちはメッセージを受け取り、それは**お腹がすいた**とか、**助けて**とか**クンジマ**とか言っていて、あたしたちはお金を送った。きみたちはみんなすごく働き者だね。なぜそんなにも懸命に働くんだい？　そんなふうに訊かれると、あたしたちはただ微笑んだ。

そしてあたしたちはしばしば、電話越しに親たちや年長者たちの声を聞いた。恥ずかしそうなその声は、あたしたちに何が欲しいかを告げていた。彼らはもうずっと以前に、あたしたちに与えることをやめていた。いまやあたしたちが彼らの保護者、親たちみたいなものだった。あたしたちの拡大家族は要求をし続けて、そしてあたしたちは働いた。あたしたちは働いた。ロバのように働いた。奴隷のように働いた。頭がおかしいみたいに働いた。そしてあたしたちが断ろうとすると、家族はこんなふうに言った。お前はいまアメリカにいて、そっちじゃ誰もが金持ちなんだ。ちゃんとテレビで見てるんだぞ。隠しても駄目だ。マドダ、ヴァコマナ、なんとあたしたちは働き続けたことだろう！

こんな巨大なバケモノみたいな国、あたしたちは見たことがなかった――まるでたくさんのいろんな国がいっぺんに入ってるみたいな国。ミシガン、テキサス、ニューヨーク、アトランタ、オハイオ、カンザス、DC、カリフォルニア、そしてその他たくさん。あたしたちはいろんな場所へ行き、たくさんの写真を撮って送った。故郷のひとたちがアメリカにいるあたしたちを見ることができるように。あたしたちはホワイトハウスの前で写真を撮った。あたしたちは自由の女神に寄りかかるように写真を撮った。まるで自分のお祖母ちゃんに寄りかかるようなポーズで。ナイアガラの滝で、タイムズ・スクエアで写真を撮った。フロリダのイルカと写真を撮り、グランド・キャニオンで写真を撮った――あたしたちはあらゆる場所に行き、写真を撮って撮って撮って故郷の家族のもとへ送り、アメリカという国を見せびらかした。けっして自分のものにはならないこの国を。

そして故郷のひとたちが写真を見て、こっちへ来てアメリカを見たいと言ったとき、あたしたちはこう答えた。もちろんだよ、ブヤニ、チュヤイ、来ていいよ歓迎するよ。ビザや航空券を買うお金を送り、そして彼らはやってきた。来るのはたいてい若者で、老人や子どもたちはあとに残してきた。彼らは群れをなしてやってきた。かつてあたしたちの国だったボロ雑巾を放り出して。ずたずたになったそれを繕おうとはあたしたちは思わなかった。あたしたちはこう思った。**離れろ、捨てろ、放りだせ、逃げろ**――**なんでもいい**。

**脱出だ。**

そして彼らがアメリカのあたしたちのところへやってくると、お腹をすかせてからっぽで、だけど心は希望に満ちてやってくると、あたしたちは抱きしめて、自分のものではない家のなかへと招き入れた。彼らの髪や服の匂いを嗅ぎ、故郷のニュースを聞かせて欲しいとせがんだ――ビッグ・ニュースにスモール・ニュース、どんなニュースでもいいからと。雨が降りはじめる直前の地面はどんな匂いか話して欲しいとせがんだ。雨がやんだ直後の地面から、羽蟻たちが花火のように飛び出してくる様子を話して欲しいとせがんだ。あたしたちは彼らに尋ねた。市民会館はいまも変わらない？　トレッドゴールド・ビルは？　レンキニは？　街の通りに沿って植えられていたジャカランダの木は――その木はいまも、目の眩むような紫色の花をつける？　あのクレイジーな黙示の預言者ビッチントン・ムボロはまだ生きてる？　あのひとあたしがビザを取れるよう祈ってくれたの信じられる？　目抜き通りはどう？　あの通りはいまも河みたいに流れてる？　そして盲目の乞食たちは、いまもスパー・スーパーマーケットの外に座り込み、タバス・イシファンバノ・ウランデレって歌ってるの？　あたしたちは到着した彼らにそんな質問を投げかけて、その答える様子を見守った。その貴重な言葉のすべて、感覚のすべてを洩らさぬよう、耳を彼らの口に当てて聞きたいと思うほどに。

そしてそのときがやってきて、あたしたちが故郷へ電話をすると、聞き覚えのない若者の声が受話器の向こうで答えた。あたしたちは言った。あなたは誰？　すると彼らは答えた。ぼくはタバニの息子、ルンギレです。わたしはニャライの娘、トリシアよ。おれはプレイヤーの次男のガリヤキだ。聞き覚えのないそれらの声を聞き、あたしたちはこう言った。なんてこと、タバニはいつの間に親になってたの？　ニャライに娘ができたって？　プレイヤーも親になったというの？　いつそうなったの？　あの子どもだった彼らがいつ、自分たちの子どもをもうけたの？　時間が流れるとはそういうことだった。時間は流れ、その流れるさまをあたしたちは見逃した。あたしたちは故郷に戻り、訪れることをしなかった。ふたたびこの国へ戻るための永住権許可証を持っていなかったから。だからあたしたちはここに留まった。出ていけば二度とアメリカには入国できないと知っていたから。あたしたちは留まった。まるで囚人のように。ただし囚人になることをみずから選んだのだった。あたしたちは自分の牢獄を愛した。悪い牢獄ではなかった。そしてあの国の状況がさらに悪くなったとき、あたしたちは自分の足枷をなおさら強く締めつけて、アメリカからは出られない、けっしてアメリカから出ないと言った。

そしてあたしたちにも子どもが生まれた。そのアメリカでの出生証明書をあたしたちは握りしめた。あたしたちは子どもに両親の名前をつけたりしなかった。あたしたちの名前をつけたりしなかった。子どもたちが自分の名前を正しく発音できなくなることが、友達や先生がどう呼んだらいいかわからなくなることが怖かった。あたしたちは子どもたちに、アメリカの一部であると感じられるような名前をつけた。あたしたち自身にとってはなんの意味もない名前を。アーロン、ジョシュア、ダナ、コーリー、ジャック、キャスリーン。子どもたちが生まれてきたとき、あたしたちは自分のものだと呼べる土地を持たなかったから、そのへその緒を地中に埋めて彼らを土地と結びつけたりはしなかった。子どもたちが強くなるように、香草を燃やす煙にその頭をかざすこともしなかった。子どもたちを悪い精霊から守るために、呪物をその腰に巻きつけたりもしなかった。ビールを醸造して煙草を地面に撒き、祖先に子どもたちの到来を告げることもしなかった。そのかわりに、あたしたちは微笑んだ。

そしてあたしたちの両親が電話越しに、とてもとても長い時間が経ったこと、彼らが年老い、あたしたちに会う必要があると思っていること、自分たちの孫の顔を見なければならないことなどを話した。あたしたちは答えた。帰るよ、母さん。シャブヤ・ババ。帰るよ、ゴゴ、ティリクウヤ・セクル。あたしたちは両親に、まだ永住許可証を手に入れていないことを言いたくなかった。そして親たちが不安になり、アメリカを呪いはじめると、貪欲なケダモノとなって我が子を呑み込んでしまったアメリカを、ほかの国の息子や娘を呑み込み吐き出そうとしないアメリカを呪いはじめると、あたしたちはこう言った。もうすぐ帰るよ、次の年には帰るよ。そして次の年になると、来年、と言った。そしてその来年になると、来年はきっと、と言った。そして来年きっとの年になると、来年はほんとに、と言った。そして来年ほんとにの年になると、帰るから、ね、見ててごらん、待ってて、と言った。そしてあたしたちの両親は待った。見ていた。あたしたちが帰ってこないのを見ていた。

彼らは待ち続けながら死んだ。乾ききった手のひらに、自由の女神に寄りかかるあたしたちの写真を握りしめて。失われた息子や娘たちの墓を心に抱きながら。年老いた目は空を凝視していた。失われた息子や娘たちをフラマトシナツが連れてきてくれるように。あたしたちは葬儀には出席できなかった。なぜならいまだに永住許可証を手に入れていなかったから。あたしたちは遠くで喪に服した。あたしたちは口を噤み、非常事態だと思われないよう音楽をかけておいて、それから床に転がってもだえて大声をあげて嘆いた。嘆いた。嘆いた。

そして両親が死んでしまうと、あたしたちは自問した。故郷の家はなくなってしまった。あとに残してきたあの国で、どこに帰ったらいいんだろう？　そしてあたしたちは自分を納得させた。いまやあたしたちが属しているのは自分の子どもたちだけだと。その子どもたち――成長した彼らのうちにあたしたち自身を見ようとするには、ようく目を細めねばならなかった。彼らはあたしたちの言葉を話さない。彼らはあたしたちみたいには喋らない。彼らの素行が悪いとき、あたしたちはこう言うだけだった。駄目ですよ、そんなことをしては。やめなさい。しばらく反省。だけどそれはあたしたちのしたいことじゃなかった。あたしたちのしたかったのは、鞭を取ってきてカラバしてカラバしてカラバすることだった。血が出るまでそうして赤く剝き出しの教訓を思い知らせてやることだった。一生忘れないように。だけど自分の親たちが育ててくれたように子どもを育てて、逮捕されるのがあたしたちは怖かった。

子どもたちが充分おおきくなったら、故郷の国の話をしてやった。あたしたちがあとに残してきた土地の話を子どもたちはせがまなかった。子どもたちはパソコンに向かってググってググってググって検索した。そして戻ってくると、哀れみとも恐怖ともつかない表情を浮かべてこう言った。うっそ、お母さんこんなとこから来たの？　子どもたちはあたしたちの祖母が焚火を囲みながらあたしたちに聞かせてくれたお話を聞こうとはしなかった。ブフラルセベンコシのお話、ウサギはどうやって尻尾を失くしたかのお話、ツロ・ナ・グドを。あたしたちが逃れてきた恐怖を、子どもたちは共有したがらなかった。

子どもたちが成長するにつれて、あたしたちはたくさんのことを受け入れた。たくさんの、ぎょっとすることを。あたしたちはただ受け入れて、自分に言い聞かせた。すべての旅には代償がつきものだ、何年も前に自分たちがしてきた長い旅の代償がこれなのだ。子どもたちが成人したとき、彼らはあたしたちの許可を求めずに結婚した。結婚持参金などもらわなかった。贈りものなどもらわなかった。その結婚式であたしたちはビールと煙草を地面に撒くことも、太鼓を叩いて先祖たちに感謝することもしなかった――あたしたちはただ微笑んでいた。

子どもたちはそれぞれの家庭を持ち、あたしたちはそれにあれこれ指図したりはしなかった。子どもたちの子どもたちをどう育てるべきか言わなかった。彼らは滅多にあたしたちに会いに来なかった。彼ら自身の仕事と新生活で手いっぱいなのだった。あたしたちが親へ送ったようにはお金を送ってこなかった。あたしたちが年老いても、一緒に暮らして欲しいとは言わなかった。あたしたちがすごく年老いたとき、彼らはあたしたちを療養ホームに入れた。そこではあたしたちは見知らぬひとたちに世話された。あたしたちが何年も前にしたのとおなじように、故郷の国をあとにしてきたひとたちだった。

このときあたしたちの親たちが夢にあらわれた。親たちはあたしたちに触れず、あたしたちに話しかけなかった。彼らはあたしたちを見るだけで、そのまなざしには覚えがなかった。親たちに近づこうとすると、たちまちあたしたちは大海に阻まれて、渡ることができないのだった。あたしたちは手を伸ばし、叫び、懇願し、訴えた。でも無駄だった。こうした夢から覚めるといつも、あたしたちは鏡を手さぐりした。傷ついた目で。焼けつくような痛みのなかに自分たちを見出すのだった。

あたしたちが死ぬとき、子どもたちはどうやって嘆けばいいかわからないだろう。正しく喪に服するにはどうすればいいかわからないだろう。悲しみで気が触れたように振る舞うこともないだろうし、黒い布を腕につけたり、ビールと煙草を地面に撒いたり、声が嗄れるまで歌ったりすることもないだろう。あたしたちの食器を墓に埋めてくれることもないだろう。ムファファの木の枝で送り出してくれることもないだろう。あたしたちは死者の国に裸のまま旅立たねばならない。先祖たちの城に入るために必要なものを何も持たずに。あたしたちがちゃんとしていないから、精霊がいそいそと迎えに来てくれることもない。あたしたちは待って待って待たされることだろう――永遠に宙づりのまま、待ち続けることだろう。けっして国歌を歌ってもらえない国の旗のように。

# あたしのアメリカ

トイレ掃除も袋詰めもしていないとき、あたしはこんなふうにおおきなカートに身をかがめて缶や瓶の仕分けをしてる。ラベルにはこんな名前がある。フェイゴ、ペプシ、ドクターペッパー、セブンアップ、ルートビア、ミラー、バドワイザー、ハイネケン。ぜんぶフロントで集められたもので、お客さんはデポジット目当てで返し、手押し車に載せられてここへ運ばれる。そしてあたしが仕分けして、壁に沿ってならべられてる背の高い箱に入れていく。箱がいっぱいになると、そこに仕込んであったビニール袋を缶ごと引っ張り出して、口を縛って色鮮やかな山のひとつに仕上げるのだ。ガラス瓶は小型のボール箱に入れて、べつにして積まなければならない。

きみはとても要領がいいねえ。賭けてもいいけど、きみは目隠ししてても缶をひとつ残らず命中させるだろうよ。カートから顔をあげると、そう言ったのは店長のジムだ。背が低くて毛深くて、事務所のドアのところからにやにや笑ってこっちを見てる。片手には煙草、反対側の肩と耳のあいだには受話器を挟んでる。ジムが期待してるのはわかってるけど、あたしは微笑み返さない。ただ自分の仕事を続けるだけだ。あたしはペプシを壁のいっぽうの端の箱に放り投げ、フェイゴをまんなかあたりの箱に、そして最後にナチュラル・ライトをもういっぽうの端の箱に入れる。一度も手を止めず、ラベルを見もせずにすべて箱の口に入れてみせる。

缶を片付けてしまうと、今度は瓶に取りかかる。そのときあたしの背後から女のひとがあらわれる。そこにもういっぽうの出入り口があるのだ。あたしの見てる前で、女のひとはこちらに一瞥すら寄越さず通りすぎる。岩のそばでも通るみたいに。腰をひねった歩きかたは、まるでビヨンセかキム・カーダシアン気取り。だけど彼女は緑の目をした、ただの日焼けしたバカ女で、黒いハイヒールで歩いてる。店長の事務所まで来ると、ジムは電話のコードをあげてやり、彼女はその下を潜り抜けてなかに入ってしまう。ジムがばたんと戸を閉める。彼女はジムの奥さんじゃない。奥さんを見たことがあるからわかる。奥さんはいつも赤毛の子どもと一緒で、ぴったりとしたタイツを穿いた蚊みたいな外見だ。

それは手に持ってたミラーの瓶から出てくる、あたしがまだ事務所の扉を眺め、なかで何をやってんのかなと考えてるとき、何かが腕を這いあがってくる気配がする。一目見た瞬間、ミラーの瓶が足もとに落ちてこなごなに砕け、ガラスのかけらが汚れた床のあちらこちらに舞い散っていく。ジムが事務所から何ごとかと飛び出してくる。あたしは箱を潰す機械のそばのテーブルによじのぼり、悲鳴をあげながら電子レンジの横に立っている。

ただのゴキブリじゃないか。とジムは言い、振り返ってあたしを見る。その声はまるでほんとにただのゴキブリについて話してるみたいに聞こえる。

いまやそいつはハイネケンの缶の隣にうずくまり、まるで何を言われてるのか聞き耳を立てているようだ。そいつはとても巨大なやつで、深い茶色の羽をまとってて、まるでスパでトリートメントでも受けてきたみたいにぎらぎらしてる。ジムが足をあげて潰そうとするのであたしは両目を覆う。ふたたび見るとジムはもうそれを塵取りに掬いあげ、入り口近くのおおきなゴミ箱に持っていくところだ。

しっかりしてくれよ、仕事に戻れ。と戻ってきたジムが言う。アフリカにはゴキブリはいないのか？　ジムのこういう言いかたが気に食わない。彼はいつだって、まるでアフリカをひとつの国みたいに言う。それは大陸で、五十いくつの国々があり、あたしは自分の国以外には行ったことがなく、だからどうこう言えないんだって説明してるのに。

きみはただブッてるだけだろ。ありとあらゆるキチガイ沙汰を、きみは向こうで見てきたんだろ？　知ってるんだぞ。と肩越しにジムが言う。あたしは口をひらいて、アフリカのことは関係ないって言おうとするけれど、彼はすでに事務所に入って戸を閉めてしまっている。あたしは中指を立てる。テーブルから降りる。

ビールの瓶は最悪だ。ありとあらゆる不潔なものがくっついている。血痕。ゴミ屑。饐《す》えたビールの小便みたいな色のなかには煙草の吸い殻が沈んでる。使用済みのコンドームが入ってたこともある。高校一年でここで働きだしたころは、シフトに入るたびに嘔吐していた。

「ダーリン、フロントへ。ダーリン、フロントへ。どうぞ」とインターコムから割れた声が言う。二度も言わなくたって聞こえてる。食料品の袋詰めでもモップ掛けでも、この不潔な瓶から解放してくれるならなんだってやる。あたしは持っていたバドワイザーをカートに放って戻し、流し台へ行って手を洗う。とびきり熱い湯と山ほどの石鹸を使い、瓶の汚れを手から洗い落とす。精肉の部屋を通り抜けるとき、そこはものすごく寒いのだけど、あたしは精肉係の青年に微笑む。彼は自分の国の言葉で何か呼びかけて、血まみれのナイフを振って挨拶する。従業員以外立ち入り禁止と書いた青いスイング扉まで来ると、あたしは背中でエプロンの紐を結び直し、そして明るく照らされた売り場のなかへと入っていく。つめたい空気が身体じゅうを撫でていく。

数時間後、タイムカードを押して退出し、蒸し暑い駐車場であたしはコジョ叔父さんを待つ。迎えに来てくれることになってるんだ。レジ係のミーガンが、彼女はよく喋るひとなんだけど、正面入り口のすぐそばの縁石のとこに腰かけて、携帯から彼氏にメールを送りながら、もう十分も前にここに来てなきゃならないはずなのにとぼやいている。あんな怠け者捨ててやる、とかなんとか。二台のパトカーが唸りをあげて道を走ってゆき、サイレンの音が尾を引く。近くにパトカーの姿を見ても、このごろではもう動じない。通りの向こう、安っぽい芝生の敷かれた公園を、プラカードを掲げたオキュパイ運動の活動家たちが占拠している。そのちっぽけでかわいいテント住まいやテーブルに盛られた食べものをはじめて見たとき、あたしは笑ってしまった。このひとたちは苦しみってものをわかってるふりをしてるだけだって。

駐車場はがらんとしてて、ジムのおおきな青いワゴン車と、あと数台の車と赤いバイクが一台停まってる。荒々しいドレッドロックスを垂らした年寄りのジャマイカ人が、ゴミ箱の瓶を漁っている。黒いおおきなゴミ袋を肩にかけ、シャツの背中に描かれたライオンの金色の頭が半分隠れている。売り場のなかに入ってくるときには、すっかり身なりをきれいにし、ラスタファリがあした、ラスタファリがこうしたってやわらかな声で言って、その笑顔はきらきら、きらきら、白い歯を輝かせ、だからこのひとがゴミのなかから瓶を漁ってたとは誰も思わない。ここでは気が狂ってなくてもそういうことができるんだ。

あの痩せっぽちのクソ女、あたしが今日、早めにあがることに文句つけやがった。信じられる？　とミーガンが、携帯電話をハンドバッグに仕舞いながら言う。そこでちょっと間をおいたので、あたしは彼女が何か言って欲しいんだとわかる。だからあたしは、誰のことだかよくわかってたにもかかわらず、痩せっぽちのクソ女って誰のこと？　と訊く。

あのテレサだよ。

ふむふむ。とあたし。

聞いてた？　あいつこんなふうに言いやがったんだ。息子が病気で迎えに行かなきゃならないからとかなんとか。あのー、あたしだって家に帰りたいんですけど。

ふむふむ。とあたし。

そんであのジムの野郎、あの女の早退も許すんだろうよ。っていうのも、ジムはあのクソ女のパンティーに入りたがってんだ。

ふむふむ。とあたし。

つまりさあ、あの女はつい最近働きはじめたとこだろ。なのにもう、わがままを通そうとしてる。考えられるか？

ふむふむ。とあたし。会話をするのにまともな言葉を話さなくっていいことがある。そんな必要はないんだ。ある種のひとたちはただ自分が喋ってさえいれば満足なんだから。

二台のパトカーが、今度は通りを戻ってくる。もうサイレンは鳴らしてなくて、それぞれの後部座席に黒人がひとりずつ乗っている。

こちとらここで働いてもう十四年になるんだ。あたしの帰る前に新入りが帰ったことなんざ一度もない。ヴィッキーは真っ先に帰るけど、それはもう二十年働いてるからさ。だからヴィッキーには礼儀正しく振る舞うよ。でもほかのやつらは、このあたしより早く帰るなってえの。絶対許さねえ。あたしが先輩なんだからさ。言ってることわかる？　ミーガンが何を言ってるのかわからなかったけど、頷いた。ミーガンの携帯が鳴って、彼女はハンドバッグを引っ掻きまわして携帯を引っ張り出す。一緒に赤いカードが一枚地面に落ちる。ミーガンは気づかない。あたしは口をあける気がしなくて、だから教えてやらない。ミーガンはいつも喋って喋って喋ってばかりであたしは疲れる。彼女がメッセージを読んで眉をつりあげるのをあたしは見てる。

サノバビッチ。とミーガンが低い声でつぶやく。こんがらかったその表情と、キーパッドを打ちまくる手つきから彼女の送ろうとしてるのが怒りのメッセージだとわかる。そしてそのとき頭のなかで時間がまたたく間にすぎてゆき、ミーガンはすっかり年老いて白髪になっていて、レジの機械に屈み込んでキーを叩いている。ときどき手を止め、中央カウンターの後ろまで足を引きずってゆき、宝くじのチケットや煙草を客のために取りに行く。

自分でも説明のつかない奇妙な感覚が湧きあがり、あたしはその場に突っ伏してミーガンのために泣きたいような気すらする。

それからあたしはもうミーガンの姿は見えてなくて、かわりにあたし自身が見える。瓶を入れたカートに屈み込んでいる。加齢で皺だらけになった顔は炭酸飲料の缶みたいなかたちになっていて、頭は雪のかたまりのよう。もう若くはなくて缶を投げられないから、箱まで身体を引きずって歩いていかなければならない。そのとき肩に手のひらが置かれて、あたしはびっくりして跳びあがる。振り返るとジムがにやにや笑いを浮かべて立っている。こんなふうにひどく馴れ馴れしく身体に触ってくることがある。とても嫌だ。

恐がらせてしまったかな？　とジムは言って顔いっぱいに微笑むから、両端の耳がどこかへ追いやられてしまいそうだ。あたしが怖かったのはジムじゃなくて白昼夢なんだけど、それは言わない。

今週末、シフトに入らないか？　ブライアンがいま電話してきて、休みたいって言うんだ。理由もなんにも言わない。とジムは言う。頭のなかではまだ年老いた自分が瓶の仕分けをやっていて、だからあたしは心のなかでノーという。でもその瞬間、いいですよ、って答える自分の声が聞こえる。いまは夏休みで、だからあたしはなるべくたくさん仕事をする。秋になったらコミュニティ・カレッジに入学することになっている。それでフォスタリナ叔母さんはあたしに貯金させようとしてるんだ。そこの外国人の学費はとても高いらしい。その話をするとき叔母さんは、まるで国ひとつまるまる買おうとしてるかのような口調になる。

ようし。じゃあ、きみの名前を予定表に書いておくからな。と言いながら、ジムはすでに店へ戻ろうとしている。だけど扉のところで立ち止まる。

わかってるかな、ダーリン？　きみは素晴らしい若者だ。ほかのやつらとは違ってる。とくべつだよ。とジムは言う。両開きの扉が誰かの口みたいにあいて、閉まる。ジムの姿を呑み込む。

そうだね、ジムの言う通りだ。とミーガンが言う。彼女はふたたび携帯を片付け、両脚を足首のところで交差させて座っている。煙草を吸い、通りすぎる車を眺めている。

つまりさ、あんたはみんなとおなじような若者だけど、それでもやっぱり違ってるんだ。あんたはろくでなしじゃない。アフリカ人らしさっていうのかな？　うちの従姉がいま、アフリカのちいさな島から来た青年と付き合ってるんだけど、あんなよくできた彼氏は見たことがないね。あたしのこのサノバビッチとえらい違いだ。あたしの男は約束すら守らねえ。とミーガンは言い、ハンドバッグを蹴飛ばす。

ふむふむ。とあたしは言う。ミーガンの話は聞いてない。あたしは自分に選ぶことができたらなあと考えている。こんな不潔な瓶の仕分けをするのは、あたしだって嫌だ。フォスタリナ叔母さんがはじめてあたしに仕事の話を持ち出したとき、あたしは一笑に付した。冗談だと思うの？　と叔母さんは言った。

だってあたしはまだ大人ですらないよ。なんで働かなくちゃいけないの？　とあたしは言った。叔母さんがそれには答えなかったのを憶えている。ただ台所のテーブルに座り、ルイボスティーを啜りながら請求書の束を凝視していた。永遠に眉をひそめたまま。まるでフリーダ・カーロが死ぬ前に、叔母さんの眉間に皺を描いていったみたいに。

きっとまっすぐ家には帰らないってことはわかってる。どこへ行くのともあたしは訊かない。ＴＫがアフガニスタンへ送られてから、コジョ叔父さんははじめのうちこそ大丈夫そうだったけど、やがて大丈夫じゃなくなった。運転席に座るといつでも、アメリカ大陸を発見しようとでもするような具合になる。叔父さんは医者に診てもらい、少し休むように言われて、そうした。故郷へ帰るようにも言われたけど、それはできなかった。叔父さんは大学にも行ったし、この国に三十二年も暮らして仕事だってあるし、ＴＫという息子だって生まれたのに、それでもなお永住許可証を手に入れていないのだ。叔父さんにできることは、ただあちこち運転してまわること。ときには近距離を、ときには遠くまで。あたしたちは、だから叔父さんのことを、陰でバスコ・ダ・ガマと呼ぶようになった。

車は駐車場を出て、大通りへ入っていく。しばらくその道を走り、玄関前のポーチに座って無表情に道を眺めてるひとたちを通りすぎてゆく。それは故郷のパラダイスで、大人たちがNGOを待ってたときの表情とよく似ている。水場を求めるヤギのように群れをなして道のまんなかに立っている若者の集団を通りすぎる。上半身裸で黒や茶色の肌をして、ジーンズをぐいっと下ろして穿いて、ボクサーパンツの色とりどりの柄が見えている。女の子たちはしなを作って、通りを行ったり来たりしている。こんなに耐えがたく暑い道ではなくて、どこかもっとマシなとこを歩いてるかのように。暴力的なほどの緑に萌える木々の下には、いくらか年長らしい若者たちがいる。木々には果物は実らない。

三番街を曲がって進めば家にたどりつくのだけど、バスコ・ダ・ガマはそうはしないでリンカーン通りに入る。近所の家々が遠ざかるのをバックミラー越しに眺める。厚板を組んで造った家たちは、あたしたちの視界から消えたらすぐに、地面にぺしゃんこに潰れておいおい泣きはじめてしまいそうだ。道のあちこちに穴があいているので、車は速度を落とす。あたしたちはリンカーン通りを走る、リンカーン通りを走っていく。そしてあたしは頭のなかで歌ってる。**インド航路を発見したのは誰？　バスコ・ダ・ガマ！　バスコ・ダ・ガマ！　バスコ・ダ・ガマ！**　やがてバスコ・ダ・ガマがあたしに静かにしろと言うので、あたしは自分が声に出して歌っていたことに気づく。一匹でうろついていたピットブルにぶつかりそうになり、車がハンドルを切ってよけたとき、あたしは歌うのをやめる。

　あたしたちは今度はゆっくり走る。古い団地を左手に見ながら通りすぎる。それはあちこち雑草だらけだ。右手には野球場があり、白人の子どもたちが青い縦縞のユニフォームを着てそこらじゅうを駆けまわり、ボールを投げたり受け止めたりしている。大人たちもおおぜい立って見ている。ちいさな球場を車が何列も取り囲むさまはまるで歯ならびのようだ。そしてそれも視界から消えると、あたしは周囲がジャングルになっていることに気づく。丈の高い草のなかに壊れた車の残骸が見え隠れし、打ち捨てられた建物の窓は割られ、屋根はへこんで壁はめくれている。この壁たちに話すことができたとしても、建物は口ごもるだろうし、自分たちの名前を思い出すこともできないだろう。

　女のひとがあらわれたとき、あたしはこんなジャングルのなかにひとがいるとは思っていなかった。バスコ・ダ・ガマもびっくりしたみたいで急ブレーキを踏み、あたしたちは前へのめる。背が高くて痩せた女性で、ちっちゃな黒い革スカートと赤いタンクトップに身体を押し込めている。お尻をヨーヨーみたいに上下させながら、まるであたしたちが来るのを知ってたみたいにこっちへ歩いてくる。バスコ・ダ・ガマがガラス窓を下ろす。外の空気は湯気を立てる毛布のよう。あたしたちは窒息しそうになる。

女のひとは車の窓からこっちを覗き込む。まるで彼女が車に入り込み、さらなる熱気でなかを満たしたような感じがする。ハァイ、と言うけれど、あたしとバスコ・ダ・ガマのどちらに声をかけてるのかわからない。彼女のおおきな目はとろんとしてて、いつ眠りに落ちてもおかしくなさそう。美人なのかどうか判断つきかねるけど、お化粧はきれいにしている――描かれた眉、明るい赤の唇、服に合わせて塗った爪。

小銭持ってない？ と彼女は、誰に言うともなく尋ねる。こんなところで小銭なんか何をするんだろう。小銭なんかで何を買うんだろうとあたしは思う。その声はかすれていて、まるでファンベキ山のてっぺんでえんえん歌ったあとのようだ。

それから女のひとはあたしを見て、かわいい子ね、名前はなあに？ と訊く。あたしが教えると微笑んで、彼女が微笑んだときはじめて、このひとが美人だってこと、ほんとうにほんとうに美しいんだってことにあたしは気がつく。それから奇妙なことが起きる――女のひとはあたしの名前を、まるでお祈りをするみたいに呟きはじめたのだ。バスコ・ダ・ガマが二十ドル札を差し出したけど、それを受け取りもしない――ただそこに立って言い続けてる。ダーリン、ダーリン、ダーリンと、何度も何度も、気が触れたみたいに。あたしはなんだか気味が悪くなり、コジョ叔父さんが車を発進させたときにはほっとする。バックミラー越しに見ると、彼女はまるで羽根を毟られた鶏みたいだ。

家に帰り着いても、フォスタリナ叔母さんはあたしたちに、どこ行ってたのとは訊かない。叔母さんは寝椅子から起きて台所へ行く。米と豆と魚が用意してある。このごろ叔母さんは料理を作る。バスコ・ダ・ガマの件があるからだ。ＴＫが出ていってしまってから、コジョ叔父さんは食べることをやめてしまった。フォスタリナ叔母さんははじめは笑い飛ばし、インドダ・イズワ・ンゲブハッシ・ラヨとあたしたちの言葉で言っていたけど、バスコ・ダ・ガマはいっこうに食べずにだんだん体重が減っていって、そこで叔母さんはネットで調べて、叔父さんの出身国の料理のレシピを手に入れた。そしてそれだけが、叔父さんに食べさせることのできたものだった。

あたしはマックブックをネットに繋ぐ。バスコ・ダ・ガマはリモコンを手にして、テレビのチャンネルを次々変えていく。フットボールの試合をもう見なくなったのはよいことだ。体格のいい男たちがあのちっちゃなボールをめぐって走ったりぶつかりあったりするのはうんざりだから。だけど悪いことは、バスコ・ダ・ガマが今度は戦争しか見なくなったこと――爆弾を仕掛ける兵士、おおきな銃を肩に載せて道を歩いていく兵士、匍匐前進する兵士、物を爆発させる兵士、建物をぶち壊す兵士、古くておおきな車でゆっくり運転していく兵士、道にいる兵士たちを避けながら遊ぼうとしている子どもたち。子どもが道で遊ぶのは当然のことだ。

だけどあたしはバスコ・ダ・ガマが、こういう番組をほんとうは見ていないのだと知っている。彼はせっせと兵士たちの顔を眺めている。そこにTKを探してる。アフガンの子どもの美しい顔のなかにまで探す。そのあいだTKは、炉棚の上の写真のなかからいびつな笑顔で笑いかけている。バスコ・ダ・ガマの心配症を面白がっているみたいに。いまにも弾けるように笑いだし、少しも似合わないその軍服を脱いで飛び出してきそうに見える。

TKが最初に軍に入ると言ったとき、あたしは本気だとは思わなかった。ある日あたしたちがみんなでスパゲッティを食べてるところに帰ってきて、おれ軍隊に入るよ、と言ったのだ。バスコ・ダ・ガマが、なんだって？　と答えたのを憶えている。TKが叔父さんを、まるで誰かにお前は男だとか言われたような顔で見ていたのを、そしてこんなふうに言ったのを憶えている。軍隊に入るとおれは言ったんだよ。と。あたしはバスコ・ダ・ガマが、お手洗いにでも行くみたいに静かに立ちあがったのを憶えていて、けれど彼はお手洗いに行くかわりにTKを思い切り引っぱたいた。すごい音がしたのを憶えている。まるでバスコ・ダ・ガマがダイナマイトでも破裂させたみたいな音だった。

掃除にはものすごく時間がかかる。掃除すべきものが多すぎるからだし、それにこの家が怪物みたいに馬鹿でかいからだ。一階があって二階があって三階もある。問題はあたしのしたいことが、するべきである掃除そのものじゃなくて家財道具のチェックだってこと——おおきなピアノに、色とりどりの魚の入った水槽。魚の色は家具の色にあっている。背の高い書架には読まれたことのない本が何列も何列もならんでいて、仏像やお面、一階には奇妙な彫像もあって、絵画なんかの芸術品や長い寝椅子や暖炉もある。

そして台所にはたくさんのカウンターと、見たこともない冷蔵庫とコンロとあらゆる道具がある。ぐねぐねとした階段を昇ると、二階にはさらに寝椅子があり、横長のテレビといろんな装置、たくさんの寝室と奇抜な家具と作りつけのお風呂場、犬の寝室まであって、そこには犬用の服や道具が詰まったクローゼットまである。靴、靴、靴ばかりの部屋。洋服だけが詰まった部屋。運動用の機械が詰まった部屋。いったいいくつ部屋があるのかわからないし、何人が住んでいるのかも知らない。だけど、もしこんな家に住んでたら、あたしはぜったい外に出ない。

以前ここで働いてたエスペランサは、病気になった母親の世話をするべくメキシコへ帰ってしまい、戻ってくる予定だったんだけどできなくて、だからいまはあたしが彼女のかわりにここで働いている。べつのひとが見つかるまでのあいだ。家の持ちぬしのエリオットは、かつてフォスタリナ叔母さんの上司だったひとだ。叔母さんはアメリカに来たばかりのころ、昼のあいだは学校へ行き、夜にエリオットの経営するホテルで働いたんだそうだ。いろんな国から来た仲間と一緒に客室を掃除していた。セネガル、カメルーン、チベット、フィリピン、エチオピアなどなど。国連総会かって感じだったわよ。叔母さんはこのジョークが好きだ。

二週間前、エリオットが叔母さんに電話をかけてきて、誰か信頼できるひとはいないかと訊いた。いるわよ、と叔母さんは答え、それがあたしだったってわけだ。叔母さんはあとであたしに、家にあるものに触ろうなんて夢にも思わないようにと言った。防犯カメラがあらゆるとこに仕込んであるらしい。スーパーマーケットの仕事がない時間は、ここで働かなきゃならない。他人の家を掃除して、他人の使ったものを片付けるって考えると嫌なんだけど。あたしはそんなことをするためにアメリカまで来たんじゃない、って思うから。

目につくところの埃を払い、靴下やTシャツや下着やタオルや雑誌や、床に落ちてるそういうものを拾いあげて、ぜんぶの洗面所とカウンターをきれいにして、ベッドメイクをして掃除機をかけると、あたしは台所へ行って、汚れた食器を食器洗い機に入れていく。二、三時間後、するべきことをほぼすべて終わって、台所のカウンターをきれいにしていると、扉がひらいてエリオットが痩せた少女を連れて入ってくる。はじめて見る女の子だけど、エリオットの娘のケイトに違いないと思う。へんてこりんな小犬のティティが、二人のあとからとことこ入ってくる。ティティはピンク色の革ジャンを着せられ、首に黄色いバンダナを巻かれている。

ほかの場合ならあたしも、嘘とお世辞で、うわー、かわいい犬ですね、と言っただろう。こういう場合、そう言うのが正しいから。だけど今日はやめておく。だってあまりに真っ赤な嘘だからだ。こんなときにするべき動作をあたしはやってのける。つまり首を横に振る。それはちょっと行きすぎ、って動作。次回はこの犬、イヤリングをつけてiPodと口紅の入ったハンドバッグを持ってるんじゃないかなと思う。犬は家のなかを、まるで憑かれたようにぐるぐる動きまわる。そしてとうとうあたしのところへ来て、脚のまわりをぐるぐるまわり、匂いを嗅いで尻尾を振って、あたしの顔をじっと見る。まるであたしたちがおなじ言語を喋れるかのように。だけどあたしは厳しい顔つきで、頭のなかでこんなふうに言う。**駄目だよ、あんたとあたしとはそういう間柄じゃない**。

犬はそこに立ち、あたしは冷ややかな目で見て、思い知らせてやろうとする。何がどうあろうと、あたしは動物とはけっして友達にならない。その動物が、自分の部屋とピンク色のベッドを持ってて、引き出しやクローゼットは高価な衣類やリードやなんかでいっぱいだったとしてもだ。ようやく犬は去っていく。言いたいことが伝わったんだと思ってあたしは嬉しくなる。だけど間もなく犬は戻ってきて、今度はゴムでできた黄色いアヒルを口にくわえている。そしてあたしの足もとに落とし、懇願するようなまなざしで見あげる。こちらが態度を変えずにいると、犬はそのちいさな額を左脚に擦りつけてくる。あたしは身を硬くし、両脚の筋肉に力を入れる。さもないと犬を蹴ってしまいそうだ。**あんたに構ってる暇はないの。**心のなかだけであたしは言う。そしてせっせとカウンターを拭く。すでにすっかりきれいになってるんだけど。

やあ、ここは見違えるようになったじゃないか。エリオットが台所に入ってきて言う。ザという定冠詞を言うとき、彼の発音はジーと聞こえる――ここは見違えるようになったじゃないか《ジー・プレイス・ルックス・グッド》。ピザが冷蔵庫にあるよ《ジー・ピッツァ・イズ・イン・ジー・フリッジ》。エリオットは鍵をカウンターに放り、冷蔵庫をあけてビタミン・ウォーターのオレンジ色の瓶を取り出すと、蓋をねじあけ部屋の反対側のゴミ箱へと放り投げる。蓋は命中せず、彼は肩をすくめてビタミン・ウォーターを一気に飲み干す。ひと飲みごとに喉仏が上下に動く。げっぷをして空になった瓶をカウンターに置く。落とした蓋を拾わなくても、恥ずかしいとも思わないひとなんだ。

で、向こうのほうはどんなだい？　とエリオットが言う。あたしの国のことを話してるんだ。この向こうのほう《バック・ゼア》、っていう馬鹿な言いまわしが好きらしいけど、あたしは大嫌い。まるであたしの国には太陽が昇らないかのようだ。返事をする前に、彼は言う。娘のケイトだ。会ったことはあるかな？　ちょうど大学から帰省してきたところだよ。ケイト、この子がダーリンだ。フォスタリナの姪だよ。フォスタリナのことは憶えてるか？　以前うちのホテルで働いていて、お前やジョーイの子守りをしてくれたこともあるんだ。エリオットはそう言って、ケイトを振り返る。彼女は台所の外におずおずと立っている。まるでなかに入るにはビザが必要だとでもいうように。

こんにちは。とケイトが言う。あたしは頷いて彼女を見る。彼女は知らないけど、あたしは彼女について知るべきことをぜんぶ知ってる。二週間前に彼女が大学で自殺を図ろうとしたこと。ボーイフレンドが彼女のことを、あんまりセクシーじゃないって理由で振ったから。でもこれは彼女の両親も知らないことだ。それから彼女が鏡を見るとき、そこには太って醜い雌牛がいて、だから彼女は自分の身体が嫌いだ。自分のあるべき姿じゃないと感じるから。

彼女が食べないのはそれが理由だ。両親はそのことも知らない。やむを得ず食べてしまったときには、トイレに行ってぜんぶ吐いてしまう。そのこともあたしは知っている。ぜんぶ彼女の日記に書いてある。あたしはその日記を、掃除の途中にベッドの下から見つけたんだ。隠されてるってことは発見されたがってるってことだから、あたしはその日記を読んだ。ケイトはどうやって生きてるんだろう。空腹とどうやって闘ってるんだろう。長く恐ろしいその鉤爪が、胃袋を掘って掘って掘って、やがて視界がかすみ、背筋を伸ばして歩くこともできなくなり、ものも考えられず、たったひとかけらのパン屑のためになんだってするようになる。それが飢えというものなのに。

ケイトは汗に濡れてひかっている。長く黒っぽい髪が顔に張りついている。彼女は醜くなんてない。むしろ、とてもとてもかわいいと思う。いったい何が問題なのかわからない。見たところ、あたしよりそう年上ではなさそうだ。彼女はじっとそこへ立っている。まるで動くにはあたしの許可が必要だとでもいうように。犬はエリオットにじゃれついている。彼のまわりを跳ねまわっている。エリオットは戸棚をひらき、犬用おやつの袋を出すと、手のひらにひとつ載せて差し出す。犬はくわえて嵐のように走り去る。

何か食べるかい？　とエリオットが階段を昇りながら言う。

ええ。だけど先にシャワーを浴びるわ。とケイトが言う。その声はひどく遠く、まるで国境かどこかに拘留でもされてるみたいに響く。彼女は父親のあとについて階段を昇る。母親はどこにいるんだろうと思うけれど、あたしが訊いていいことじゃない。あたしは昇っていくケイトを見てる。『インビジブル・チルドレン』のTシャツがその身体に張りついて、布地のあいだから骨が突き出し叫んでいるようだ。あたしはちょっと手を止めて、二階へあがった彼女が何をするか、細かく思い描いてみる。ほんとうにシャワーを浴びるのか、それともトイレに入ってあのクレイジーなことをするのか。そして、その前にかあとかわからないけど、ベッドの下に手を伸ばしてあの贅沢なナンセンスを贅沢な日記帳に書き綴るんだろう。

少し経ってから、冷蔵庫の扉を掃除していて振り向くと、彼女はあたしの真後ろに幽霊みたいに立っている。いったいどれくらいこうしてたんだろう。彼女の髪は濡れていて、バスタードが着てたのとおなじコーネル大学のTシャツを着てる。

コーネル大学に通ってるの？　とあたしは訊く。大学へ出願することを考えてたころ、あたしはコーネル大学にしようと思っていた。その場所をすでに知ってる気がしたから。なんだか繋がりがあるみたいに。でもそのあとで学費を知って、気を失いそうになった。あたしみたいな海外の学生は、奨学金を受けるのがとても難しい。そんなことがあったあとでも、そのTシャツを見るとやっぱり嬉しくなる。バスタードが空中からいきなりあらわれないかなって思う。仲間たちがあらわれてくれればいいのにと。あたしはこの家のある、しょっちゅう地名を忘れてしまうこの界隈で、仲間たちとどんな遊びをしようか考えはじめている。あたしは口をひらく。たぶんケイトに、バスタードやみんなやパラダイスのことを話そうと思って。だけどすぐに閉じる。言うことなんてなんにもない。

あたしは彼女が台所を猫みたいに歩きまわり、冷蔵庫をあけてガラス戸棚をあけて引き出しをあけるのを眺めている。流し台をせっせと掃除するふりをしてるけど、もうとっくにきれいにした場所だ。じつはあたしは、ケイトが何を食べるのか興味津々なんだ。ようやく彼女は皿の上に、自分の朝食をならべる——干しブドウ五粒、まるいちいさな何か、そしてコップ一杯の水——あたしはたまらず吹き出してしまう。

彼女は振り返り、混乱した顔つきであたしを見る。あたしは身体を真っ二つに折って笑い転げている。どうしようもない。笑い死にしそうだ。だってさあ、セクシーになりたいそこのあなた、つまりこういうことだよ。あなたは食べものでいっぱいの冷蔵庫を持ってて、だからどんなにお腹がすいたとしても、ホンモノの、真の飢餓はわからない。まわりを見れば富があふれていて、そしてあなたはそれを必要とすらしない。二階には王さまだって眠れるベッドが用意されている。コーネル大学に通ってて、つまり何でもなりたいものになれる。自分が使ったあとを掃除する必要すらない。なぜならあたしがしてるから。あなたは犬を飼ってて、そのワードローブすらあたしには買えやしない。そして何より、あなたはここに、自分の生まれた国に生きてる。あなたの抱えてる問題、それっていったい何なのかな？

あとでバスコ・ダ・ガマが迎えに来て、あたしはケイトに、さよならと言う。だけど彼女は返事をしなくて、そこであたしは彼女がとっても怒っているのだとわかる。でも気にしない。だってあたしが彼女のグァバを盗んだとか、そういうんじゃないもの。それにあたしの雇いぬしは彼女じゃない。彼女のお父さんなんだ。もし告げ口されたとしても、クビになるとは思わない——来週から、あたしはエリオットに故郷の言葉を教えることになってる。というのもエリオットとその弟は、あたしの国に旅行してゾウを撃つんだそうだ。幼いときからずっとやりたくて、夢見ていたことらしい。あたしはあたしの教える言葉が、どんなふうに役に立つのかよくわからない——たとえばエリオットはゾウに、撃たれて殺されたいですか、って訊くのかな？　なんにせよ、そのおかげで給料もあがるはず。エリオットはいつだってお給料をはずんでくれる。あのコニー司令官の映画（ウガンダ内戦における少年兵を扱った『Kony 2012』）が公開されて以来、とりわけ親切にしてくれる。まるであたしがウガンダ出身で、まるであの映画のなかの、かわいそうな子どものひとりであるみたいに。エリオットはアフリカじゅうを旅している。だけど旅行した国々について彼が話せることといったら、自分の見てきた動物と国立公園のことだけだ。

あたしたちは目抜き通りの西を走っていて、高速道路に向かっている。バスコ・ダ・ガマがどこへ行くつもりなのか、考えていると電話が鳴る。彼はシャツのポケットから携帯を出し、画面を見やるとあたしに渡す。つまり電話をかけてきたのはフォスタリナ叔母さんだってことだ。

いますぐシェイディブルックへ行って。と叔母さんは言う。

もう旅に出ちゃったよ。バスコ・ダ・ガマがどこへ行くのか、あたしにはわからないよ。

と彼に聞き取られないように、あたしは故郷の言葉で伝える。

じゃあ引き返すように言いなさい。

でも――。

ダーリン、電話を彼に渡して。と叔母さんは言い、その口調からただごとではないのだとわかる。電話を渡すと、バスコ・ダ・ガマはウォルグリーンの手前、信号のところで右に曲がる。あたしは頬の内側を噛んで外を見ていたけれど、やがて微笑む。クレイジーなドライブに付き合わされずにすんだからだ。

シェイディブルックに着くと、チャカ・ズールーが玄関であたしたちを迎えてくれる。まるであたしたちを呼んだのは自分自身であるかのように。チャカ・ズールーは前に進み出て、コジョ叔父さんをわきにどけると、あたしにホンモノの槍を渡す。そして言う。武装せよ、戦士よ。白きハゲタカに、血の滴る卑しき嘴《くちばし》に、われらが黒き土地への侵入を許してなるものか。その声には不安の響きがある。するべきことも言うべきこともわからずに、あたしは手にした槍を見て、そしてコジョ叔父さんを見て、微笑む。

なんて言ったんだ？　いったい、なんて言ってるんだ？　コジョ叔父さんが尋ねるので、あたしはチャカ・ズールーの言葉を頭のなかで翻訳しはじめる。だけど集中するのが難しい。チャカ・ズールーが顔を空へ向け、あたしが聞いたこともないようなぞっとするような叫びをあげたから。彼が口を閉ざしたあとも、空気は長いこと震えている。いつもの民族衣装にくわえ、チャカ・ズールーは身体を明るい赤色に塗っている。頭には赤と黒と白の羽根。今日の彼はとてもかっこいい――いつもと違って見えるってことは認めざるをえない。たぶんそのせいであたしは、ぞくぞくするような変な興奮を身のうちに感じてる。名前のないその感覚のために、手を打ち鳴らし、跳びあがり、叫んで気が狂ってしまいたくなる。まるで電気を呑み込んだみたいに。

どこにある？　わしのほかのインピはどこだ？　いますぐ牛の角を吹き鳴らさねば。急げ。とチャカ・ズールーは言い、あちらこちらを見まわす。

こいつは気が狂ってるぞ。いったい何と言ってるんだ？　とコジョ叔父さんが言う。どうしたらいいかわからないみたいに立ち尽くしている。

インピ？　とあたしは訊く。あたしはもう笑顔じゃなくて、というのもチャカ・ズールーがこんな状態になるのははじめてだってわかってきたから。彼の目は奇妙だった。まるで目じゃなくて穴か何かで、なかで何かが荒々しく燃えているかのようだ。誰に教えてもらわなくても、これは紛うかたなき狂気だとわかる。チャカ・ズールーの症状はこのごろ悪化している――先週なんて、目を離したすきに療養ホームから出てしまい、どうやってかわからないけど見知らぬひとを摑まえて空港まで連れていかせた。そこで彼は飛行機に乗せるよう、バッキンガム宮殿に連れていくよう要求した。女王陛下に会って、その借りを返させるべく話したいと言ったらしい。

あたしは出入り口を見て、クラウディーンはどこなんだろうと思う。どうして彼女は何もしようとしないんだろう。

チャカ・ズールーは振り返り、遠くを指さし手にした槍で宙を払うような仕草をする。そこであたしは自分が何を持たされていたかを思い出す。わずかに重く、木軸は古く、金属部分は少し錆びている。いったいこんなもの、どこで手に入れたんだろう？

見えるか？　わしの見ているものが、そなたにも見えるか？　と彼は言い、あたしを振り返る。

はい、見えます。とあたしは答えるけど、実際、そこに見えるのは家々と木々、郵便受けと車ばかりだ。

なんの話をしてるんだ？　とコジョ叔父さんが言う。叔父さんはベルを鳴らし、扉を叩き、窓ごしになかを覗く。あたしはチャカ・ズールーの指さすほうを見て、せっせと頷く。通りの途切れるあたりに、自転車に乗った三人の子どもたちがいる。

わしが見ているのとおなじものを、そなたも見ているか？　そなたには何が見える？

チャカ・ズールーが尋ねる。

いったいこの老人はどうしたんだ？　それにあそこにいるあの女性は、なぜ何もしないんだ？　とコジョ叔父さんが訊く。声の調子から苛立ってるのがわかる。だけどあたしはあまりに不安で、叔父さんに答えることができない。それで叔父さんもまた、自分ひとりで喋りつづける頭のおかしいひとに見える。

何が見えるかと訊いたのだ、戦士よ。チャカ・ズールーが言う。

ハゲタカです。とあたしは、わずかに震える声で答える。何を言っているのか、自分でもわからない。

やつらを住みつかせてしまったら、母なるこの地は崩れ去る。よそ者の統治するところとなる。わしらは白き土地の言葉を強要され、見下げ果てた彼らの神を信奉させられるだろう。我ら自身のこの土地で、我らは奴隷とされるだろう。我らはやつらの犬となる。だが、否。と彼は言い、そこで一呼吸おいて、笑う。それはとてもとても豪快な、空をも呑み込むような笑いだ。

わしは言う、否と。わが父の黒き雌牛にかけて。今日がその日だ。死か、さもなくば勝利。

**死か、さもなくば勝利**。と、チャカ・ズールーが言うとき、あたしの心臓は跳びはねる。そう言うときの彼の様子。つらい痛みに耐えるように歯を軋らせて、首の両側の腱は飛び出している。チャカ・ズールーによれば、白きハゲタカたちはすでに近くを飛んでいる。ある者は馬の背に乗り、ある者は茂みに待ち伏せる。炎を吐きだす邪悪なる杖を手にして。彼の言葉は底知れぬほど深くなり、いまやあたしはすべてを聞き取るのが困難だ。しょっちゅう針の飛ぶレコードを聞いているみたいに。

チャカ・ズールーが敷地内の車道を歩きだし、あたしは距離を置いてついていく。コジョ叔父さんがあとに続く。叔父さんも何か言っているけど、あたしは聞いていない。チャカ・ズールーは進んでいく。動物の革のスカートが風を切り、色とりどりの羽根が頭上で踊る。そして彼は走り出す。あたしは恐ろしいことに気づく。彼は宅配ピザの青年めがけて走っているのだ。青年は近所の家のそばに車を停め、ちょうど出ようとしてるところで、片手にピザを持っている。長槍が青年のはらわたを突き刺し、血があたりいちめんに広がるのが目に見えるようだ。あたしは自分の槍を取り落とし、コジョ叔父さんを見る。叔父さんは叫びながら腕を振っている。サイレンの音があたりに満ち、ピザ屋の青年が顔をあげる。誰がいつ、警察を呼んだのかわからない。

ピザ屋の青年は一瞬凍りついたように立ち尽くし、けれど本能が働きかけたのか、すばやく車のなかへ戻り手さぐりする。チャカ・ズールーの槍は宙を飛び、けれど飛距離は伸びなくてそのまま歩道に落ちる。彼が身をかがめて槍を拾うところにはパトカーが集まってきている。パトカーのドアが音をたててひらき、いたるところに銃が。あたしはそれを見て踵を返し、コジョ叔父さんを素通りして療養ホームめがけて走っていく。ひとつの顔が窓から外を見ている。あたしの背後で声がする。武器を捨てろ！　止まれ！　動くな！　両手を見せろ！　武器を捨てろ！　武器を捨てろ！　武器を捨てろ！　そしてあたしは、チャカ・ズールーは武器を捨てないだろうと知っている。肩越しに振り返ると、彼は空に向かってその武器を突き出している。いましも飛び立とうとする、狂った飛行機のように。

## 壁に書く

部屋の壁紙をめちゃめちゃに汚してしまった夜、あたしはほんとは生物学の試験のために、傷の勉強をしてるはずだった。読まされている文献にはちっとも興味がわかなかったし、生物学そのものもそうだし、そして傷は気持ちが悪い。吐き気のするような傷のページをいくつもいくつもめくっていると、あたしは心臓がぐらぐらしてくる。傷っていうのは花じゃないってわかってるけど、これはいくらなんでも多すぎる。女の子の顔の側面にできた、変色して滴る膿《うみ》の写真がページいっぱいに広がってるとこまできたとき、もういい、と思う。あたしは本を閉じ、ベッドの下へ放って滑らせる。本が壁とぶつかる音がする。

フォスタリナ叔母さんがやらせようとしてる、この理系の勉強はあたし向きじゃない。すでに自分でわかってる。あたしはそろそろ高校を卒業するとこで、来年カレッジに入るときには医療や看護の方面へ進まないといけないって、フォスタリナ叔母さんはくどくどと言う。そこで落ちたら、法学をやれって。経歴として役に立つのはそういう分野で、無駄な時間をすごして人生をふいにするためにアメリカに来たわけじゃない、と叔母さんは言う。だけどあたしは、そういうのがぜんぶピンとこない。つまり正確には何をやりたいのか、うまく想像できてない。でも少なくとも、フォスタリナ叔母さんがやらせようとしてることには、一ミリの情熱もわかない。

あたしはベッドに座り込んで壁を見つめている。フォスタリナ叔母さんにこのことをどうやって伝えたらいいか考えてる。そのときあたしの、買ったばかりのブラックベリーが震えだす。シーツの下から見つけ出すと、ぱかっとひらく。マリーナからのメッセージを読む。

何してる？

何も。生物学の馬鹿やってる。と打ち返す。

笑。馬鹿ってなんで？　わたしは好きだけど。とマリーナの返信。

そりゃあんたは医者になりたいから。あたしはそういうんじゃない。とあたし。

パパがなれって言うんだもの。で、そっちはどうするの？　とマリーナ。

わかんない。とあたしは打つ。マリーナからの返信はしばらくない。あたしはべつに驚かない。彼女が金持ちの高校に入学してから、あたしたちは以前みたいにやり取りしない。

ようやくマリーナの返信があったとき、あたしは赤いマジックを手に取り、洋服入れの上の壁に、生物学のイラビシ、と書いていた。そしてそのまわりにおおきなまるを描く。あたしは震える携帯を眺め、まるを描き終えてからやっとひらく。

ごめーん。カイルと電話してた。とメッセージには書いてある。

いいよ。とあたしは打ち返す。壁を見ると、あたしの書いた文字はおおきくて、小学校一年生のときに書いたみたいな字だ。赤い色は血液みたい。そこでようやく、これを消すのはたいへんだってことに気づく。

あたしはスリッパを履いて部屋を出る。窓から入ってくる街灯のあかりで台所は明るくて、わざわざ電灯をつけることもない。あたしはスポンジを手に取り、食器洗い洗剤を少し垂らすと水で濡らす。戻るとき骨盤のはしっこの骨が、テーブルの角にガツンとぶつかる。あたしは身体を二つに折って、ちいさく悪態をつく。痛みが去ると、部屋に戻る。

壁を拭き掃除してみると、する前よりさらにひどくなった。赤い色はあっちこっちに広がり、汚い染みになっているくせに文字は薄くなっていない。以前ブダペストを襲撃したとき、NGOのひとたちにもらった黒マジックを袋いっぱいに持っていき、デュラウォールに狂ったみたいに落書きしたことがある。あたしたちはペニスを描いた。おおきなペニスを何列も何列にもわたって描いていった。ヴァギナの絵はどうやって描けばいいかわからなくて、かわりにこういう言葉で埋めた。ゴロ、ベチェ、ムボロ、ムファタ、スヴィラ、ントションピ、ボロ、ゼカ。そしてそのほかの思いつく限り卑猥な言葉。住人たちは落書きを消そうとしたのだろう。だけど消えなくて、半端なあとがしばらく残っていた。数日後、上からペンキが塗り直されて消えた。

ふたたび携帯を見ると、マリーナからのあたらしいメッセージが来ている。

えっとね、わたしたち、昨晩やったの。と書いてある。

オーマイゴッド！　とあたしは打ち、返信が来る前に付け加える。痛かった？　と。

血は出なかった。とマリーナ。

じゃあ、ほんとにはしてないじゃん。あきれた。とあたし。フォスタリナ叔母さんに見つかってから、あの動画を見るのはやめた。叔母さんはある日あたしたちを見つけて、あたしとマリーナを引っぱたいた。クリスタルのことは叩かなかった。アメリカ人と問題を起こすのは嫌だったんだ。アメリカでは子どもを引っぱたくのは虐待ってことになってる。そのときあたしたちは、誰が真っ先にそれをやるかで賭けをした。クリスタルはもう妊娠してるから、次はマリーナとあたしのどっちが先かだ。あたしはベッドサイドのテーブルに置いたジューシー・フルーツ・ガムを取り、二枚取り出し、片方の包装をはがす。そして口に放り込むと、ゆっくりと噛む。甘さが舌の上に広がってゆく。

そこにいたわけでもないのに。とマリーナからのメッセージ。

ふん。ねえ、教えてあげよっか。とあたしが打つ。

なになに。とマリーナ。

トニーとしたの。とあたし。

何？　とマリーナ。

キス。キスしたの。トニーと。とあたし。

オーマイゴッド！　とマリーナは打ち、あたしが返信する前に、どこで？　どうだった？　ちょっと彼ってゲイじゃなかったの？　と立て続けに打ってくる。窓の外で誰かの話し声がする。あたしは部屋のあかりを消して、カーテンの隙間から覗く。暗いなかに、道のおおきな木のそばに群がる影が見える。窓はあけていたから、声を聞くことができる。だけどしばらく聞いていてから、外国語だと気づく。どこの国の言葉かはわからない。たぶんヨーロッパかどこか。あたしはしばらくそこに立ち、網戸に顔をくっつけている。部屋のあかりを戻して、見ると、マリーナからのメッセージ。？？？？と書いてある。

笑。違うみたい。チックで。水曜日。とあたしは返す。水曜日、あたしはアンマと約束をしていた。うちに迎えに来てくれるように。フォスタリナ叔母さんは夜勤だった。アンマが玄関ベルを鳴らし、あたしは片手に学習鞄を持って出迎えた。もう片方にはおおきな水のペットボトルを持って。コジョ叔父さんが血走った目でこっちを見た。というのも叔父さんは、すでにジャック・ダニエルの瓶を半分あけてしまってたから。あたしは、明日のテスト勉強を一緒にやるの。と言った。コジョ叔父さんの酔っ払った目は、こんなふうに言ってたんだけど。**そんなはしたない服装で、まともなところに行くわけないだろう。**

アンマとあたしがチックのダンスフロアにいたとき、トニーと、もうひとり、ドレッドロックス野郎が加わってきた。アンマは夢中で踊ってて、彼女はいつもそんなふうだ。あたしはぼんやり立っていて、というのもR&Bとかヒップホップは馬鹿みたいだと思ってるから。だってほとんど意味がない。つまり、どれもこれもただ罵ってるだけ。ファック、ビッチ、プッシー、ホアなどなど。けれども男の子たちがこっちにくっついて踊りはじめたので、あたしも音楽に乗って身体を揺らしはじめた。突っ立ってると馬鹿に見えそうだったから。トニーがあたしの後ろに立ち、ぴったり身体をくっつけてきた。引き離すにはノコギリでも使わないといけないくらい。あたしの脇腹を両手で上へ下へと撫で、お腹を抱きしめてきた。熱い吐息が首のあたりにかかり、硬くなった彼のアレをお尻あたりに感じた。

音楽がダンスホールに変わったのを憶えてる。それも罵りには違いないんだけど、でも少なくとも踊れる音楽だ。途中であたしたちは踊りをやめた。派手なエクステをつけた女の子が何かはじめたから。床に倒立し、両脚を空中にひらいて黄色いちっちゃいスカートがお尻までめくれあがり、白いパンティーが丸見えになった。そこに緑の髪をした痩せた男の子がやってきて、喧嘩でもするみたいに彼女に摑みかかると、両足首を握り、さらに両脚を、彼女を引き裂こうとでもするみたいに広げた。そして身体のまわりを旋回し、やがてポンと放って二つ折りにした。その後も男の子は、まるで彼女が肉の一切れであるかのように、叩いたり振りまわしたり投げつけたりしていた。

まったく奇妙だったけど、みんな喜んで歓声をあげた。噂のクレイジーなダンスってこれのことだな、と思った。ダガリングというのがその名前だ。こんなのは間違ってるし変だと思ったけど、いつかあたしも拍手していた。だってみんながそうしてたから。もっと静かな、べつの曲に変わると、トニーはあたしの向きを変えてキスしはじめた。いきなりだったけど、たぶんそういうもんなんだと思った。その感触に驚いていた。厚切りの肉片みたいなつめたくてぎこちない舌が、口のなかに入ってきた。

で、どんなふうだった？　とマリーナがメッセージを打つ。

わかんない。よかった。とあたし。マリーナがおおきな目をくるくるとまわし、もっと聞きたくてうずうずしてるのが見えるよう。あたしは携帯をベッドへ放ると、マジックを持ち、ぶらんと長い舌を壁に描きはじめる。舌はいつのまにか蛇に変わっている——短い蛇、長い蛇、双頭の蛇。携帯が震えるけど、ひらかない。あの晩、あたしは家に戻るとまっすぐ洗面所へ行った。シンクの下からまあたらしい歯ブラシを出して、歯磨き粉をたっぷりつけると、熱いお湯を使いながら舌を擦るように磨いていった。それからやっとシャワーを浴びた。

一階の玄関がひらくのが聞こえる。閉じられるまでに時間がかかるのと、叩きつけるようなその音で、バスコ・ダ・ガマが旅から戻ってきたのだとわかる。国境を越えようとでもするように、慎重に進む姿が目に浮かぶ。通路をなかば埋め尽くしている靴に躓きそうになりながら、やっとのことでテレビの前のおおきな寝椅子に倒れ込む。叔父さんが首を左にかしげて、じっとしてる姿が目に浮かぶ。じっと、まるで神さまの言葉を聞いてるみたいにじっとして、やがて短い眠りから覚めたひとのように、急に起きあがって動きだし、目の前のガラスのコーヒー・テーブルに載ったリモコンへ手を伸ばす。そしておおきな指で、ぎこちない仕草でボタンを押す、ボタンを押す。身を乗り出して、だんだん指の動きが速くなる。戦争の番組を流すチャンネルを探さねばならない。兵士の服を着たアメリカの青年たちのなかに、息子が見つかるかもしれないから。

バスコ・ダ・ガマの具合は悪化している。彼の旅はもうあたしたちの手に負えない。その距離は、出かけるごとに長くなる。まるでＴＫを連れ戻すため、アフガニスタンまで運転する練習をしているかのようだ。最初のうち、留守にするのは数時間だった。それが一晩になり、数日になった。戦争にでも行ってきたみたいに、荒れ果てた格好で戻ってきた。甲虫や羽虫の死骸が、車のボンネットや風よけやヒーターに固まってついていた。フォスタリナ叔母さんはいつも仕事で忙しく、バスコ・ダ・ガマの問題にはあまり何もしていない。叔父さんが疲れてやめるのを待ってるのかもしれない。または旅が叔父さんの唯一の支えなのだと思ってるのかもしれない。または叔母さんは関わりたくないのかもしれないし、またはどう関わったらいいのかわからないのかもしれない。

だけど問題はそれだけじゃなかった。ビールと酒の瓶があちらこちらに、まるで魔術師の仕業みたいに出現した。はじめのうちは、車の座席やトランク、台所の流しの下や地下室や、いろんな場所に隠してあった。学校やアルバイトに行かないときは、あたしはいつでも家にいたので、そういう瓶を集めて捨てた。フォスタリナ叔母さんに見つかれば、よくないことになるとわかってたから。だけどとうとう見つかった。物事をいつまでも隠しおおせることはできないのだ。ある週末、叔母さんが地下室を掃除していると、隠してあった瓶がいくらもいくらも出てきた。叔父さんと叔母さんは話しあったけど、それでもやまなかった。つまり、二人はもう終わりってことだった。いまやただ一緒に暮らしてるだけ。隣り合った二つの国みたいに。

先週のこと、家に帰ってきたあたしは、フォスタリナ叔母さんとエリオットが一緒にいるところに出くわした。なんでエリオットがうちにいるのか、最初わからなかった。帰ってきてサンドイッチを作り、寝椅子に座ってクリスタルに携帯メッセージを送ろうとしてると、エリオットがいきなりリビングへあらわれた。赤いキスマーク模様の白いボクサーパンツ一枚で、毛むくじゃらのお腹が突き出てて、パンツはイチモツで膨らんでいた。あたしはびっくりして悲鳴をあげた。一瞬のちフォスタリナ叔母さんが、何ごとかと駆け込んできた。叔母さんはお気に入りの布を身体に巻いていた。あたしたちの国旗の模様が薄く散らばっている布だ。

一階に降りてリビングの入り口に立ち、なかを覗く。薄暗がりのなかにコジョ叔父さんがいる。テレビのあかりにぼんやり照らされている。テレビでは疲れた様子の兵士たちが煙のなかを歩いていて、背後では二台の車が爆破され、炎上している。テレビのなかはお昼すぎだけど、煙があたりを塗り込めていて、まるで夜のように見せている。とてもたくさんの煙。その匂いが鼻に伝わる気がする。画面を出てテレビからリビングへと染み出して、コジョ叔父さんを包んでしまう。あたしは叔父さんをそのままにして、台所へ行き、電子レンジで食べものをあたためる。叔父さんのために。さもないと、食べるのを忘れてしまうから。

戻ってくると、あたしはテーブルからジンの瓶を片付けて、かわりにジョロフライスとカレーを置く。叔父さんは今度は寝椅子に背をもたせて、目を閉じている。寝ているのか考えごとをしているのかはわからない。あたしはその顔をしばらく眺め、そして自分でも理由がわからないままに、ジンの瓶を一本摑んで、ごくりと飲む。まずいし、焼けるようだ。あたしはそれを飲み込んだけど、吐きだす場所がなかったからだ。テレビのなかでは雨が降りはじめる。ひとりぼっちの兵士が木の下に立ち、煙草を吸う。あたしはコジョ叔父さんの足もとにしゃがみ込み、靴紐をほどいて靴を脱がす。揺り動かして起きてるのかどうか確かめようかと思うけれど、結局やめて自分もソファに座り、雨のなかにひとり立っている兵士を眺めることにする。彼はまるで母親に忘れられたかのように、まるで国盗りゲームでシリアの役になって外されたかのように、見える。

朝起きて最初に気づくのは、壁がめちゃめちゃになっていることだ。はじめあたしは、何が起きたのかわからない。けれどもすばやく思考が戻り、前夜にマジックでクレイジーに描きまくったことを思い出す。ベッドわきの時計は七時十五分を指している。フォスタリナ叔母さんが仕事から戻るまで三十分もない。そのあいだに壁をなんとかしなくちゃならない。あたしはベッドから飛び出して、地下へと駆けていく。

片隅にならんでいるおおきな道具箱へ向かってゆき、故郷の飾りほかと書かれたラベルの箱を見つける。さっと蓋をあけてなかを引っ掻きまわす。まもなく、ビーチタオルくらいのおおきさのバティックを見つける。市場の風景が描かれている。生き生きして、色でごった返してて、ひとびとは物を売っている――果物、野菜、食料品、色とりどりのビーズや布、ハンドバッグ、ベルト、木彫りの動物、その他思いつく限りあらゆるものが売られている。子どもたち、女たち、男たち、赤ん坊を背負った女たち、老人たち、二頭の犬、自転車、誰もがそして何もかもが、明るい青の空の下で生きてる。

その布を見てると、思い出す。こういう景色のなかに、実際にいたときどんなに美しく感じたか。みんなが一緒にそこにいて、一緒に混じり合い、一緒に生きてた。すべてが崩壊する前のこと。あたしは心臓に痛みを覚える。故郷のことを考えると、このごろいつも覚える痛み。そこでバティックをわきに置き、さらに探す。銅でできた中くらいの時計は、あたしたちの国の地図をかたどってる。まんなかにキリンの絵があって、ちょうど時計の針が交わるあたりへ首を伸ばし、木の葉を食べようとしている。時間は六時で止まっていて、長針は折れている。それから最後に、奇妙なお面を見つける。まんなかで分かれていて、半分は白、もう半分は黒。黒い半分はさらにたくさんのおかしな模様に分かれてるけど、何の模様かわからない。だけど面白いことは面白いから、ほかのものと一緒に二階の自分の部屋へ持ってあがる。

　壁をすっかり覆ってしまうと、壁からお面が謎かけみたいな表情であたしを見てる。理解するには何年もかかるようなことを伝えようとでもしてるみたい。その隣では、時計が止まった時間を伝えている。そして鏡台の向こう側では、バティックに描かれた市場がせわしなく動いている。あたしはその喧騒が聞こえるんだって想像する――宣伝のうたい文句を口にする物売り、安くしとくから買っていきなよとあたしに呼びかけるひと、口笛で甘い音色を吹いて女の子を口説く男の子、お菓子が欲しいと泣く赤ちゃん、インド航路を発見したのは誰？　と歌う子どもの声、アンディ・オーバーをする子どもの声、そのすべてを越えて響いてくる母親たちの笑い声。

あたしはそこに立ち、壁の飾りをしばらく見ている。それからエリオットの家で以前、掃除中に見つけた工芸品のことを思い出す。膝を折ってベッドの下に手を伸ばす。そこに隠しておいたのだ。それは象牙でできた板で、アフリカ大陸のかたちをしていて、まんなかに目がひとつ彫ってある。板の残りの部分はさまざまな、複雑な模様で埋め尽くされている。

　象牙の板はエリオットの家で、彼が世界旅行で集めたほかの工芸品と一緒にならべられていた。あたしはその目が自分を見てると思った。だからこの象牙の地図を盗むのが正しいことなんだと。あたしはそれを、ベッドの頭のところにつるす。これで完璧だ。だけどあたし自身は完璧にはほど遠い。故郷のことを考え続け、恋しさに息もできない気がしてる。この重たい感情は、どこへも去ってくれないことがわかってる。そこであたしはマックブックを引き寄せ、スカイプにログインして母さんと話そうとする。

呼び出しに応じたのはチポだ。はじめあたしは、それがチポだとわからない。まるで大人の女性と話してるみたい。チポだと彼女が言ったとき、母さんの家にチポがいることにあたしはびっくりする。だってもうグァバを盗むような子どもではないからだ。でも、そこでいったい何をしてるのか訊くのは失礼な気がする。だからそのことは持ち出さずにいる。

ほかのみんなは？　とあたしは、挨拶がすんだあとで訊く。

バスタードはとうとう南アフリカへ行ったわ。ゴッドノウズはドバイにいる。シボは劇団に入った。その劇団はもうすぐ、世界じゅうまわって公演をするんだって聞いたわ。とチポは言う。

じゃあスティーナは？　とあたし。

ああ、スティーナ？　スティーナはこのあたりにいるわ。何をして暮らしてるのかよく知らないけど。いるときもあるし、ときどきいなくなって長いこと帰らないこともある。

じゃあ、いまはチポひとりなのね？　とあたし。

ひとりじゃないわ。ダーリンが一緒。とチポ。

ダーリン？

そう、ダーリン。わたしの娘。忘れたの？

ああ。とあたしは答える。しばらく沈黙が続く。たぶんお互いに、言うことを思いつかないでいる。あたしはチポが、そこにひとりっきりでいるところを思い浮かべる。あたしはチポが可哀そうに、チポが気の毒になってくる。やがてその感情が移ってゆき、あたしは失望と怒りを覚える。このすべてを引き起こした指導者、何もかもを壊したその男に。

気の毒に。チポ。申し訳なく思うよ。想像すると、胸が痛む。とあたしは言う。

気の毒って何が？　どうして痛むの？　とチポが言う。

連中があたしたちの国にしたことだよ。このすべての苦しみのこと。

ええと、でも世界じゅうどこにでも、ひとが暮らす場所には苦しみがあるわよね？

そうだけど。でも先週、BBCで見たの――。

だけど苦しんでるのはあなたじゃないわ。BBCを見て、何かがわかるとでも思うの？

いいえ、わかりはしないわよ。痛みの感触を知ってるのは、その傷口だけ。ここに留まって、ほんとの苦しみを味わってるのはわたしたち。だからそういうあれやこれやについて、言う権利があるのはわたしたちだけよ。チポは言う。唐突にまくしたてる口調は、あたしを真正面から打ちのめす。まったく予想外のことだ。衝撃を受け、なんと答えていいかわからない。

えっ？　ちょっと待って――でも、それはあたしの国でもあるんだよ。あたしたちの国なんだよ。するとチポは、狂ったような笑い声をあげる。あたしは首を横に振り、心のなかで叫んでる。**なんだっていうの！　いったいなんでこんなこと言われなきゃならないの！**

あなたの国ですって？　ダーリン、ほんとうにそうなの？　ほんとうに、ここがあなたの国だって言うの？　と彼女は言い、あたしは自分が本気で怒りはじめてるのに気づく。マウスを操作し、赤い電話マークへカーソルを持っていき、ここをクリックして通話を切ってしまおうかと思う。こんなひどいことを言われてる時間は、ほんとうにないのだ。だけど見あげると、あの一つ目があたしの目を捉える。あたしはマウスを離す。

母さんはどこ？　うちの母さんかお祖母ちゃんを電話に出してよ。とあたしは言う。

ひとつだけ教えてちょうだい。自分の国でもない場所で、あなたいったい何してるの？　どうしてアメリカなんかに逃げたの？　ダーリン・ノンクルレコ・ンカラ、ねえ？　どうして行っちゃったのよ？　ここがあなたの国なんなら、この国を愛してここに住まなきゃいけない、出ていったりするべきじゃない。何があろうと、この国のために闘わなきゃいけない、そして正しい国にしなければ。言ってちょうだい、あなたは家が燃えていたら見捨てるの？ それとも消火のために水を探しに行く？ 燃える家を放っておくとしたら、炎がいつか水になって自然に消えてくれると思うわけ？ あなたは見捨てた、ダーリン、マイ・ディア。あなたは燃える家を放っておいて、それで図々しくもわたしに言うのね。生まれ育った言葉じゃないアクセントで。少しも似合わない言葉遣いで。ここが、あなたの国だって。

頭がわんわん言っている。あたしはパソコンを放り投げる。自分が何をしたか気づく前に、それは壁に向かって飛んでいく。お面にぶつかる瞬間、息を呑む。耳を塞ぐ。パソコンとお面の両方が床に落ちる。あたしは壊れたかどうか確かめない。空気が足りないみたいに感じて、部屋を出る。気づくとTKの部屋に来ている。ベッドの真正面に立っている。反対側の壁には、TKとその友人ボビーの写真が拡大してポスターにされ、貼られている。二人はアゾント・ダンスをしていて、腕と脚とでクレイジーなポーズを取り、顔じゅうで笑っている。なんだかTKが、そんな顔をしてあたしを馬鹿にしてるみたいな気がして、目を背けて壁のダーツボードを見る。心臓が早鐘を打ち、喉が締めつけられるようだ。ふたたび落ち着いてくると、部屋のなかを歩きまわってみる。コジョ叔父さんが掃除してるから塵ひとつない。事情を知らなければ、いまもここに住んでるんだと思うだろう。テレビの隣のおおきな机には、Xボックスと数枚のDVD、ティッシュ・ペーパーの箱、ペンや鉛筆を入れたプラスチックのコップ、そして『プレイボーイ』が一冊。いまにもTKが入ってきて、こうしたものを使いそうだ。ここから出ていったことなど一度もなかったみたいに。あたしは窓のそばにある木製のおおきな戸棚に手を伸ばし、ミニチュアの太鼓をわきにどけ、ライオンやヒョウやゾウのあいだにさらに手を伸ばしてチャカ・ズールーに触れる。

いつものことだけど、この部屋はまるで死んだように静かで、思いもよらないその沈黙を埋めるために、あたしはチャカ・ズールーに挨拶する。そして天気のことなんかを話す。または報告できる面白いことがあれば、それも話す。たとえばフォスタリナ叔母さんが白人の男と寝ていること。日本で恐ろしい地震があったこと。故郷では政府がまたもや、ひとびとをやたらと逮捕していること。遺言のなかでチャカ・ズールーは、遺灰を飛行機で故郷へ運び、父親の村の囲い《クラール》のなかに埋めてくれるよう、フォスタリナ叔母さんに頼んでいた。それが正しい埋葬の仕方だから。でも叔母さんはまだ故郷には帰れない。あたしたちの誰も帰れない。

だけど今日は、チャカ・ズールーに話して聞かせることは何もない。あたしはただ、瓢《カラ》箪《バシュ》のようなかたちの木の壺に手を置いたまま、まるで祝福を授けるみたいな姿勢で立っている。コジョ叔父さんが、ロバの口から飛び出してきたみたいにあらわれても、身動きしない。

やつら、ほんとうにビン・ラディンを殺したぞ。と叔父さんは言う。ほとんど叫ぶような声で。この静かな部屋に、あたしと叔父さんの二人しかいないのに。叔父さんの息はアルコールの悪臭を放ち、あたしは胸が悪くなる。

そうなの。とあたしは言う。戸棚から離れ、今度は窓際に立つ。

ビン・ラディンが誰か、わかってるか？

あのテロリスト野郎《デュード》でしょ。とあたしは言う。しまった、と思うときにはもう遅い。だけど今日はコジョ叔父さんは、あたしがデュードって言葉を使ったことを咎めない。ただそこに立ってるだけだ。出入り口を身体で塞ぎ、車の鍵を手にしている。手首の上に包帯が巻かれているのに気づき、何があったんだろうと思う。旅の途中に怪我したんだろうか。

ビン・ラディンはパキスタンに潜んでいたんだ。もう間もなく大統領が出てきて、声明を発表するだろう。そうだ、ビン・ラディンはほんとうに死んだ。これはちょっとしたことじゃないか？と叔父さんは言う。手のなかの鍵を揺らす。

アメリカがビン・ラディンに莫大な懸賞金をかけたとき、あたしたちは木の枝で槍を作り、ビン・ラディン狩りに出かけた。あたしたちはパラダイスにあらわれたばかりで、あたらしい遊びが必要だった。両親がやってきて、あたしたちをホンモノの家に連れ帰ってくれるまでのあいだ。はじめあたしたちは、ブリキでできた小屋を叩いて、ビン・ラディン出てこい、と叫んだ。でも出てこなかったので、小屋のならびの終わりにある茂みまで走った。緑色の丈高い草や藪のなかも探した。木に登り、岩の下を探した。あらゆるところを探しまわった。それからファンベキ山にも登ったけど、頂上に着くころにはひどく暑くてくたびれていた。まるで空気を探してるようなものだ。ビン・ラディンなんかいやしない。

そもそもあたしたち、なんで探してるの？　とシボが言った。わからないわ。この遊びはつまらない。もっとマシな遊びが要るわね。とチポが言った。

イエス・キリストを探すべきなんじゃねえか？　ビン・ラディンより大物だからな。とゴッドノウズが言った。

イエス・キリストはもっとひどい。誰ひとり見つけたやつはいないからな。アメリカ人にだって無理なんだ。とバスタードが言った。

それは違うよ。マザー・オブ・ボーンズはキリストを見つけたもん。とあたしが言った。

みんなしばらく黙っていた。高々とそこに立っていた。というのも山があたしたちを高くしていたから。あたしたちは見下ろした。小屋が見えた。赤土が見えた。ムズィリカズィ通りが見えた。ブダペストの家々が遠くに見えた。ビン・ラディンはどこにだっていそうだった。

あたしたちはそこに立っていた。頭上では太陽が、あたしたちを油で揚げていた。やがてスティーナが自分の槍を山から放り投げ、あたしたちもそれにならって放り投げ、飛んでいく槍を眺めた。それからバスタードが崖っぷちに行き、小便をしはじめた。ゴッドノウズとスティーナも加わった。チポとシボとあたしは後ろに残って、男の子たちが腰を突き出し、おしっこを宙に放ち、誰のがいちばん遠くまで飛ぶか競争するのを見ていた。

もうビン・ラディンのことは諦めて、ムズィリカズィ通りを歩いていると、ヌクンクを見つけた。ヌクンクは長いことボーンフリーの飼い犬だったけど、ある日を境に彼の犬であることをやめていた。その理由はあたしたちにはわからない。彼女はパラダイスじゅうを狂人のようにうろついて、食べものを拾い集めていた。呼びかけても口笛を吹いても応えないのだった。ムズィリカズィ通りでヌクンクを見たとき、あたしたちは走っていって叫んだ。ビン・ラディン！ ビン・ラディン！ と。

ヌクンクは聞こえたかもしれない。聞こえなかったかもしれない。ヌクンクはそこに、道路のまんなかに立っていた。何かあたしたちには見えないものへと頭を垂れていた。まるで国のために祈っているみたいな姿だった。ローベルズの大型トラックが、いきなりそこへやってきた。あたしたちは腕を振り、気が狂ったみたいに必死で呼びかけてヌクンクに知らせようとした。でも駄目だった。次の瞬間聞こえたのは、ボフッという嫌な音だった。大型トラックは急停止した。あたしたちが啞然として立っているうちに、トラックはふたたび発車して、轟音をあげて去っていった。

地面には赤い跡がついていた。タイヤが地面を擦ったあとに、二本の深い溝ができていた。音にならなかった吠え声が、轍のなかに捩じ切られた喉へ閉じ込められていた。白い毛皮と赤く尾をひく跡が、ところどころ残されていた。まるで誰かの不器用な手が試みた装飾のように。おおきく剝き出された歯。潰された肉。長い桃色の舌が地面を舐めていた。片方の前足が、ハイタッチをするみたいな格好に投げ出されていた。骨は腹の横から突き出ていた。眼球も片方飛び出していた（もう片方はどこかわからなかった）。そしてローベルズのパンの、とても、とても美味しそうな匂いが漂っていた。

# 謝辞

ウムントゥ・ングムントゥ・ンガバントゥ。人間が人間であるのはほかのひとびとのおかげである。わたしに時間をくれたひとたち、示唆を、助けを、愛を、教育を、友情を、勇気を、機会を、そしてそのほかの計り知れない贈りものを与えてくれたひとたちに、『あたらしい名前』を書かせてくれたひとたちに、わたしは深く感謝します。ぜんぶの名前を挙げるには、どこからはじめたらいいかわからない。あまりにもたくさんだから。けれどあなたがたはそれが自分のことだとわかるはず。心から、今日、そしていつまでも、感謝します。

カラマズー・ヴァレイ・コミュニティ・カレッジ、テキサスA&M大学コマース校、南メソジスト大学、コーネル大学、そしてスタンフォード大学に、居場所を与えてくれたことを感謝します。

わたしの非凡なエージェントにして読者、そもそものはじまりからずっと一緒にいてくれたジン・オー。素晴らしいエージェントであるアルバ・ジーグラー・ベイリー。編集者のローラ・ティスデルとベッキー・ハーディ。この本を愛し、この本のためにとても頑張ってくれたみなさんに、とくべつな感謝を捧げます。ヘレナ・マリア・ヴィラモンテス、あなたがいなければわたしは、やりとげることができなかった。

そしてもちろん、ジンバブエ。愛する故郷。わたしのひとびとが住まう国。物語をくれたこと、魂を、そしてとてもたくさんたくさんのものをくれたことに。ンギヤボンガ・ミナ！

どうもありがとう。愛を込めて。

カリフォルニア州オークランドにて

二〇一三年一月

# 訳者あとがき

本書はNoViolet Bulawayo, *We Need New Names* (2013) の全訳である。冒頭におさめられた「ブダペスト襲撃」*Hitting Budapest* の初出は二〇一〇年の《ボストン・レビュー》誌で、編集委員ジュノ・ディアスが惜しみない賛辞を寄せている。この短篇は二〇一一年のケイン賞を受賞。そこから書き継がれた長篇『あたらしい名前』は二〇一三年のブッカー賞最終候補入りを、ジンバブエ人、およびアフリカ出身の黒人女性として初めて果たしたほか、さまざまな文学賞のショートリストに名を連ね、二〇一四年にはPEN／ヘミングウェイ賞を受賞している。また作者はジュノ・ディアスによって〝三十五歳以下の五人の作家〟にも選ばれてもいる。華々しいデビューと言えるだろう。

作者は一九八一年、ジンバブエ南部の都市ブラワヨに近いトショロットショで生まれた。ノヴァイオレット・ブラワヨというのは筆名であり、ブラワヨは育った街の名前、ノヴァイオレットは母親の名前ヴァイオレットに、ンデベレ語で「と一緒に」を意味する前置詞「ノ」をつけたものだ。作者は生後十八カ月で母親をなくしている。本作の語り手ダーリンとおなじく、ジンバブエからアメリカへ渡った。故郷を離れ、帰りたくても帰れないという状況が、この筆名を選ばせたのだと述べている。テキサスA&M大学、南メソジスト大学大学院などを経て、コーネル大学で創作の修士号を取得、スタンフォード大学の特別研究員となり、現在も同校で教えている。

『あたらしい名前』は自伝的な小説だと誰もが考えるのではないか。ジンバブエで生まれて子ども時代をすごし、アメリカに渡ったひとりの少女。けれど作者とダーリンの人生には決定的な違いがある。それは生まれた時期であり、作中の記述から推測するにダーリンは一九九七〜九八年ごろの生まれで、ブラワヨとは十五歳以上の年齢差がある。激動のジンバブエにおいて、これは見過ごせない開きだ。

ムガベ大統領による独裁政治と、そのもたらした史上最悪のインフレ。何十万、何百万パーセントと上昇していくインフレ率に、パンひとつ買うにも両腕に札束を抱えて歩かねばならない。ジンバブエといえばそんなニュース映像が浮かぶが、それは〝失われた十年〟と呼ばれる二〇〇〇年代のジンバブエだ。

一九六〇年の「アフリカの年」から少し遅れて、一九六五年、南ローデシアと呼ばれていた地域はイギリスから独立を果たす。だがそれはイアン・スミスによる白人中心の、植民地政府が支配する国だった。これに反旗を翻したのが、ロバート・ムガベらの率いる黒人ゲリラ軍だった。紛争の末の一九八〇年、総選挙によりムガベが首相に就任する。ジンバブエ共和国の誕生である。

それは「アフリカでもっともめぐまれた独立」だと言われた。農業基盤はほぼ完璧、白人による大規模農場と、黒人による零細農家がともに生産力を持っていた。一九八七年には議院内閣制を廃して大統領制に移行、ムガベが大統領となる。歯車が狂っていくのは、ムガベ一族の私益のために国家予算が使われ、長期化する政権の腐敗がささやかれる九〇年代半ば以降である。そこですり替えが行われた。うまくいかないのは大統領のせいではない、少数の白人が土地を独占しているのが悪いのだ、と。二〇〇〇年以降、白人の所有していた農地を強制的に接収し、元ゲリラの黒人らに分配する。だが農業を知らない元ゲリラたちは土地を放置した。生産は激減し、やがてインフレを引き起こす。このあたりの事情は松本仁一著『アフリカ・レポート――壊れる国、生きる人々』(岩波新書)に詳しい。同書には中国人のアフリカ進出についても、ページを割いて述べられている。

ブラワヨ本人が幼少期をすごした八〇年代には国家はうまく機能していたが、十八歳で渡米したその二、三年後には大混乱に陥り、とても帰国などできなくなったらしい。二〇〇五年、つまりダーリンが七歳くらいのころ、「ムラムバツビナ作戦」なるものが取られた。首都周辺や地方の貧しい地域に住む、政府に不満を持つ者たちを一掃するというものである。ブルドーザーが出動し、住居を破壊し強制退去を迫る。「ほんとの変化」の章でダーリンの思い出す、パラダイス地区に来る前に住んでいた〝家〟での出来事とは、このことを指すと思われる。

そして二〇〇八年。本書でも描かれる〝選挙〟が行われる。〝選挙へ行こう、そして腐敗した現政権を退陣させよ。変革を叫ぶひとびとがポスターを貼って呼びかける。事実、変化は起きるはずだった。最大野党のモーガン・ツァンギライがもっとも多い票を得た。だが過半数ではなかったとの理由で決選投票が行われることとなり、それまでの期間に野党支持者への脅しや暴行が行われる。ボーンフリーの墓に刻まれる没年はこの年だ。これだけの政治的な出来事が、一見まるで政治的でなく描かれている点に、この作品の特異性がある。

こうして見るとムガベはまったくの悪者のようだが、果たしてそうなのだろうか。当事者であるアフリカのひとびとが抱く感情は複雑なのかもしれない。たとえばガーナ出身で、アメリカでダーリンの〝家族〟となるコジョは、白人に強硬姿勢を取り続けるムガベを、オバマ大統領に対するのとおなじくらい熱烈に支持している。けれど彼もまた、最愛のひとり息子をアフガン派兵に取られてしまってのちは、オバマの政策を手放しに讃えることはできないかのようだ。政治に対する思いは、それぞれの置かれた立場や状況によって、じつに細かく変わってくる。何が悪で何が善なのか、判断することはたぶん、そう易しくはない。

この小説の初稿は、大人の農民の視点で書かれた。それは救いようがなく政治的で、怒れる作者自身がそこにいて、物語を壊してしまったのだという。そこで考え直し、子どもの視点を入れてみた。政治性は変わらずにあったが、でも物語を妨害しなかった。それは淀みなく流れはじめた。この世で何が起きていても、子どもたちは遊びや暮らしの細部に気を取られている。彼らの世界において物事は、より単純で具体的に触れることのできるものだと、《ロサンゼルス・レビュー・オブ・ブックス》のインタビューで作者は語っている。訳していてわたしも、まるでクレヨンの、とても単純な線で描いたみたいな文体だと感じていた。ただしその土台となる画用紙は、底の知れないアフリカの闇だ。

子どもたちは、何が正義で何がそうではないか、考えない。ボーンフリーの葬儀のあとで、ごっこ遊びをする彼らは、大笑いをしながら暴行の物まねをする。善も悪もない、ただリアルなものだけが浮き彫りになってゆく。それに較べれば、アメリカに渡って青年期に差しかかったダーリンの、故国を憐れむ分別の弱さはどうだろうか。そしてそうならざるを得ないことの無慈悲を、ダーリンそのものではない書き手は、冷静に見つめている。

原文は、詩のような三つの章を除いて、回想以外すべて現在形で書かれている（文体の違う三つの章は抽象度が高く、作中の挿話をより普遍的なものに繋げる意図が込められている）。なるべく忠実に訳しながら、日本語が時制に厳密でない理由が少しわかった気もした。現在形だけにすると、語尾がほぼすべてウ段になり、単調になってしまう（英語の語尾はむろん、変化に富んでいる）。また原文の文体は繰り返しが多く、子どもっぽいと同時にミニマル・アートを想起させもして、一種不気味なリアリティに荷担している。深度というものを巧妙に避けつつ、それでいて全体で見ると、ぽっかりとした淵がいたるところに口をあけている。ぎりぎりのところでバランスを取った作品を、無事訳せているとを願うばかりだ。

自伝ではない、としながらも、すべての要素が書き手と無関係ではない。ブラワヨ本人も、二〇一五年時点でいまだアメリカの永住権を取得できていないというし、父親は健在ながら、兄と姉をエイズでなくしている。現在取り組んでいる二冊目は、エイズをテーマとした連作集になる予定とのこと。完成が楽しみだ。

二〇一六年　初夏

（単行本収録のものを再録）

# 解　説

明治大学教授
中村和恵

ノヴァイオレット・ブラワヨは一九八一年、ジンバブエに生まれた。ローデシア、あるいは南ローデシアと呼ばれてきた旧英領植民地がジンバブエという国になった、その翌年だ。ジンバブエで育ち十八歳で渡米した彼女の学歴と教歴、そして最初の長篇小説である本作『あたらしい名前』（原題は *We Need New Names*）の発表経緯と受賞歴は訳者あとがきに詳しい。

ブッカー賞候補の最終六人に残ったアフリカ大陸出身の黒人女性は彼女が初めて、そしてジンバブエ人も初めてで、さらに次作もやはり最終候補となったのは女性初だそうだ。訳者・谷崎由依氏がおっしゃるとおり、まさに「華々しいデビュー」である。

だからといって彼女をなんの土壌もないところからいきなり飛び出した才能のようにみ

なすのは、間違いだし失礼だともおもう。「新世界」すなわちカリブ海やアメリカ合衆国、そしてアフリカ大陸各地には、はじめは奴隷商人と植民地支配者に押しつけられた言語を、日々の暮らしで育み継承してきた抵抗と批判の精神で矯《た》め、自分たちの道具として飼い慣らしてきた人々の歴史がある。アフリカ系の女性作家たちはことに二十世紀後半以降勢いを増し、堰を切ったように書き出した。その大きな潮流を養分に、ブラワヨのような作家が誕生している。同様の状況が二十一世紀前半の世界文学、ことに英語圏文学にひろくみられることは、いま評価が高まっている作家たちの顔ぶれをインターネットで検索してみるだけでも実感できる。世界文学の本棚は昔とは違い、いまやじつにカラフルだ。

ノヴァイオレット・ブラワヨという筆名は、亡き母の名と、ジンバブエ南西部にあるこの国第二の都市の名に由来するそうだ。ブラワヨは国の人口の七割を占める多数派のショナ人に対し、二割程度という少数派ンデベレ人の住む町だという。作家はこの町の近くで育った。本名をはぐらかすような、名前にとらわれたくないといっているかのような筆名の選択は、本書の原題――そのままに訳せば「わたしたちにはあたらしい名前が要る」――と呼応し、命名という行為の意味をあらためて考えさせる。

冒頭ではまだ十歳の少女が、この小説の語り手だ。名前はダーリン。それって本名？　だからそもそも本名ってなに、ってことなのだけど。彼女の友達の名前にもびっくりだ。

バスタード、それって悪口だよ。ゴッドノウズ、それ「わかんない」ってことでしょ。そもそもジンバブエの子どもたちの名前がどうしてこんなむちゃくちゃな英語なんだ——植民地化はこんなかたちでも爪痕を残すのだ。かれらが住む貧困地区の名はパラダイス。金持ちが住む地区の名はブダペスト。中国人が急ピッチで工事している地区はシャンハイ。世界は断片化し意味の根を抜かれた記号となり、お金の流れに乗って浮遊して、あらゆる岸辺に漂着する。

グァバの実を盗み食いしに通う金持ち居住区ブダペストで、ダーリンたちは見たことのない種類の女の人に出会う。父の生まれ故郷のジンバブエにロンドンから初めてきた、という この人のことが、ダーリンたちにはわからない。子どもらにポーズをとらせ写真を撮る、穴ひとつない服を着て傷ひとつない肌をした人が、なんでアフリカ大陸のかたちのペンダントをつけてスーダン紛争への関心を呼びかけるTシャツを着ているのかわからないし、なによりこの人が食べているものを捨てたのが理解できない、正気とはおもえない。おそらく身内に妊娠させられた十一歳のチポはおなかがふくらんで以来なにもいわなくなったのだけど、なにかわからないそれ(カップケーキ?)が食べたくてしかたなくて、何度もそれを指さしたのに。子どもたちは女の人を罵り叫ぶ。女の人は驚き当惑する。読みながらわたしは、貧困やエイズ、紛争や圧政に苦しむアフリカの人たちのことは、気の毒だけど他人ごと、関係ない、と申し訳なさそうにいう日本の学生たちのことを考える。そう、たしかにグローバル化してしまった世界でわたしたちはいろんなギャップ、異質な文化や異なる人々にぶつかるけれど、それはたいがい事故みたいなもので、自分と直接は結びつかない、わけがわからないことにおもえる。たいてい誰だってそうだろう、みんな目の前のことで手一杯なんだ。

ところがこうして作家がそうした世界のわけのわからなさを、ときに笑い、ときに怒り、あるいは泣きながら語る子どもの声で、ひとつの物語として綴り出した途端、すべてのことがつながって動き出す。気がつくと、かれらの側から世界を眺め始めている。パラダイスの子どもたちの好奇心と生存意欲は強烈だ。それは多分、腹がへっているからだ！そしてここではないどこかに、いまとは違う未来に、希望を抱いているからだ。

子どもたちが好きな遊び、国盗りゲームで陣地につける国名は、勝敗には関係ない。なのに人気の国と不人気の国がある。アメリカは最高。ジンバブエは最低。ぞっとするような飢餓の国、なにもかもがばらばらに崩壊している国、それがいまの自分たちの国なのだと、かれらはもうわかっている。アメリカに移住した叔母さんたちと暮らす日を、ダーリンは心待ちにしている。だってアメリカはお金持ちの国、みんながランボルギーニに乗ってる国なんだから！　だが実際に渡ったアメリカは、夢にみたお金持ちの国ではなかった。

食べ物はある、ありすぎて叔母さんはダイエットをしている。故郷の親族からは、いい思いをしてるはずのかれらに仕送りを求める電話がくる。でもアメリカにも貧困と暴力、そして差別があることをダーリンは知る。アメリカのダーリンはジンバブエのチポとオンラインで話す。互いを映すディスプレイに世界の矛盾があふれ出る。

国を出た人は国を捨てた人、故郷の痛みをおもうなら留まって闘うべき、とチポはいう。頭がごちゃごちゃになったダーリンはマックブックを壁に投げつける。たしかにチポにはチポの言い分がある。だがダーリンや叔母さんはまったく外の人、なのだろうか。出稼ぎ労働者の仕送りで本国経済が維持されている、そういう国が世界にはすくなくない。ブラワヨ自身も政変をきっかけに故郷に戻るなど往来をつづけ、出たきり関係を絶ったというわけではまるでない。前世紀の離国作家たちや国民文学の発想で、ブラワヨのような作家をもはやジンバブエ人ではないなどと断じては誤解になる。

ブラワヨが渡米後帰国もままならなくなった二〇〇〇年代、ムガベ政権が引き起こした途方もないインフレと暴政の実情を、作家より一世代下に設定されたダーリンは身をもって体験することになる。この時期のジンバブエを内側から、そこで暮らす普通の人々の目で見ることが、この小説の核心だからだ。大人の事情のすべては子どもにはわからない。だがかれらはよく見ている。学校がなくなり、毎日飢えをしのぐためにグァバのなるお屋敷の木に登る子どもたちは、ブルドーザーで壊される家、強盗に殺される白人夫婦、選挙の実態や野党支持者への拷問、改革派の青年の惨殺といった政治腐敗と社会荒廃の具体例をつぶさに観察し、ごっこ遊びにとりいれる。

アフリカ大陸南部に位置するジンバブエは、ザンビア、モザンビーク、ボツワナ、南アフリカに周囲を囲まれた内陸国だ。面積は日本よりやや大きく、人口は現在約一七〇〇万人。狩猟採集民のサン人が古くから暮らしてきたこの地にバントゥー語系の農耕民が流入して人口が増大、なかでもショナ人たちはインド洋でアラブ商人と交易し栄えた。ショナ語は現在に至るまでジンバブエで一番話者数が多い。これにつぐのがンデベレ語で、これは十九世紀前半のズールー人侵攻で南方から移動してきた人々によりもたらされた。数々の王国を築いたこれらの人々の地にヨーロッパの手が伸びてきたのは十六世紀、まずは豊富な金鉱脈を狙ったポルトガル人たちだった。小説の中で、子どもたちは学校で習ったバスコ・ダ・ガマの歌を繰り返す。アフリカ南部とポルトガルは因縁が深い。

ポルトガル勢力は十七世紀末に退けられたが、十九世紀後半、今度はイギリス南アフリカ会社が鉱山採掘権を入手。その後ザンベジ川の南は英領植民地となり南ローデシアと呼ばれることになる。ちなみにローデシアすなわち「ローズの土地」とは、アフリカ南部にイギリス支配を広げた植民地政治家セシル・ローズが自分の名にちなんでつけたもの。命名とはたしかに呪縛の行為だ。勝手につけられた名前は、あたらしくしなくては！

植民地政府は人口の大多数を占める黒人の土地所有を制限して少数の白人農園主を優遇、一九六五年にローデシア共和国として独立を宣言しても白人の首相イアン・スミスのもとで人種差別政策がつづき、黒人には選挙権もなかった。長期にわたる紛争とゲリラ闘争の後、ジンバブエ共和国としての独立が実現。だがこの独立で植民地支配の影響がなくなりすべての問題が改善したわけでは、もちろんない。

一九八〇年の選挙で首相（のち大統領）となったロバート・ムガベの二〇一七年にいたる長期政権で、国政は次第に混乱を深める。人種融和を掲げたはずの脱植民地化は、自主的な土地再分配から、黒人による白人農園主の土地強奪へと暴力化。反ムガベ勢力とその支持者、ンデベレ系市民らの殺戮や住宅破壊があいつぐ。農作物の収穫は激減、経済は崩壊、知識層は国外に流出。先生も医者もいなくなり、ダーリンたちは学校に通えなくなる。

二〇一七年のクーデター（あるいは弾劾裁判を前にした辞任というべきか）でムガベは大統領の座を降りたが、経済破綻と政治不安、それらがひき起こす暴力は終わらず、人も資材も不足がつづく。二〇二二年、ジンバブエのブラワヨは発電機にコンピュータをつないでオンラインインタビューに応じ、今日は水が出ない日だったことを忘れていたと笑いながら、若い世代が希望を捨てずにいることに勇気づけられていると語る（Alex Clark "NoViolet Bulawayo: 'I'm encouraged by this new generation that wants better,'" The Guardian, 19 March 2022）。次作では政治体制を戯画化したジョージ・オーウェル『動物農場』（一九四五）にヒントを得、ムガベ政権終焉を動物たちの物語として描き、ジンバブエだけでなくアフリカ各地、そして世界各地の政治腐敗を鋭くユーモラスに諷刺（*Glory*, 2022. 日本語版は川副智子訳『動物工場』早川書房、二〇二五）。より複雑化し深まる矛盾と分断の世界を生き抜くために、意味のネットワークを紡いでお互い関係ないと思いこんできた人々をつなげる率直で豊かなことばの力が、いままで以上に必要だ。文学ってすごいよ、とダーリンにいいたくなる。

二〇二五年三月

本書は、二〇一六年七月に早川書房より単行本
として刊行された作品を文庫化したものです。

# 悪童日記

*Le grand cahier*

アゴタ・クリストフ
堀 茂樹訳

戦争が激しさを増し、ふたごの「ぼくら」は、小さな町に住むおばあちゃんのもとへ疎開した。その日から、ぼくらの過酷な生活が始まる。人間の醜さや哀しさ、世の不条理――非情な現実を目にするたび、ぼくらはそれを克明に日記に記す。戦争が暗い影を落とす中、ぼくらはしたたかに生き抜いていく。圧倒的筆力で人間の内面を描き読書界に旋風を巻き起こしたデビュー作。

ハヤカワepi文庫

ハヤカワ epi 文庫は、すぐれた文芸の発信源（epicentre）です。

訳者略歴　京都大学文学研究科修士課程修了，作家，翻訳家，近畿大学准教授　訳書『地下鉄道』ホワイトヘッド，『ならずものがやってくる』イーガン（以上早川書房刊）他多数　著書『藁の王』『遠の眠りの』他

# あたらしい名前《なまえ》

〈epi 116〉

二〇二五年四月二十日　印刷
二〇二五年四月二十五日　発行
（定価はカバーに表示してあります）

著者　ノヴァイオレット・ブラワヨ
訳者　谷《たに》崎《ざき》由《ゆ》依《い》
発行者　早川浩
発行所　株式会社早川書房
郵便番号　一〇一 - 〇〇四六
東京都千代田区神田多町二ノ二
電話　〇三 - 三二五二 - 三一一一
振替　〇〇一六〇 - 三 - 四七七九九
https://www.hayakawa-online.co.jp

乱丁・落丁本は小社制作部宛お送り下さい。
送料小社負担にてお取りかえいたします。

印刷・株式会社精興社　製本・株式会社フォーネット社
Printed and bound in Japan
ISBN978-4-15-120116-5 C0197



本書は活字が大きく読みやすい〈トールサイズ〉です。